向前——新锐军旅小说家丛书

朱向前◎主编

★

BAI YUEMEI YU
BAIMAONÜ

白月梅与
白毛女

裴指海

著

山西出版传媒集团　北岳文艺出版社
BEIYUE LITERATURE & ART PUBLISHING HOUSE

图书在版编目（CIP）数据

白月梅与白毛女 / 裴指海著. — 太原：北岳文艺出版社，2017.7
（向前——新锐军旅小说家丛书 / 朱向前主编）
ISBN 978-7-5378-5222-7

Ⅰ．①白… Ⅱ．①裴… Ⅲ．①中篇小说－小说集－中国－当代
Ⅳ．① I247.5

中国版本图书馆 CIP 数据核字（2017）第 118965 号

书名：白月梅与白毛女　　出品人：续小强　　书籍设计：张永文
著者：裴指海　　　　　　责任编辑：王朝军　　责任印制：巩　璠

出版发行：山西出版传媒集团·北岳文艺出版社
地址：山西省太原市并州南路 57 号　邮编：030012
电话：0351-5628696（发行部）　　0351-5628688（总编办）
传真：0351-5628680
网址：http://www.bywy.com　E-mail：bywycbs@163.com
经销商：新华书店　印刷装订：山西人民印刷有限责任公司

开本：890mm×1230mm　1/32　字数：204 千字　印张：7.625
版次：2017 年 7 月第 1 版　印次：2017 年 7 月山西第 1 次印刷
书号：ISBN　978-7-5378-5222-7
定价：36.00 元

新松千尺待来日　初心一寸看从头

——《向前——新锐军旅小说家丛书》序

进入二十一世纪以来，以王凯、西元、王棵、裴指海、卢一萍、朱旻鸢、王甜、曾皓、曾剑、李骏、魏远峰等人为代表的"新生代"军旅作家浮出水面，从业余走向专业，从青涩走向成熟，渐次成为军旅文学的希望和未来。他们之中的佼佼者已经在当代文坛初露峥嵘（如部分作品获"茅盾文学奖""鲁迅文学奖"提名，更多作品被《新华文摘》《小说选刊》等国家核心期刊转载）。

"新生代"作家的迅速成长缓解了二十一世纪军旅文学出现的"孤岛现象"（此一说法为朱向前在二十一世纪之初所提出，意指进入二十一世纪以后，军旅文学渐趋边缘化，只有少数执着的坚韧者在"商海横流"中彰显出英雄本色，有如"孤岛"耸峙一般），他们的创作成果大多体现在中短篇小说领域，数量可观，并在质量上葆有较高的艺术水准。"新生代"作家的成长环境决定了他们再难复制前辈们深切的战争经历和磅礴的集体疼痛，因此，他们的创作呈现的是从个体的角度切入生活，是对宏大叙事的消解，显示出迥异于老一代军旅作家的叙事范式和美学风貌，这既显露出二十一世纪军旅文学与其承接的"新时期"军旅文学之间创作生态环境、文学观念的代际差异，也彰显了"新生代"作家在二十一世纪语境下试图构建独立美学追求的创新精神和自觉意识。

显而易见，"新生代"作家大都有着扎实的基层部队生活经验，他们从熟稔的军旅生活出发，写下了一系列带有个人成长经历、富有个性化叙事风格的小说，营构出属于自己的一方"营盘"。然而，当"新生代"作家所描摹和绘制的"军营现实"进入一种过于私语化的境地而无法寻求突破时，他们笔下的军旅生活的面目就显得稍嫌狭窄了。作家们显然也意识到了这个问题，近几年，在完成了最初的对军营生活的回顾之后，部分"新生代"作家主动突围，在更为广阔的军旅文学土壤之中寻觅新的创作资源，他们的新作显示出积极向爱国主义和英雄主义等军旅文学核心价值靠拢的特征，并生发出独特的思考。

之所以在建军九十周年之际，把这样一个年轻方阵（作者年龄上限四十五周岁）的十一部中短篇小说集推荐给大家，也在于此。正所谓：新松千尺待来日，初心一寸看从头。

为了让大家对这个"新生代方阵"有更好的了解，下面将不揣冒昧、不计利钝，对十一位作者的创作特点做简要勾勒（按姓氏笔画排序），挂一漏万，自当难免，还望作者和读者们海涵。

王棵：王棵曾经去南沙体验过守礁生活，这使他有能力抵达守礁士兵的精神深处，这种能力给他带来自信，在早期的创作生涯中，他有意识地运用这种能力，密集地向文坛递交过一批以礁岛、军舰、海洋为背景的中短篇小说。这段写作经历多少影响了王棵后来的创作理念，王棵后来可谓点多面广的创作实践中，许多小说都与早期充满腥咸海味的小说在内部建有秘密通道，这个通道是由孤岛这一意象构成的。孤岛的意象，来自于弥漫在这些小说中的孤独感。

王凯：王凯将日常化和个人化的风格带入对军人形象的摹写之中，把真性情和真本色倾注到这些人物身上，层层剥除和消除了曾经强加到军人身上的那些虚假矫饰的东西，既还原了真实的军人形象和军人人性，又保持了理想主义的底色，让真正的军人精神和品格的光辉焕发出来。从王凯小说中那些遭遇理想与现实矛盾、身陷情感与道德困境、面临追寻与放弃抉择的普通军人身上，可以看出作家对于军人职业与生命本质的深切思考。

王甜：王甜笔下涵盖历史战争中小人物的命运、现实军旅中的个体成长、军人的情感与婚姻、退伍军人对军旅生涯的反思等多个方面，并在整体上呈现出相近的特色：一是主题思想融入哲理色彩，例如对历史真相的追问、个体的自我救赎等；二是轻情节重状态，摆脱对情节的过度依赖，强调对人物生存状态的描摹；三是艺术表现上采用"轻魔幻"手法，以超现实的情节或细节凸显主题。

西元：西元堪称二十一世纪军旅文坛的重量级"拳击手"，出拳频、力道大而且每每能击中要害。他喜欢直面战争的"战壕"描绘，无论是现实题材还是战争历史题材，都竭力表达一种充满激情的精神力量。他注重将人放置在社会、历史语境中进行打量，力求通过内外结合的方式，辩证地写出人物灵魂的深邃以及存在本身的复杂。他的作品还注重哲思和诗性的融合，语言往往带有诗性色彩，跳跃，灵动，所涉及的问题却又带有鲜明的哲思意味。

李骏：李骏的小说，多以边疆生活、故乡革命、机关生活为主题，坚持对日常生活的书写，充满了温暖阳光、深情厚谊。他写边防官兵的生活，细致入微、幽默风趣，将边关将士的战天斗地、喜乐悲欢，通过简洁明快的手法，写得栩栩如生，生动感人；他写故乡的革命英雄，均以独特视角，通过英雄的传奇经历、情感人生、命运吊诡，展现出一派风生水起、大波大折的景象，却又将英雄还原于人，不避历史得失，不讳尊者之荣，读后令人久久深思与叹息；他写机关生活，观照现实，追踪变化，既味道纯正，又起伏跌宕，既现实又充满温情。

朱旻鸢：相较于业已习见的军旅文学叙事，朱旻鸢的小说别具一种斑驳复杂、意绪苍茫的审美色彩。这部集子收录的五部作品都没有离开过"塞外"和"部队"，故事原型甚至都来自一个连队。这些中短篇小说以独特新颖的视角和幽默顽劣且活泼弹跳的个性化语言书写当下军人的生活，在滑稽变形中，是对现实基层的戏谑和调侃，使底层连队生活呈现为一种似真非真、似像不像的笑闹场景。青年人的活力与智慧，青春期的激动与狂想，无所顾忌地表达出来，为我们展现了部队生活的另一个截面。

卢一萍：作家在西部边疆地区生活了二十余年，对生活有着敏锐的观察力，注重对人性的挖掘，善于捕捉底层人物身上的光亮，通过他的文字，可以引导读者对纷繁的现实生活有更真切的理解。其丰富的生活阅历为小说带来了独特的审美体验，他善于营造大气悲壮的氛围，衬托出微小生命的丰富多彩和昂扬向上的精神。小说主人公形象塑造立体丰满，细致勾勒了现代军人丰富的内心世界，在当代军旅小说创作中颇具特点。

曾皓：曾皓发表于不同时间段的中短篇小说，在思想脉络上有着清晰的主线，都有着对现实的强烈关切和理性的批判，更重要的是有着对笔下人物生命状态的深切观照，抒写他们在时代缝隙中的尴尬、困惑和对终极理想的追求，敢于用小说去发现问题、思考问题并给予愿景。而他文字中表现出的"自由、轻盈、神秘"的审美特征，更让他的小说呈现出一种超越现实的灵动和向上飞升的状态。

曾剑：曾剑善用短句和比喻，所以他的中短篇军旅小说呈现出散文化的倾向，具有浓厚的抒情意味。他用舒缓的笔调，从容不迫地书写着普通士兵的故事，展现他们"怨而不怒"的情绪，情感质朴真实，让人感受到一种中国传统中特有的中和之美。曾剑的写作，也像他小说的叙事节奏一样，不急不缓、从容有度、踏踏实实，一边深情地回望故乡，一边走进军营、深入普通士兵的生活，用心感受，用笔书写，用春日般的人性美温暖着为生活奔波的人们。

裴指海：迄今为止，裴指海所创作的中短篇小说主要聚焦于两个题材领域——革命历史题材和现实题材。相对而言，革命历史题材小说是作者着力最深的一个领域。他创作了一系列革命历史题材的中短篇小说，充溢的旺盛的想象力与卓越的文本建构能力，尊重历史事实，表现了革命历史的纷纭复杂，力图以当代视野最大限度地还原革命历史的复杂性，发人深思。

魏远峰：魏远峰的军旅小说都放在三多塘，三多塘是他刚到新兵连的地方，他的三多塘是有气味、质感的——炮库中陈年水泥的味道，菜地施肥后的味道，小便池"童子尿"的味道。还有一尺多长老鼠的样子、凤凰树开花的样子、菜地边含羞草的样子。魏远峰的乡土小说，则总是在写黄河、黄河滩、武陟县，这是他的故土之地，也是他的血脉之源。这些，让人想起福克纳"邮票般大小的故土"及其虚构的杰佛生小镇。

  说来也巧，以上十一位作者的单位或者曾经服役的部队，正好涵盖了海陆空三军和东西南北中各战区，以这么一套多姿多彩的小丛书，向中国人民解放军建军九十周年献礼，适得其所，恰逢其时。我想起二十年前———一九九七年，受邀为北岳文艺出版社主编了由陈怀国、石钟山等当年的新锐军旅作家担纲的长篇军旅小说"金戈"丛书，反响不俗。在此，我要对北岳文艺出版社具有的浓厚的军旅文学情结和持之以恒的品质致以深深的敬意。同时，感谢主编助理徐艺嘉为本丛书所付出的辛勤劳动。

最后，我要特别说明一下本丛书名"向前"———实非出自此"向前"而乃彼"向前"也——引自《中国人民解放军军歌》第一句："向前！向前！！向前……"

是为序。

朱向前

丁酉桃月谷旦改定于江右袁州听松楼

目 录

女性自我与修养

白毛女

先讲个故事吧，这故事估计大伙儿都知道，但你们也只是知道而已，给我讲这个故事的人可是亲历者，他当时就在现场，枪声响起来时，他一点儿心理准备都没有，耳朵被震得嗡嗡地响了好几天，他总怀疑自己耳朵边有只蜜蜂。

那是抗日战争刚结束时，我叔裴庆庚当解放军去了。

裴庆庚说他运气特别好，一到部队就看上了文明戏《白毛女》。他因此喜欢上解放军了，如果他不当解放军可能一辈子也看不到文明戏。他最讨厌家乡到处流传的豫剧，结个婚死个人吃顿饭都要咿咿呀呀地唱半天，看着让人着急。裴庆庚是个急性子。

裴庆庚后来又看过无数次《白毛女》，每一次心里都嗞嗞地生出更多的阶级仇恨，身上呼呼地长出更多对敌斗争的勇气。后来他复员回家当了村支书，在批斗地主时，他把村里的地主李元宝脖子上套个绳子，像狗一样牵到台子上，台子上铺满玻璃碴子。他把李元宝剥光衣服扔在上面，用带刺的荆条抽他，让他在玻璃碴子上爬着学狗叫猪哼驴撒欢。

李元宝身上扎满碎玻璃，像一只利刺怒张的刺猬。"如果没有看过那么多遍《白毛女》，给我十个胆子我也做不出来这样的英雄壮举。"他到晚年给我们回忆往事时如是说。

看了那么多遍的《白毛女》，裴庆庚印象最深最爱看的是白月梅演的喜儿。白月梅是纵队文工队的，按照裴庆庚的描绘，此女长得像个天仙一样，眼睛里蓄满了比我们村前的南都湖还要清澈明亮的水，睫毛很长。在我小时候，亲眼见到裴庆庚说我们村里最美的女娃子张美美："别看你张美美睫毛长，和白月梅的比，你那只能算是小巫见大巫，你是地上的土鸡，人家白月梅是天上飞的凤凰。"当场把张美美说哭了。除了眼睫毛长，白月梅给我叔裴庆庚留下的最深的印象还有白。农村人都喜欢长得白的女人，裴庆庚也不例外。据裴庆庚的描述，白月梅的脸比我们村庄最白的小媳妇刘小娥的脸还要白，腰比我们村庄腰最细的王细妮的腰还要细，声音比我们村庄所有女人的声音都要柔和。一句话，她就像是从画里走出来的。她那时只有十八岁。《白毛女》演出结束时，演员出来谢幕，裴庆庚伸着脖子看着穿着军装的"喜儿"，她的头发乌黑油亮，像水一样披在肩上，脸上的笑容像一朵朵盛开的花儿。许多男人的魂被她勾走了。坐在裴庆庚身边的是指导员李大炮。李大炮在《白毛女》开演前动员说，大家要好好看这场戏，要带着阶级感情去看，这戏，比飞机大炮的威力还要大。裴庆庚当时还不明白这戏怎么会比飞机大炮还要厉害，看到了白月梅后，他终于相信指导员说的话了。就连指导员，作为身经百战的老红军，打过国军也打过鬼子，杀人不眨眼，但看着正在谢幕的白月梅时眨眼了。他不停地眨着眼瞪着白月梅看，激动得浑身颤抖，觉悟一下子从天上掉到地下，他扭过头，满脸痘子闪闪发光，兴奋地对刚刚当兵的裴庆庚说："妈的，喜儿这么美，别说黄世仁，换了我，如果能和她睡一觉，死了也心甘情愿。"裴庆庚忙冲他傻乎乎地笑了笑，他对当官的人一向都很敬畏。笑过之后，裴庆庚又有点后悔，如果他像个男人，就应该一口唾沫啐到指导员脸上。面对这样美丽的女兵，怎么能有这么龌龊的想法呢？

裴庆庚从此记住了白月梅，还记住了她的眉头上长着一颗鲜红的痣，像含苞欲放的花蕾。

当了半年的兵，裴庆庚对白月梅就更熟悉了。听说白月梅家还是省城的，父亲是大学教授，母亲是中学英语老师，她是瞒着父母跑出来当了解放军。她不但会演喜儿，还会演京剧里的花木兰。京剧里结个婚死个人吃顿饭也要咿咿呀呀地唱半天，但因为是白月梅唱的，裴庆庚就喜欢上了京剧。白月梅唱起京剧，婉转动听，水袖舞起来，像流动的水，又像飘着的云彩，能把人的魂都勾走。但这样的机会并不多，一般有纵队首长来观看演出时她才会唱几段京剧，平常主要是演《白毛女》。

裴庆庚也记不起那事发生在白月梅第几次演《白毛女》时，可能是第五次，也可能是第六次。这个不必细究。他能记得的，是那个秋天，庄稼成熟了，大地散发着万物丰收的香味。天空湛蓝，太阳很好，不冷不热，说有多惬意就有多惬意，非常适合观看白月梅他们的露天演出。这本来不是白天见鬼的日子，但那天就是白天见鬼了。本来大家看得挺高兴的——只要有白月梅出来演出，看啥都高兴。大家其实看的不是戏，是白月梅。所有人的注意力都在她身上，喜儿一哭，他们也跟着抹眼泪，喜儿一笑，他们都跺着脚喊"好"。当黄世仁带着管家穆仁智和一个狗腿子来抢喜儿时，大家都在低着头抹眼泪，李大炮突然站起来，掏出手枪，对着舞台"砰"的一枪，把黄世仁击毙了。裴庆庚坐在李大炮的身边，枪声响时，他一点心理准备都没有，就像耳朵边响起一声炸雷，然后脑袋嗡嗡嗡地响。他看了看在舞台上抽搐着双腿的黄世仁，歪过头呆呆地看着李大炮，李大炮拿着的手枪枪口上还冒着缕缕美丽的白烟，似有似无像雨又像雾。裴庆庚觉得像梦一样，一点都不真实。事后想来，正是因为这个想法他的感觉变得异常迟钝，他对李大炮的举动没有做出任何反应，就那么歪着头眼睁睁地看着他手再一抖，又是一枪。裴庆庚张着嘴巴，看着那颗子弹划过空气，空气痛苦地尖叫着撕裂开来，戏台上管家穆仁智应声而倒，躺在黄世仁的身边，也抽搐着双腿。剩下的那个狗腿子反应快，一把把捂着脸惊叫的喜儿拉过来挡住了他。李大炮的手枪抖了几抖，呼呼地喘着气，脸红脖子粗地冲着他叫："你他妈的给我出来！"裴庆庚也有些着急：你这个狗腿子快出来啊，快出来啊，你不出来打了白月梅怎么办？这个狗腿子聪明，拖着白月梅的身子左右躲着，就是不出来。白月梅被吓傻了，身子软得像是没了骨头，狗腿子把全身力气聚在手上，拖着她不让她软下去。李大炮拔脚就往舞台上冲，眼看就要冲上去了，看戏的人反应过来了，几个人扑上去把他抱住，下了他手枪，他还在那里挣扎着叫："日你们大娘的，你们眼瞎了，他要糟蹋白月梅……"

两条人命，都是干部，扮演黄世仁的还是个师级干部，尽管存在争议，但最后纵队首长还是决定对李大炮执行军法。没有死于敌人飞机大炮的李大炮，最后却死在了自己人手里，从这点来说，《白毛女》确实比飞机大炮厉害。

枪毙李大炮的就是我叔裴庆庚。结果全团被集合起来，观看枪毙李大炮，以警示教育大家，不要把戏台上的喜儿和生活中的白月梅弄混了。李大炮那时也后悔了，先是骂自己："大炮啊大炮，你比驴还笨，那是演戏啊，你怎么会把喜儿和白月梅弄混了？你混账啊，你真是鬼附体了……"接着又骂白月梅："白月梅啊白月梅，我连你手都没碰过，你这个狐狸精，你混账啊，你把老子害苦了，呜呜呜……"他手被反绑着，没法擦脸上的鼻涕眼泪，鼻涕眼泪像虫子一样在他脸上乱爬，实在不大好看。裴庆庚不忍心，低声对他说："指导员，大家都在看着你呢，你应该喊一声'共产党万岁'，或者喊一声'二十年后老子又是一条好汉'也可以……"李大炮愣了一下，扭过头来，瞪着裴庆庚叫道："你奶奶的，老子死得够窝囊了，你这个新兵蛋子还来取笑我？老子可是杀过日本鬼子蒋匪军的……白月梅啊白月梅，老子做梦也没想到，居然会死在你这个死妮子手里，呜呜呜……"我叔裴庆庚到晚年对这事还耿耿于怀，觉得李大炮误会他了。"我那次是真心提醒他的，他上刑场时那个熊样，被大家笑话死了，前年老战友聚会，还有人模仿他那熊样出他洋相呢。他要是听我的话，不是啥事儿都没了？"我叔说。

枪毙完李大炮，挖个坑埋了。团里政治处有个干事，是刚参军的北大的才子，他对这件事很有感触，想把那两个死去的演员和李大炮合葬，然后再立个碑，碑文他都拟好了：这里埋着的是最理想的演员与最理想的观众。主任一看就生气了，说："演一场戏，死了三个人，这人丢得还不大吗？你立什么碑，还什么'最理想的演员与最理想的观众'？李大炮的脑袋被驴踢了，你的脑袋难道也被驴踢了？"要不是旁边的组织股股长一个劲儿地使眼色，那个干事及时跑掉了，主任说不定会真的踢他几脚，踢他脑袋也不是没有可能。

因为这件事儿，白月梅更出名了。从那以后，大家都不叫她白月梅了，都叫她喜儿了。

团里对白月梅意见很大，如果没有她，就不会发生这样丢人的事情了。他们向纵队反映，以后不欢迎白月梅到我们团来慰问演出。其他部队也害怕再发生这样的事情，也不欢迎她去演出。害怕是会传染的，纵队首长也害怕了，就不让白月梅演出了，让她到纵队医院去当护士。反正护士只会简单的包扎就行，开膛破肚之类比较重大的手术，大多数医生也不会，多个不会的白月梅也没啥，只要她不再出来扮演喜儿害人就行。

人人都知我爱你

部队的人都害怕白月梅，尽管人人都爱她，但没人敢追她。这事明摆着的，她扮演喜儿，在戏台子上哭了几声，也不知道是真哭还是假哭，就被李大炮把要抢她的黄世仁给毙了，何况人家黄世仁也不是真抢，只是演戏。如果在现实生活中去追白月梅，那不是等于要抢走她吗？谁知还有多少隐藏得很深的二杆子，掏出枪也来那么一下，那就死得很不划算了。

但并不是所有人都是这么想的，旅长何大能就敢追白月梅。

裴庆庚刚听说旅长何大能追求她，说啥也不信。很简单，旅长四十来岁，白月梅才十七八岁，年龄相差太大了。再说，白月梅是个女大学生，旅长是个大字不识一个的大老粗，这是天壤之别嘛。旅长何大能追求白月梅很直接，装作肚子疼跑到纵队医院，医生给他开了药，他一转身就扔了，然后满医院跑着找白月梅。看到白月梅，声音像霹雳一样："喜儿同志，你给我站住。"白月梅正端着放着手术器械的盘子走路，头顶上突然响起这样一声炸雷，吓得双手一哆嗦，盘子"哐当"一声掉在地上，手术刀手术钳散了一地。白月梅本来想生气，抬头一看，是旅长何大能，就红着脸，瞪他一眼，双脚啪地立正站好，给他敬个军礼，问："首长，你找我有什么事儿？"何大能说："你说我比黄世仁好不好？"白月梅皱起眉头，觉得这个旅长真无聊，但出于尊敬，她还是很认真地回答了："首长是英雄，当然比黄世仁好。"何大能咧开大嘴笑了，白月梅看着他的两颗大门牙上沾着的青菜叶子，有些厌恶，她弯腰把手术刀手术钳捡在盘子里，说："首长，没什么事我走了。"何大能说："那我再问你，我和白毛女的对象王大春比，我俩谁好？王大春也就是一个小萝卜头，我可是一个堂堂的旅长！"白月梅说："首长当然比王大春厉害，王大春只是戏里的，哪能和你比？首长，我先走了。"何大能又叫住她：

"慢着，喜儿同志，我给你一封信，你看看，尽快答复我。"说是一封信，其实只是一张纸条，白月梅还没来得及展开，何大能就笑哈哈地转身走了。

白月梅满怀疑惑地打开一看，纸条上的字倒很漂亮，但肯定不是他写的。纸条上只有一句话："喜儿同志，你当我老婆吧。"白月梅的脸唰地红了，拿着纸条的手发抖，拿着盘子的手也抖，盘子又是哐当一声掉在了地上。她也不捡了，拿着纸条气冲冲地去找纵队首长。纵队首长看完，抬头看着白月梅，笑眯眯地说："好啊，这是好事，何旅长是个英雄，英雄爱美人，挺好的嘛。"白月梅说："我很敬重何旅长，把他当作父亲一样尊敬，没有男女之间的那种感情。"首长说："这没事，感情慢慢培养，可以先结婚再恋爱。"白月梅有些气恼，说："首长，我这是来报告这个何旅长严重影响我工作，不是让你来给我说媒的……我的年龄翻一倍还要比他小两岁，这哪里是爱人？当爸爸还差不多。"首长还是笑眯眯的，说："男大当婚，女大当嫁，何旅长岁数是不小了，该结婚了。喜儿同志，我劝你还是考虑考虑，别嫌何旅长岁数大，岁数大知道疼人。"白月梅从首长手里夺过那张纸条，刷刷地撕碎扔在地上，跺了下脚，冲着首长叫道："我这一辈子都不结婚了，谁也别想和我提亲。"

何旅长听说了这事，仍旧不灰心，把打仗的劲头使出来，天天让自己的警卫员去给白月梅送些缴获来的擦脸油什么的，还让机关的那些"秀才"帮他写情书，肉麻得很。那些"秀才"也很坏，有时遇到白月梅了，就故意用那些情书里的话逗她。他们其实也是想让她知道那些情书不是何旅长写的，而是他们写的。大家心里都喜欢白月梅，何旅长虽然是首长，大家都很尊重他，但白月梅真要嫁给他，都觉得可惜。他不但年纪大，还是个大老粗，怎么能配得上白月梅呢？但他们也只是在心里气气，真要让他们去追白月梅，他们又没有这个胆量，谁敢去惹首长看上的女人呢？他们只能在心里真诚盼着这事黄了。

部队要打仗了，裴庆庚被抽调到医院警卫排当兵，专门保护纵队医院。他也盼着这事儿黄了，这倒不是因为他也喜欢白月梅，他有自知之明，癞蛤蟆吃不了天鹅肉，他不敢对白月梅有任何想法。他只是觉得何旅长和白月梅根本就不般配，他觉得和旅长最般配的是长得又粗实又黝黑的房东大婶，他很不理解旅长为啥不喜欢和他般配的房东大婶。

裴庆庚本来以为白月梅不演《白毛女》，到医院当了护士会很难过。这事放在谁身上谁都会难过，当演员在戏台子上一站，掌声雷动，风光无限；当护士，打起仗来，到战场上抢救伤员，泥里滚水里爬，子弹乱飞，一不小心碰上一颗就没命了。但白月梅似乎一点都不在意，到了医院还是整天笑呵呵的，有人碰到她，说："喜儿，来一段。"她立即就亮开身段，来上一段京剧。看着她那么瘦小，一阵风儿吹来就能把她刮跑了，谁知上了战场，一点都不亚于裴庆庚他们这些男人。

在一次战斗中，裴庆庚和医护人员一起上前线抢救伤员。他来回背了几个伤员，一抬头，看到白月梅正在地上翻看着倒下去的战士，她手指搭在他们的鼻孔下，查看还有没有气。她的后背被鲜血浸透了。她终于找到一个活着的，那人的胸口被捅了一个洞，军装被鲜血浸透了。白月梅蹲下来，拉着他的胳膊要往自己背上拽。伤兵个子粗壮，她拽了两下没拽起来。伤兵呻吟着说："你把我放下来吧，别管我了。"白月梅扶着他，焦急地向四周看着。裴庆庚忙过去，白月梅帮忙，裴庆庚把伤员背到了野战医院。

把伤员放到手术台上，医生一看，瞪着裴庆庚叫道："你这人是怎么回事？怎么背个国民党兵来了？"

裴庆庚低头一看，这个伤员的军装果然是国军的。他红着脸，喃喃地说："他身上都是血，我没看清。"

医生厌恶地瞪着伤员，对裴庆庚说："你赶紧把他弄出去扔到一边。"

裴庆庚正要伏身把伤员背走，白月梅过来了，伤员抓着她的手，低低地叫道："求求你，救救我……"

裴庆庚心里想：这个狗日的国民党兵脑袋肯定也被打坏了，居然会求解放军救救他，笑话。谁知白月梅真的要救他，她瞪着医生，说："这也是一条人命，为什么不救？"

医生说："这是敌人，不再给他一枪就是好的，我们干吗要救他？"

白月梅说："战场上是敌人，现在他没了武器，他就是一个和你我一样的人，你得救他。"

医生说："我不救敌人……"

白月梅说："这是我让这个同志背过来的，我要负责到底，我说救你就得救。"

医生说什么都不救，还瞪着两人让他们赶紧把他弄走，哪里背来的还背到哪里去。他们两人不走，医生过来推他俩走。白月梅满脸通红，胸脯起伏，大口喘气，她左右张望，突然一把抓住旁边台子上一捆滴着血的绷带甩在医生的脸上："医生是救死扶伤的，你眼睁睁地看着他死了，你算个医生吗？"

医生摘下眼镜，气急败坏地在衣服上擦着，愤怒的脸上肌肉抽搐，一连说了几个"你你你"，下面不知道说什么好了，干脆来了一句："你这个王八蛋！"

白月梅跳过去，叫道："好啊，你不救人不说，还骂人，走，咱找领导评评理去。"她拽着他胳膊就要走，这时何大能来了，他提着马鞭子，身上带着浓浓的硝烟味。他一有空就往医院跑，为的就是看看白月梅。看到两个人在拉扯，他瞪着医生问："啥事？"

医生说："他们把国民党伤员背来让我救……"

白月梅瞪他："国民党兵也是人，我说救就要救！"

何大能用马鞭子指着医生说："她说救就要救，你再啰唆，信不信我一鞭子下去让你满脸开花？"

医生愣了愣，嘴里低低地嘟哝两声，倒也去救那个伤员了。

何大能脸上堆起笑，讨好地看着白月梅，眼睛在说话：瞧瞧，我厉害吧，一句话就摆平了，还不谢谢我？她白他一眼，"哼"了一声，扭身走了。

医生百忙之中抽空抬头看了一眼何大能，眼神里有了点不屑的意味。何大能扭头朝他吼道："你看什么看？不服气咋的？我告诉你，我还真和她较上劲了，老子打仗无数，哪个山头攻不下来？我就不信连个黄毛丫头都拿不下，你就走着瞧吧。"

裴庆庚觉得白月梅这个人挺怪的，其实，其实何旅长虽说是个大老粗，但人还真不坏，应该考虑考虑。

还没来得及考虑，大军就要南下千里跃进大别山了。

一路上都在不停地打仗。这天在路边遇到一个国军军官的家属，她坐在路边，二十多岁的样子，烫着发，涂着比伤口上的鲜血还要红的口红，穿着一件奇怪的旗袍，外面套着一件肮脏的旧军装，耳朵被子弹擦伤了，还在滴滴答答地流着血，鞋也跑掉了，脚上都是被划出来的血道子。她怀里抱着一个两三岁的女婴，女婴扯着嗓子哭着，喉咙都哑了，哭声就像蜘蛛丝一样，让你听着总怕会突然断了。那个妇女不敢看解放军，把头埋在孩子身上呜呜地哭。有人问她是怎么回事。她惊恐地抬起头，喃喃地说，孩子的爸是个团长，部队被打散了，他带着散兵往南边跑了。问过了也就问过了，她毕竟是敌人那边的，还能怎么着她？不俘虏她就算对她客气了。

部队正要走，白月梅却跑到院长跟前说："院长，这兵荒马乱的，好多国民党兵都成土匪了，她一个女人家，还有那么小的一个小孩，丢下她一个人，要是有个三长两短怎么办呢？咱们是不是把她带上？"

院长回头看看那个女人和小孩，从内心来讲，觉得白月梅说的都是实话，如果把这个女人扔在这里，她能不能活到明天还真成问题。他正想着怎么回答白月梅时，政委看着白月梅，脸上露出戏谑的笑容，问她:"喜儿，你是不是又犯了小资产阶级情调?"

政委不等她回答，扭头看看那个女人，收起脸上的笑容，撇了撇嘴，朝她吐口唾沫，狠狠地说:"她是官太太，整天吃香的喝辣的，现在让她吃点苦头是应该的，别管她。"

政委这样一说，院长也不好说什么了，只好跟着他的口气说:"就是就是，她丈夫还是个国军的团长，谁知道他杀过我们多少人啊。你啊你啊，喜儿同志，不是我说你，总是分不清敌我。"

白月梅像做错事的孩子一样，脸红红地低着头不吭声了。裴庆庚看了看她，小声地说:"走吧，走吧，别管她了，咱们后边有收容队，要带上她，也是收容队的事儿。"

白月梅慢慢地走了两步，回头看了看那个女人，又跑了两步追上院长，喃喃地说:"院长，我不是同情她，我只是有点不忍心……"她是这样说的，脸上流露的却是柔弱的同情，像路边被踩在泥里却散发着幽香的小草，目光胆怯而又倔强地盯着院长，显然她心里已经有了某种决定，想从院长这里得到支持。

院长警惕地问她:"你要干什么?"

她说:"我想把自己的干粮留给她。"

院长的神经一下子松弛下来，他还以为白月梅要坚持带上她呢。政委已经像尊战神一样大踏步地向前走了。他向白月梅点了点头，说:"你动作快点，咱们还要行军。"

喜悦的光芒照亮了白月梅的脸庞，鼻尖上的汗水都在亮闪闪地跳动着。她轻快地应了一声，飞快地跑回去，把自己背包里的干粮掏出来，放在那个女人的跟前，轻声地说:"大姐，现在很乱，你就不要乱跑了，在路边等一等，我们后边还有部队，他们会收留你的……"

女人的哭声滑落地上，她慌慌地抬起头，茫然地看着白月梅。白月梅的声音像情人的手一样，温暖而又让人放心："大姐，你不要怕，我们解放军不杀俘虏，你把孩子带好，说不定仗打完了，你还能见到你丈夫……"

院长不禁摇了摇头，真怕白月梅再待下去会把她带上了，忙大声地催着她快走。白月梅跟上来了，但还是有点神不守舍，走几步就回头看看。

裴庆庚一直站在旁边看着，接下来的行军中，他再也没说一句话。他心里沉甸甸的，觉得白月梅人长得漂亮，但脑袋有些糊涂，对自己的同志，像对何旅长就有点苛刻，对敌人，比如那个国民党伤兵，还有这个国军家属却很好，这不对嘛。再这样下去，迟早会出事的。一想到这儿，裴庆庚的心就揪起来了。他摇了摇头，觉得自己无能为力，只能安静地等待着，希望自己到那时能尽可能地保护她，让她少受一点伤害。他也说不清，他很少和她说话，甚至有点害怕她，她往他身旁一站，他就呼吸急促，脸红脖子粗，不敢看她，更不敢和她说话；但不知为什么，他对她总是有一种怜惜的感情，就像一个老母鸡，总想伸开翅膀罩着她。他苦笑了一下，哪里轮得到他来关心她呢？

锤子剪刀布

裴庆庚到晚年的时候喜欢和我们这些小屁孩儿玩"锤子剪刀布"的游戏。这个游戏是这样的：拳头代表锤子，食指和中指一起伸出代表剪刀，手掌代表布。锤子能把剪刀砸掉，剪刀能把布剪开，布能包住锤子。有次我们正在玩儿着，裴庆庚缩起手，长叹一声，说："我们在大别山时的处境，就像'锤子剪刀布'啊，国军怕我们，我们怕小保队，小保队怕国军。"

小保队是解放军进入大别山后，国民党政权组织起来的地方武装。他们不受军队纪律那样的条条框框约束，说杀人就杀人，比国民党正规军更可怕。他们都是本乡本土的，老百姓不会得罪他们的；相反，解放军是从外面来的，操着外地口音，闯进人家屋里，吃的穿的都是用人家的，还没有钱，给人家打白条子，把原本安静的日子踩得破破烂烂，人家愿意吗？时间长了，就连老百姓也和小保队混在一起了，都和解放军作对。根本就分不清哪些是老乡，哪些是小保队。

跟着解放军南下的地方干部分散到各个村庄进行土改工作，很多人都被小保队杀害了，破烂的尸体被扔得到处都是。野司（野战军司令部）决定从野战军里抽调武装人员和工作队一起到地方工作。裴庆庚和白月梅就被抽调出来了。

本来没有他们两个的事儿。部队整天要跑着行军打仗，纵队文工队的人员都分散到各个部队了，医院也精减人员，白月梅不是医生，也在精简之列。纵队首长特地把白月梅放在了何大能的旅，可能是想着离他近一些，两个人容易加深感情吧。但白月梅却还是躲着何大能，一再要求要到下面的团里。何大能没办法了，只好让裴庆庚带着她到A团来了。A团是最能打的部队，放在这里，旅长放心。

但他没想到的是，A团团长李二苟和他一样，也是个大老粗，一见是个女同志来了，就拿她当"包袱"。在部队里，"包袱"是指那些文工队或者卫生队的女战士，有时也指机关里那些戴着近视镜的知识分子。他们打仗不行，行军打仗都得靠部队保护他们，所以，大家都当他们是"包袱"。白月梅在李二苟眼里就是一个"包袱"。他二话不说，就把她和裴庆庚安排在工作队里了。

他俩就高高兴兴地去了。等到了工作队，了解了情况，两人都有点害怕了。特别是裴庆庚，他不担心自己，他担心白月梅的安全。他天天早上起来就在心里祈祷着工作队千万不要出岔子，早日完成任务归队。

白月梅显然也不想到工作队来，脸上带着闷闷不乐的表情，总是低着头。裴庆庚想安慰她，却又不知道说什么好。

工作队第二天出发了。马队长安排裴庆庚走在最后，他年轻，又是从部队下来的，有什么情况可以掩护大家。出发没多久，白月梅落到后面，低低地对裴庆庚说："裴同志，我给你说句话。"

她的大眼睛充满期待地看着他，他不敢和她对视，慌慌地应着，急急地低下了头。他对自己的表现很不满意，在心里骂自己："人家和你说话，你应该直视着人家的眼睛，这样才显得真诚。"可他就是没这个勇气。

白月梅的声音更低了："我听说工作队都很危险，我，我希望您能多关照我……当然，我不会影响你工作的，我是说，遇到敌人的时候，我不知道怎么办，你提醒我一下……"

她不知道如何表达自己的意思，说得结结巴巴。裴庆庚听明白了，她既想让他照顾她，又不想因此影响他的工作，拖他的后腿。她能如此信任他，他已经很感动了，如果需要他用生命保护她，他一点都不会犹豫的。他看着白月梅，很坚定地说："喜儿同志，你放心，咱们这个工作队就像一个家一样，大家会互相帮助的，我会像个哥哥一样照顾你。"

白月梅的眼里有了晶莹的泪花，她咬着牙点点头，然后加快步子往前走了。裴庆庚怅惘地看着她瘦小的背影，知道她这是怕和他待久了，别人说闲话。关于何旅长追她的传言整个纵队都知道了，人人都想接近她，但人人都不敢接近她。她自然也是清楚的，索性主动离所有的男人都远远的。裴庆庚在心里大声地对自己说：裴庆庚，你说到做到，一定要像一个哥哥一样好好保护她！

大别山区那年冬天特别冷，十天有九天是刮风下雪。工作队有时要过河。那些河都被冻住了，但这里是南方，结的冰又不是很结实，踩在上面就破了。那也没办法，小保队在后面拿着枪、锄头和铁锹追着你，你不过河也不行。男同志还好说些，到了河边，把棉裤一脱，往肩上一放，穿着个大裤衩，牙一咬就趟过去了。工作队第一次过河时，裴庆庚也没在意，跟着大家呼呼地下了河，刚冲出去一两丈，突然想起了白月梅，心里就骂自己：一个大男人，怎么昏头了？赶紧回头去找她，她正站在河边转来转去，眼泪汪汪地看着大家。裴庆庚忙又跑回来，到了她面前，把棉裤递给她，弯下了腰。她有点发愣，站在那里不动。风吹在裸露的腿上，像刀子一样，裴庆庚哆嗦着身子，牙齿咯咯地响。裴庆庚说："你快上来啊，我把你背过去。"

白月梅这才醒过来了，她拿着他的棉裤趴在他背上，软软的身子紧紧地贴着他，像一个熊熊燃烧的火炉炙烤着后背，裴庆庚觉得整个身子燥热。她突然变得轻了，轻得像一根羽毛，他觉得自己浑身充满了力量，源源不断地从冰河里涌进身体里。想想吧，纵队最有名的一个演员，那么可爱美丽的城里姑娘，现在让他背着。有那么一会儿，他突然觉得自己这兵当得是值得的，如果他不当兵，他甚至连这么近地见到她的机会都没有，更不可能在这寒冷的冬天里背着她过河。水面上冰碴子咔嚓咔嚓地响着，擦着腿划过去，像鱼吻着他的腿，发痒。河水夹着冰块冲来，差一点把他掀翻到河里，他赶紧站稳了。他心里想：我死了没什么，但说什么也不能把人家小姑娘掉在河里。他反背双手抱着白月梅的腿，她的身子在颤抖着，也许是冷的，也许是害怕。他宁愿这条河没有岸，踩着光滑的鹅卵石，一直走下去。时间真短，眨眼工夫就过来了。他把她放下来，白月梅惊叫起来，他低头一看，腿上被冰块划出了一条条血道子，突然就疼得钻心。他羞涩地笑笑，说："没事，真的没事。"

马队长冲着他们叫起来："大家不要停下来，会冻坏的，赶紧跑一跑，活动活动身子。"刚才一点都不觉得，这会儿感觉到了冷。嘴唇冻得乌青，他感觉脸也僵硬得没知觉了，双腿抖得像被风吹着的树枝一样晃个不停，站在那里迈不开步子。白月梅焦急地推着他，冲着他喊："跑啊，跑啊，你快跑啊。"裴庆庚哆嗦着身子看着她，话都说不出来了。她就拉着他的手，带着他跑。他的脚步很重，她拉得很吃力，没一会儿工夫，头发上冒着热气，脸上也出汗了。一直带着裴庆庚能自己跑了，她这才放手了。裴庆庚心里充满感激：如果不是她，我可能也会被冻坏的。

休息的时候，马队长招手让两人过来，说："裴庆庚，我就把白月梅交给你了，以后你们两个结成对子搞个'互助组'，你一定要保护好她，她要是出什么事了，我就拿你是问。"裴庆庚当然立刻答应了。

他以后就名正言顺地替白月梅背着行李和枪支，尽管白月梅一再说自己能背动，他也不同意，执意要替她背。每天他都盼着行军，这样就能正大光明地和白月梅在一起了。

裴庆庚觉得，白月梅离不开她了，他也离不开白月梅了。走到哪里，他的目光就追着寻找她，一会儿不见，心里就空荡荡的，站起身来到处找，看到她了，就装作若无其事的样子看群山看天空。

白月梅对他也很好，工作队最缺的就是吃的，她饭量小，总是把吃剩的给他。没事时，她还给大家唱京剧，那个声音脆生生的，就像是树林里的小鸟在歌唱，让你听得每个毛孔都是舒服的。她当然和他话最多，她给他讲了自己在省城的家，甚至还给她讲了何旅长追她的事情。

白月梅说："我就是死了也不会嫁给他的，他岁数大不说，还没文化，一点都不浪漫。"

裴庆庚喜欢听她说话，他虽然听不懂啥是"浪漫"，也不好意思问她，但还是觉得她说得有道理。他觉得自己很奇怪，看到何旅长时，觉得白月梅能嫁给何旅长也不错，看到白月梅时，又觉得何旅长不配了。裴庆庚低低地说："你做得对，何旅长这样的男人只配娶个农村大婶。"

白月梅惊奇地看他一眼，说："裴庆庚，你还真敢说呢。"

裴庆庚疑惑地问她："怎么了？我说的是实话。"

白月梅说："别人都不敢这么说，都劝我接受何旅长，还说他是英雄呢，我们两个很般配，连纵队首长也是这么对我说的。我最烦他们这样说了。"

裴庆庚朝她笑笑，没敢吭声。纵队首长那样大的官儿也这样说，他如果说他们说得不对，就像他裴庆庚反对他们一样，他还没这个胆子，但他知道，他们这样说不对。人家白月梅不同意，那他们就不能再强迫，强扭的瓜不甜嘛。人家只是一个小姑娘，人生才刚刚开始呢。

裴庆庚正想着用什么话来安慰白月梅，白月梅的干妈出来了，招手喊着白月梅过去。白月梅应了一声，蹦蹦跳跳地过去了。

工作队是被大军扔在地方上的孤零零的小分队，他们走到哪里，都找群众套近乎，靠群众掩护。白月梅在那个地方拜了个干妈。干妈是个六十多岁的老太太，看上去慈眉善目的。她的大儿子在北平当工程师，小儿子在县城工作，家里比较富裕，在村里很有威望。她对白月梅很好，好吃好穿的都给她，还给她买了红头绳和擦脸油，这在大别山区是根本见不到的东西。干妈身边还有一个十来岁的孙子，说是在县城工作的小儿子的。

一场大雪过后，白月梅生病了，是疟疾，一阵热一阵冷，热起来浑身冒汗，冷起来盖几床被子还觉得像是躺在冰窖里。干妈把家里最好的被子拿出来，被子里有一股被阳光熏出来的清香。白月梅有点不好意思，说："干妈，我不用这么好的被子，还是收起来吧。"

干妈握着她的手，说："闺女，你这么小就出来闹革命，多受罪啊，这被子算什么，我虽然不是你亲妈，但我可是把你当作亲女儿的，有我吃的就有你喝的。"

干妈还到野外捡来风干的羊屎蛋，回到家里，抓出一把羊屎蛋，用开水泡了，把不知道从哪里弄来的红糖放在开水里，端给了白月梅。白月梅皱着眉头，为难地看着干妈。干妈嗔道："闺女，我听人说，羊屎蛋治打摆子，你喝了试试。"

裴庆庚突然想起，似乎听村里老年人也这样给他说过。他对白月梅说："好像是的，我在老家也听过这种说法，说羊屎蛋是百草丸，可以治一些病的，具体啥病我记不清了……羊吃百草，应该有些用吧。"

白月梅这才喝了，奇迹一般，过了几天，病居然好了。干妈比每个人都高兴，大伙儿当然也很感谢她。

工作队突然被小保队盯上了。一个工作队员夜里站哨时，一个黑影摸上来，用锄头把他砸死了。幸亏马队长听到了动静，赶出来大喝一声，那个黑影朝着茫茫夜色逃走了。第三天里，工作队到附近一个村庄去宣传鼓动，走到半路时，一个队员说要大便。他捂着肚子跑进灌木丛生的树林里，半天没有动静，等他们赶去时，发现他已经被人勒死了，尸体倒在自己的屎尿里。

干妈的形迹变得诡秘，白天总是看不到她。有次她说去锄地，白月梅去找她，地里却没有一个人影。干妈回来后，白月梅问他，她却说到镇上买盐去了。

马队长知道了这事，告诫白月梅要当心，留意干妈的动静。

白月梅瞪着眼睛困惑地说："怎么可能呢，我干妈对我可好了，有时我觉得比我亲妈还好呢，她怎么可能使坏呢？"

马队长说："画鬼最易，画人最难，你还是小心些，老乡们都不和咱们说实话，谁知道她到底操的是啥心？你要多个心眼。"

白月梅答应了，但她那样子却很不乐意。就连裴庆庚，嘴上不说，心里也觉得马队长有点草木皆兵了，一个乡下老太太，有什么需要留意的呢？

马队长留了个心眼儿，当干妈再出去时，他带着裴庆庚偷偷地跟上，到了镇里，发现她进了区公所。那里驻着国民党的小保队。再秘密一调查，情况让他们大吃一惊，干妈的小儿子并不是在县城工作，而是小保队的一个头目。她在工作队面前是人，背着工作队就是鬼，背后在村子里到处散播谣言，说抓到共产党要一刀一刀地剐。她和工作队套近乎，就是为了随时了解他们的动向，向小保队报告。

马队长把工作队队员召集起来，商量如何对付干妈。所有的人都同意立即处死她。大家都这么说，裴庆庚自然也不好说什么，他低低地说："白月梅那边怎么办？我看她和干妈还挺有感情的。"

马队长皱着眉头想了一会儿，说："现在也来不及解释了，她要是还不相信就麻烦了，这事儿先瞒着她，把这个死老婆子处决了再说。"

事情很不顺利。他们趁白月梅不在时，赶去抓干妈，干妈好像早已提防，听到动静，带着孙子上了靠在墙边的梯子，翻过院墙，向村外跑去。好在马队长早有准备，村外放着一个队员，见到干妈，吼着让她停下。大妈和孙子只好停下了。工作队把两人押到村外的一个土洼里，马队长上好刺刀，正要捅过去，听到远远地传来一声叫喊："你们干什么？"

他们回头一看，白月梅呼呼地喘着气跑来了。她一过来，干妈就拉着孙子扑来抱着她的腿哭叫起来："闺女，他们要杀我，不但要杀我，还要杀我孙子……"

马队长气恼地踹她一脚："谁说要杀你孙子了？你这老太婆，别胡说八道，你自己做的事儿自己负责，别拿你孙子当挡箭牌。"

白月梅瞪着马队长问："你不杀她孙子，为什么还要把他也带过来？"

马队长说："时间紧嘛，杀了她，我们就准备把这孩子带回去。"

白月梅说："亏你说得出来，当着孩子的面杀人！你们为什么要杀我干妈？"

马队长把这个老太婆的情况说了一下。白月梅一直皱着眉头听着，马队长说完，原本指望她的眉头舒展开来，啐这个老太婆一口，一脚把她踢开，他再上去一刺刀把她捅了，这事儿就完了。谁知白月梅的眉头不但没有舒展开，反而皱得更紧了。他忙加了一句："不信你问问裴庆庚。"

裴庆庚忙冲她点了点头："队长说的都是真的，她的儿子是小保队的头头，她每天都到镇里的区公所找小保队告密……"

白月梅看看干妈，干妈松开了她的腿，跪在地上磕头，头磕在结实的地上，咚咚地响。白月梅烦躁地把干妈拉起来，问她："他们说的是不是真的？"

干妈仰起满是鼻涕眼泪的脸，说："喜儿啊，我的亲闺女，我儿子是保安队的，我是去过区公所，可我没对他说什么啊……我还不是看你们太辛苦了，去给他要些钱买些鸡蛋什么的，想给你们补补身子，那鸡蛋还在家里放着呢。"

这个老太婆，还真会说话哩。马队长气得恨不得一刺刀捅了她，他呸地冲她吐口唾沫，说："你他妈的狗嘴里还真吐出象牙了，信口雌黄，满口喷粪！见过不要脸的，没见过像你这么不要脸的……"

白月梅瞪着马队长说："就说她是瞎说的，是向小保队告密的，但你也得有证据，就是有证据了，也要经过审判，你不能说杀人就杀人。"

马队长气得浑身哆嗦，说："喜儿同志，他们杀咱的人，有没有审判？他们这样对我们，我们也不能和他们讲仁慈，要白刀子进去，红刀子出来。"

白月梅说："那我们也不能随便杀人，我们如果也这样，那不和他们一样了？反正我不同意，你们要杀她，那就先把我杀了吧！"

她伸出胳膊，护住了干妈和她的孙子，脸上带着大无畏的表情。马队长掂着上了刺刀的步枪还真不知道往哪里放好了，急得脸涨得通红，就像刚吞了一只热红薯，喉结上下蠕动，一连说了几个"你你你"，下面却什么也说不出来。裴庆庚小心翼翼地说："马队长，要不，咱们把他们两个押回去，慢慢地审一审吧。"

白月梅紧紧地护住他们两个，能有什么法子呢？只得把这两个人带回去了。

马队长把干妈和她的孙子锁在了牛屋里，让裴庆庚守在外面，钥匙放在马队长口袋里。半夜里，在村外放哨的队员气喘吁吁地跑来，说是敌人过来了，不知道是国军还是小保队，黑压压的，有几百人。工作队要迅速转移。裴庆庚还有点犹豫："干妈和她的孙子怎么办？"

马队长说："杀了！"

白月梅呼地蹿出来挡着那扇门，说："我坚决不同意，我看你们谁敢杀！"

裴庆庚看看马队长，说："那咱们把他俩带上吧。"

马队长踹他一脚，吼道："哪里有这功夫？敌人来了，赶紧走吧。"

工作队跟着马队长慌忙走了。

工作队在大别山区里转悠，他们轻易不敢再到村里住了，有时住在破庙里，有时干脆露宿在山崖下。偶尔住在村庄里，一个晚上也要换几个地方，明哨暗哨布置三四个人。

狗东西

裴庆庚怎么也没想到，白月梅，这么好的一个姑娘，最后还是落在了小保队手里。

裴庆庚那次是跟着马队长到区里开会，等他们回来时，在那个破庙里再也找不到工作队。到了山下村里一问，才知道工作队被小保队袭击了，把他们十来个人都抓走了。裴庆庚眼前一黑，脑袋嗡嗡地叫，就像被人敲了一棍子。他带着哭腔对马队长说："我们快去找找他们，喜儿还在里面呢。"马队长瞪着眼睛问那些老乡，知道不知道那些小保队是哪里的？老乡们袖着手，笑呵呵地摇头，脸上都是幸灾乐祸的表情。他们的样子让人害怕。那些房子背后还有人鬼鬼祟祟的，手里拿着扁担、砖头什么的。马队长忙给裴庆庚使眼色，那意思是让他快走。裴庆庚还有点不甘心，想尽快把白月梅救出来，她一个小姑娘，落到那帮家伙手里，他们会把她怎么样，他简直不敢想象。马队长瞪他一眼，悄悄地朝那些人努了努嘴。裴庆庚腿发软，他知道再待下去，他们两人也有可能完蛋了。他哆嗦着手把一颗手榴弹掏出来，盖子揭开，马队长拿着手枪盯着他们，慢慢地退出村子。

裴庆庚和马队长蹲在一个山坳里商量了半天，谁也没有办法，只得到处跑着找大部队。转了七八天，还真的找到 A 团了。政委看到他俩还不高兴，瞪着眼睛问他们，你们不是已经到地方上工作了，怎么又跑回来了？马队长把情况给他讲了，工作队十来个人，现在就只剩下我们两个了，这工作没办法开展了。政委只好答应暂时把两人留在部队，如果上级要求他们到工作队去，他们必须服从命令立即去。马队长忙一个劲儿地点头："那是那是，一定一定。"裴庆庚还在想着白月梅的事，着急地说："喜儿被敌人抓走了，咱们赶紧去救救她啊。"

政委瞪他一眼，没好气地说："你婆婆妈妈什么呢？我们这是部队，又不是流浪汉，想到哪里就去哪里，哪里有这么容易的事？"

政委说的也是实话，他不可能因为一个生死不明的普通战士大动干戈地调动部队。但裴庆庚心里难受，像被人猛地在胸口上擂了一拳：好歹那是一条人命，是个十七八岁的小姑娘啊，你不能带部队去找她，但口气也不用这么硬吧，说得轻飘飘的。裴庆庚抱着头坐在地上，他恨自己没本事，本来答应她，要像哥哥一样保护她，现在好了，他活得好好的，她却落在小保队手里，落在小保队手里，活着比死还难受。老天爷啊，你保佑她平安无事吧。

部队出发了，裴庆庚祈祷着能往白月梅失踪的地方去，但老天好像和他作对，队伍越走离那个地方越远。每到一个地方，他都盼着奇迹出现——白月梅突然出现，大声地叫着他的名字，在阳光下蹦蹦跳跳地跑过来，声音像树上的鸟儿歌唱。奇迹一直没有出现。

他一直没有看到白月梅，却看到了被小保队抓到的解放军女兵。

有天行军，路过一个村子，村头上的槐树上吊着一个解放军女兵，身上没有一件衣服，眼被挖了，鼻子、乳房也被割掉了，上面贴着一张白纸，歪歪扭扭地写着几个丑陋的字："共匪下场。"被风吹着，发出呜呜的哭泣声。部队立刻把她放下埋掉了。所有的人都悲愤地看着这一切。谁都知道，女同志被小保队抓到，十有八九会被那帮没人性的家伙轮奸，然后再杀死，但真的看到了，谁也受不了。裴庆庚一下子想到了白月梅，泪水哗哗地流了出来，他捂着脑袋，多么想成为孙悟空，无所不能，随心所欲，或者化身厉鬼，把所有的敌人都杀死，让她平安回来。他的脑袋里浮现出她痛苦的脸，面目丑陋的敌人剥着她的衣服，她的胴体上鲜血淋滴，那个被吊在树上的女兵变成了她，她黑洞洞的眼眶流出鲜血。她看着他，嘴唇嚅动，充满哀怨："裴庆庚，你为什么不救我……"

他使劲地摇了摇头，脑袋他妈的在嗡嗡嗡地响。

白月梅他们被小保队抓到后，其他队员被带到镇上砍头了，头挂在镇里一棵杨树上示众。小保队大队长不让任何人碰白月梅，他说："这是我小老婆，只有我能碰。"裴庆庚说："接下来的事情太惨了，我就不详细说了，她被这个大队长糟蹋了。当这个大队长从她身上爬起来时，白月梅不由得趴在地上呕吐起来。天地旋转，脑袋嗡嗡地叫着，她感觉自己的脑袋不是血肉组成的，而是用木头做的。她弯起手指敲了敲，脑袋发出像木头一样的笃笃声……"

大队长的老婆知道后，跑到关押白月梅的地方，抓着她的头发往墙上撞。白月梅确实想死，但那个大队长知道后，带人过来把老婆拉走了。他老婆是个厉害的角色，大队长不敢把白月梅留在镇上，把他送到了自己老家。他告诫那个村庄的人，你们每个人都要看住这个女共匪，如果她跑了，他会把村里所有人都杀死，连条狗都不会留。

白月梅没有想到，这个大队长是干妈的儿子。干妈看着儿子把白月梅扔在院里，走过来，蹲在她面前，笑呵呵地说："喜儿闺女，你又回来了？"

儿子恶狠狠地说："你看好她，别让她跑了。哼，跟着共产党跑，看我如何折磨你，让你求生不得，求死不能！"

大队长走了，白月梅从地上抬起头，抓住干妈的手，使劲儿地摇着："干妈，求求你，放了我吧。"

干妈的脸抽搐着，变得狰狞可怕，她一个耳光扇在白月梅的脸上："你让我放了你？你们不是要杀我吗，不是还要杀我孙子吗？现在怎么求我来了？"

白月梅呜呜地哭了，说："干妈，做人要讲良心，我那时还求马队长他们不要杀你，你不能忘了……"

干妈呸地一口浓痰吐在白月梅的脸上："你还有脸说？告诉你吧，我家老头子就是二十年前死在你们这帮闹啥子革命的土包子手上的，说他是什么地主恶霸。他是恶霸吗？村里遭灾了，救济乡亲的是谁？还不是我们家的老头子吗？你们把他吊在树上用刀割，身上没一片好肉，我跪在那里把头磕破了，你们都不理我……"

干妈捋起白发，额头上果然有一块狰狞的伤疤。

白月梅说："干妈，那是他们啊，不是我，我那时还没出生……"

干妈说："什么他们，你们还不是一伙的？别叫我干妈！你以为我是真的对你好？告诉你吧，你们一来我就想着法子咋把你们搞死，那两个队员就是我带我儿子杀死他们的……老天有眼啊，你今天终于落到我手里了。"

白月梅说："干妈，我真的一点都没有害你的想法，求求你，把我放了，我就当啥事儿都没发生，我不会对他们说的……"

干妈冷笑一声，把那个十来岁的小男孩推到白月梅身边，大声地喊着："你也知道求我了？你们那时不是很厉害吗？你现在杀啊，你有本事把我这个孙子杀了啊。"

白月梅哭着喊："我没有，干妈，我从来没有想过要杀他，我一直在求马队长放了你俩……你做人要讲良心。"

白月梅被干妈关在了牛屋里，每天隔着门送些猪狗都不吃的剩菜冷饭。

干妈的儿子、小保队大队长没事就回来，把白月梅糟蹋完，就用皮鞭抽她。她一哭，干妈就过来拧她的嘴巴，打她耳光。她的嘴巴被干妈拧烂了，脸总是肿着。浑身都是皮鞭抽出的血道子，没有一块儿好的地方，全都是青的紫的。

白月梅一直都没有放弃逃跑的想法。有天早上，干妈把门打开，把剩菜冷饭扔下后，关了门却忘记锁了。等她出去了，白月梅开了门，顺着墙根偷偷地往村外跑。村里人都下地干活去了，一直到村口时，都没遇到一个人。当她跑过最后一家的院墙时，刚要松口气，看到了干妈的孙子和五六个孩子用绳子拴着一只麻雀在玩，麻雀被他们拖在地上，尖利地惨叫着。干妈的孙子看到白月梅，愣了一下，扭头向白月梅身后张望。白月梅立刻蹲下去，抚着他的头，低低地哀求他："乖孩子，我对你一直都很好，你不要吭声啊，我再回来了，会好好地谢谢你的……"孩子眨眨眼，乖乖地冲她点了点头。白月梅站起来，刚跑了两步，那个孩子一边往村里跑，一边喊叫起来："快来人啊，快来人啊，共匪跑了，共匪跑了!"

他的声音像子弹一样呼啸着追赶着白月梅，她的腿几乎软了，但她还是咬着牙闷着头跑，但她哪里跑得了？村里人听到孩子的叫声，拿着铁锹铁锹锄头追上来，扭着她的胳膊把她带回了干妈家。

干妈回来了，听着院里聚集的乡亲说白月梅要跑，她上去揪着她的头发扇着她的耳光骂她："你这个烂货、破鞋，你还想跑？我让你跑，我让你跑！"白月梅抱着头惨叫着求饶，干妈的巴掌还是啪啪地不停地扇着。她打累了，让她那个十多岁的孙子拿着棍子打。孙子一棍子下去，白月梅惨叫一声，干妈在旁边大声地叫好。她的叫声鼓励了孙子，更加用力地打起来，打一下，看一眼奶奶。最后一棍打在白月梅的脑袋上，她的脑袋嗡地响了一下，晕了过去。

白月梅像在地狱里一样熬了三个月，一直到一支国军队伍来到了这个村庄，她才得救了。

亲爱的敌人

三个月后，白月梅回来了。裴庆庚后来听说，白月梅是被一个国军军官放回来的，这个国军军官说他叫余大元。

这支国军几个月来一直在迷宫一般的大别山区转悠，寻找解放军，但解放军像水消失了在水里，一点影子都没有。这天黄昏，部队来到一个破烂的村庄。一个国军中尉带领的连队作为先头连，第一个进入村庄，并且找到了一座高大的砖瓦房子。玫瑰色的天空下，这座古老的宅院安静而又美丽。这一家应该是村里的大户人家。能让疲劳的士兵在这样的房子里度过一个夜晚，中尉当然很高兴，他让勤务兵上去敲门。勤务兵抓着闪亮的门环拍了半天，那扇门像死去了一样毫无反应。士兵们等不及了，他们把门板摘下来，院里站着一个老太太，瞪着眼睛吃惊地看着他们。中尉忙安慰她说："老大娘，你别怕，我们是国军，不是共匪，在这儿住一晚上就走，会给你钱的。"老太太皱巴巴的脸上立刻露出笑容，恐惧与惊慌被笑容挤掉在地上，渗进土里，没有一点痕迹。她充满喜悦地说:"长官好,长官好……我儿子也是国军!"

中尉一下子觉得这个老太太无比亲切起来,甚至觉得她像自己的奶奶一样慈祥。他好奇地问她:"你儿子在哪个部队?"她告诉了他,他有点失望,她儿子是地方保安队的,虽然还是个大队长,但国军从来都没正眼看过他们。那就是一帮乌合之众,像肮脏的虱子一样令人讨厌。

老太太把中尉让进屋里,屋里正中间是一个用土坯垒起的台子,上面放着一些点心盒子什么的。奇怪的是,台子和墙之间的角落里蜷缩着一个妇女,她蹲在那里,头埋在膝盖上,头发像堆杂草一样,整个身子在瑟瑟发抖。老太太走过去踢她一脚,恶狠狠地说:"死到一边去。"她慌慌地抬起头,脸色比阴天的天空还要灰暗,比旱灾到来的土地还要干枯。她怯怯地看看那个老太太,又愣愣地看着中尉,目光落在他戴的钢盔上,上面有青天白日帽徽,目光又滑到他的衣领,上面缀着闪亮的中尉军衔,她不像别人那样目光躲闪,相反,干瘪的眼睛里闪过一丝微弱的亮光,像无边的夜色里一只孤独的萤火虫若隐若现,她的嘴唇神经质地哆嗦着,声音比蜘蛛丝还要细小虚弱:"救我……救救我……"

老太太立即冲过去又狠狠地踢她一脚,嗓子像破锣一样叫道:"你别做美梦了,你看看,这可是国军!"

老太太的行为让中尉厌恶。他把她拨拉到一边,弯下身子问那个妇女,这是怎么回事?她抬头看着他,像朵枯萎的花一样的眼睛突然有了生机,小心翼翼地试探着是否要绽放。她伸出枯瘦的手抓住他的胳膊,好像用尽了全身力气,几乎要把他带倒在地上了。中尉忙把她拉起来,她的身子摇摇晃晃,就像屋顶上营养不良的瘦弱的树苗,一阵风吹来就能把它吹折了。他扶着她坐在椅子上,在她颤抖的声音里,在老太太凶恶的叫喊声中,中尉终于弄明白是怎么回事了。她叫白月梅,是一名解放军女兵,三个月前跟随工作队在乡下进行土改时,被保安队袭击,队员全部牺牲,她被抓到后,这个老太太的儿子,也就是保安队的大队长，强迫她当了他的小老婆。

老太太讨好地看了看中尉，然后又撇着嘴充满鄙夷地看着这个解放军女兵，恶狠狠地说："你别做美梦了，国军会救你？哼哼，我看他们还会杀了你呢……"

中尉皱着眉头，充满厌恶地看着这个乡村的老太太，她再也不像自己的奶奶了，奶奶不会这样的，白月梅虽然是个解放军，但她还是一个女人啊，不，甚至只是一个姑娘。自己确实和共匪势不两立，如果遇到他们，他坚信决不会手软。但此时此刻，他面对的是一个姑娘。他能怎么办？能杀死她吗？中尉看着她，尽量让自己的声音听上去柔和一些，问她："你多大了？"

她的手还在神经质地抖动着，声音里仍然充满颤抖："十八岁。"

中尉扭过头去，院里那棵槐树的影子在残阳下拖得很长，大地呈现出一片腐烂的铁锈味。他突然感到一阵恶心，有种想要呕吐的感觉。她只有十八岁，三个月的时间，已经被摧残得像个三四十岁的妇女了，她要经历多少噩梦才会变成这样？

那天傍晚，他把她带到了村口，一切都很顺利，那个老太太瞠目结舌地看着他们走出院子时才反应过来，扑上来要把白月梅拉回去。一个国军士兵上去，一枪托把她砸倒在地，翻了几个跟头。中尉回头冷冷地看她一眼，她太没眼色了，别说是她，就是他那个当大队长的儿子来了，对国军同样不敢有半点不恭。

中尉带着白月梅到了村口，他看着这个叫白月梅的女兵，她脸上有了些红晕，眼睛像受伤的蝴蝶，有种挣扎着要向天空中飞去的小小喜悦。她甚至还有点儿害羞，低着头喃喃地说："谢谢你，可如果你的长官知道了……你怎么给他们交代？"

中尉苦涩地笑了一下，摇了摇头，说："我们并不是像你想象的那样坏，我们其实都一样……你一直向东走，也许会遇到你们零星的游击队。"

她的泪水在眼里打着转儿，像梦一样的目光飘过他的头顶，看着远处的山头，喃喃地说："我们是敌人，可你，可你为什么要救我？"

中尉再也忍不住了，泪水终于汹涌而出，他把脸扭向一边，喃喃地说："我弟弟也是解放军……"

那天，中尉把那个叫白月梅的解放军女兵送走了。他告诉她，他叫余大元，他弟弟叫余三元，如果她见到他，请告诉他，他的哥哥一直在找他。他甚至冒着泄密的危险，把部队番号也告诉她了。

一个都不宽恕

第二天中午的时候，白月梅遇到了何大能旅长带的部队。那时，何旅长带着部队正经过一个山沟，突然看到一个摇摇晃晃的女人过来了，走近一看，是白月梅。她穿着褴褛的衣服，嘴巴呆呆地大张着，眼睛深深地陷进去，四周是青黑色的眼圈，她不再是一个美丽纯净的姑娘，而是像一条饥饿的瘦狗。旅长从战马上跳下来，抓住白月梅的肩膀晃着，问她："你怎么在这里？"白月梅像从梦里醒来，惊叫一声，停下脚步，啃着手指，呆呆地看着旅长，浑身发抖。旅长叫道："喜儿，你怎么了？你说话啊，我是何大能。"白月梅嘴巴张了张，喉咙里发出含糊不清的呻吟，身子晃了晃，就要倒下去了。何大能回头吼着让警卫员取下水壶给她喂了点水。她咕咚咕咚地喝了一会儿，脸上有了一些淡淡的红晕。她有了点力气，"哇"的一声扑到何大能的怀里，她张着嘴，可能想哭，但还没哭出来就晕过去了。

白月梅过了两天才醒过来。

何大能一直守在她身边，心疼地用毛巾给她擦掉脸上的污泥，用勺子给她喂汤。等她醒来，何大能问她是怎么回事。白月梅哭哭啼啼地给他讲了。她捋起袖子让何大能他们看，上面都是皮鞭抽出来的血道子。

何大能铁青着脸，让她带路，找到那个村庄，把小保队干掉。

白月梅骑在马上，何大能给她牵着马，大军到了那个村庄，战士们把整个村庄一层层地包围起来，连只麻雀都飞不出去。白月梅把何旅长他们带到了干妈的家。

看到突然出现的白月梅，干妈愣了一下，接着看到了她身后密密麻麻的解放军，他们狠狠地瞪着她。干妈的脸变成了白色，接着成了死灰色，她紧紧地搂着孙子，惊恐地看着他们。何大能伸出马鞭子戳在她鼻子上，问她："你那个当小保队大队长的儿子到哪里去了？"她说不出来话，瞪着何旅长，一个劲儿地摇头。她扭头惊恐地看着白月梅，白月梅哆嗦着嘴唇，充满怨恨地看她。干妈肩膀缩成一团，像个令人厌憎的木乃伊，她低下头，眼睛像死去了一样没有一丝光彩，她盯着自己的脚尖，身子更加剧烈地颤抖起来。她就像一只可怜的小老鼠，而面前站着的不是何旅长，而是一只凶猛的恶猫。她没有哭，神情就像呆滞了一样。

何旅长抡起胳膊，抽了她一鞭子，她的脸上出现了一道血印，凝了一串血珠。男孩扯着嗓子放声大哭，何大能一脚把他踢到一边，吼着让人把干妈吊在屋梁上打，一定要让她说出小保队到哪里去了。立即有战士跑上来把她双手绑上，吊在屋梁上，拿起带着刺儿的荆条，狠狠地抽了上去。干妈号叫着，哭着喊，小保队昨天还在，今天一大早就走了，也不知道跑哪里去了。何旅长把部队全部放出去搜，最后在村里抓了几个小保队，说是大队长已经带人跑走了，听说是去大金店镇了。那里是小保队的大本营。

何旅长紧紧绷着脸，看了看屎尿流了一裤裆的干妈，扭头问白月梅："你说，怎么处理她？"

白月梅眨了眨干枯的眼睛，眼睛里流露出一种令人心碎的绝望，消瘦疲惫的脸渐渐地红了，她用一种厌倦别人同时也厌倦自己的声调低低地说："把她杀了吧。"说完，她转过身，面对墙壁，肩膀神经质地抽搐着。

何旅长让人把这一老一小拖到院里。干妈爬到白月梅的身边，抱着白月梅的腿叫道："闺女，好闺女，我知道你善良，心肠好，是菩萨，你就原谅我这个老糊涂吧，给干妈求求情，放了我这条狗命吧……"

干妈仰着满是泪水的脸看着白月梅，目光里带着绝望，绝望之中还夹杂着一点点期待。白月梅凄惨地笑了一下，说："我不是没有给你求过情，我后来多么后悔，为什么要给你求情？……"

她扭过头，对何旅长说："快把她杀了吧，我不想再看到她了。"

干妈又爬到何旅长的脚下，嘶哑着喉咙叫起来："爷啊爷啊，我求求你们，看在我是个六十多岁的老太婆的份上，就饶了我吧……"

何旅长没有理她，他看看那个站在一边的孩子，他正咬着手指，瞪着眼睛看着他，他的脸上似乎带着点好奇。真是一个奇怪的孩子，他是被吓呆了，还是根本就不明白这是怎么回事？管他呢。何旅长问白月梅："你说，怎么处理他？放了，还是也杀了？"

白月梅扭头去看孩子，脸上的肌肉抽搐了两下，眼睛里闪过一丝惊慌。她走过去，弯下腰，整了整孩子的衣服，像个姐姐一样抚摸着孩子的头发，低声地问他："乖孩子，你为什么也要打我呢？我一直对你不错的，我这次还会让他们放了你，你以后要学好……"

她推了孩子一把，孩子慢慢地走到门口，但他突然停下来，转过身，看看干妈，又看看何旅长，最后盯着白月梅，说："把我奶奶也放了。"

白月梅凄惨地笑了一下，摇了摇头。

干妈惊恐地挥着手，大声地朝着孩子喊："你快走，乖孩子，你快走，你别管我了……"

孩子瞪着白月梅，眼睛里迸溅出仇恨的火花，他握着小拳头，狠狠地对白月梅说:"你们要是敢杀我奶奶,我给我爹说,逮住你们一个都不饶,把你们都杀了!"

白月梅抬头看了看天空,她的眼睛不再惊慌,也没有迷惘,她扭头对何旅长说:"把他也杀了吧。"她的声音平静,轻描淡写的,像天空中的云。

干妈尖利地叫起来:"爷啊爷啊,求求你们,别杀他,我就只有这一个孙子,你们不要杀他啊,你们杀我吧,他还是个小孩啊……"

何旅长瞪着她,像头发疯的豹子冲她咆哮着:"早知今日,何必当初?现在你后悔也晚了!"

他抬起脚朝那个老太婆踢过去,她被踢得翻个跟头,摔在地上,长满白发的脑袋撞在门槛上,额头立刻流出血来,但她还是挣扎着爬过来,使劲地在地上磕着头叫着:"爷啊爷啊,你们不要杀我孙子,我这就出去找他多去,找到了他我把他带回来,让你们千刀万刀剐了他……"

何旅长伸出手拽住她的领子,像提着一只小鸡一样狠狠地摔到地上,然后又转过身,提着那个小男孩丢到她旁边,掏出手枪,把枪顶在那个小男孩的后脑勺上,"砰"的一枪,那个小男孩身子一歪,倒在了地上。那个老太婆尖利地叫着,挣扎着要到她孙子身边,何旅长又是一枪,把她也杀了。

白月梅捂住脸,眼中流出了汹涌的泪水,泪水从手指缝中渗出,掉在地上,"砰"地炸开,让人心里一颤一颤的。她咬着嘴唇努力地克制着,但她还是没有克制住,双肩抽搐着,放声大哭起来……

你们说了算

何旅长他们带着白月梅又出发了。他们远离了干妈的村庄,何旅长停下来,他骑在马上,看着远处的一座小山,那山也没什么好看的,长了些低矮的小灌木，很多地方又裸露着丑陋的泥土和石块，但何旅长像入迷了一样，出神地盯着那里，谁也不知道他在看什么。过了好大一会儿，他才扭过头来，皱着眉头看着白月梅，就像她身上散发着刺眼的阳光一样，让他的眼睛睁不开了。他眯着眼睛，嘿嘿地笑了一下，把手中的马鞭子在空中抡了一下，打了个响亮的鞭花，朝着白月梅摇了摇头，说："喜儿，你都这样了，现在总该答应我了吧，当我老婆吧。"

白月梅站在那里，被风吹着，头发像旗帜一样飘起来，她的单薄的身子在风中晃着。站在旅长身后的两个警卫员惊讶地看看旅长，又看看白月梅，他们想不通：白月梅都成这个样子了，旅长怎么还会想着要娶白月梅？白月梅从前是一枝花儿，但她现在被人糟蹋了，连根草儿都不如了，别说是旅长，就是给了我，我也不愿意呢。他们都有点愤愤不平，觉得太便宜白月梅了：从前你在我们旅长面前高傲得像只天鹅，亏得我们旅长还看得起你，这么好的男人，你到哪里去找？和他们想象的一样，白月梅感动得流泪了，但他们没有想到的是，白月梅接着向旅长笑了一下，说："旅长，谢谢你救了我，你的心意我领了，但我对你一直都是尊敬的，像父亲那样尊敬，请你原谅，我没法让自己爱上你……"

她的声音是颤抖着的，但仍然是好听的。

裴庆庚说，这是我亲耳听何旅长的警卫员说的。那天，裴庆庚正靠在墙上懒洋洋地晒着太阳，他听完旅长的警卫员说完这事儿，抬起头，阳光明亮，光线像密密麻麻的蚊蠓，刺疼了他的眼睛，他的眼泪涌出来，比血更苦更咸。裴庆庚真的没想到白月梅还能活着回来。他在心里感谢观音菩萨感谢玉皇大帝感谢所有他知道的神。回来就好，回来就好，活着比什么都好。

只不过，他和那两个警卫员一样，很不理解白月梅都成这样了，怎么还不答应旅长呢？旅长虽然年纪大些，但人不错，还是一名战将，人见人爱，文工队、医院好多女同志都暗暗地喜欢他呢。想不通，真想不通。他悲伤地摇了摇头，很快就不想这事儿了，回来就好，回来就好。他在心里默默地祝福这个美丽而又多难的喜儿姑娘能够从此一生平安，找到一个她爱的人，同时也爱她的人，幸福地过上一辈子……

我们问长了一脸老年斑的裴庆庚，后来呢，后来呢？

裴庆庚说，什么后来呢？

我们说，喜儿姑娘有没有找到一个她爱的人，同时也爱她的人，从此过上了幸福的生活？

裴庆庚说，我后来见到白月梅了，一看到她，我的泪水就想出来了。分别才几个月，她已经被折磨得不成样子了，从前脸蛋红扑扑的，现在都成灰色的了，干枯得没一点水分，眼睛也没一点亮光，你给她说话，也不知道她在看哪里，好半天了，像是突然被吓了一跳，惊慌地看着你，嘴唇神经质地哆嗦着。她过得很不好，医院的人都看不起她。她什么也干不了，总是走神，连给伤员包扎都不会了。还有人私下里说她是破鞋、懦夫。医院政委有次喝多了酒，骂她，你被小保队都睡过了，怎么还有脸活着，怎么还不去死呢……她没有死，她在大别山开小差逃跑了。

这只是其中一个说法而已。

裴庆庚后来离开纵队到野司参加了一个无线电培训班，留在了野司，没过多久，在战斗中负伤，只好回到了老家，当了村支书，瘸着一条腿带领贫下中农斗争地主，分田分地真忙。他再也没见过白月梅，只在传说中听到过关于她的各种各样真假莫辨的消息。这几十年来，他一直在到处打听白月梅的消息。

第二种说法是，白月梅回来后像变了一个人，首长关心她，同志们爱戴她，她却坚决要求到战斗连队去。她刻苦训练，成了一个无畏的战士，枪法很好，还敢和敌人拼刺刀。在淮海战役的战场上，杀敌无数，最后死于和敌人的肉搏战中。

还有第三种说法。她仍旧留在了野战医院,她再也不唱京剧了,没有人再见她笑过,甚至都不记得她再开口说过一句话了。在解放大西南的战斗中,医院里收治了一批国军俘虏,其中有一个叫余大元的国军军官。谁也没想到,等到余大元的伤好了以后,她跟着他走了,谁也不知道他们去了哪里,有人说他们去了台湾,也有人说他们去了香港。

裴庆庚说:"你们想要哪种结局?"

我也不知道,我现在把这个故事写出来,把她的命运交给你们啦,亲爱的读者,你喜欢哪种结局就是哪种结局吧。

高人之死考

一

　　小说一开始主人公就死了。这是一个真实的故事，不过主人公的名字我用的是一个假名字。许多人的回忆文章中说，那天早上，一辆吉普车开到了现在的县政府斜对面的一块空地上，当然，那时这里并没有高楼大厦，没有霓虹灯，也没有晚上站在霓虹灯下面的妖冶的女子，有人说她们是小姐，但这和这个小说无关，我们就不再说她们了。那时县政府所在的地方是八路军总部医院，对面就是一片荒芜的空地，有一些绿色的杂草什么的，更多的是一堆堆灰烬，那是医院烧掉沾满鲜血的绷带后留下的。那些绷带总是用了再用，八路军条件艰苦，绷带也是非常紧缺的。有些伤病员的病是会传染的，那是不能再用的，一定要烧掉。特别是"反战同盟"里的那些日本军医们来了以后，烧掉的绷带就更多了，那些家伙们都是上过医学院的，都很固执。日本人的脑袋是认死理的，就像打败仗了就要剖腹自杀一样。后来剖腹自杀的人就很少了，因为败仗越来越多，要是都剖腹的话，就没人打仗了。还有些日本人参加了八路军，他们有个组织叫"反战同盟"，他们平常也穿着八路军的服装，你要是不仔细看，还真看不出来他们是日本人呢。

那些回忆文章说，那天早上，吉普车在那块空地停下来以后，一个干部模样的八路军先从车上跳下来，接着另一个八路军囚犯也从车上蹭下来了，他有些虚弱，身体细瘦，走路摇摇晃晃，好像随时都会倒下来一样。这个八路军囚犯显然就是高人，他虽然也穿着军装，戴着军帽，但他的帽子上没有帽徽，也没有胸章。他脸色黄白，面庞清瘦，两颊潮红，他一直患有肺结核。我后来查阅了许多资料，终于知道了那个监督死刑的八路军干部是保卫干事王玉德，他现在有九十多岁了，住在我所在那个城市的一个部队干休所里。他也写了一些回忆作家高人的文章。

在保卫干事王玉德的回忆文章中，他从吉普车里下来以后，高人紧跟在后面，最后出来的是一个全副武装的八路军战士，他的手里端着上了刺刀的步枪，这是黄崖洞八路军兵工厂制造的，质量不是很好，总是卡壳。他们本来想用"三八大盖"的，但高人坚决不同意，他死也不愿意被日本人的步枪打死。高人毕竟是个团级干部，他的要求不好不听，于是他们就用了八路军自己制造的步枪。两个人押着高人走了三四百米，到了一片树林，然后停了下来，王玉德和那个八路军战士向前走了几步，然后向后转，他们就直接面对高人了。高人一直微笑着看着他们，他的神情安详，好像一个旁观者一样，如果不了解内情，你会以为即将被枪毙的并不是他，他反而像一个来行刑的。那个行刑的八路军战士显然比他还要紧张，他的额头上渗出了汗水，抓着步枪的手也在微微颤抖。王玉德和那个八路军战士一起转身，两人面对面站着，那个八路军战士推弹上膛，然后朝着王玉德点了点头。王玉德举起了右手，猛地一扬，然后用力往下一劈，这是下令执行枪决的信号。那个八路军战士把步枪立在地上，向王玉德行了一个军礼，他可能是慌张，也可能是故意的，并没有把手放下来就立即侧过上身，这样，他那毕恭毕敬的军礼就直接面对着死刑犯高人了。王玉德在回忆文章中说："如果不是我身份特殊，我真想也给高人敬个礼。"那个八路军战士终于放下了手，举起了步枪，然后枪就响了，高人应声倒下，一大片树木的阴影遮着他，他的脸庞安详，就像一个熟睡的婴儿一样……

这些都是我在王玉德的回忆文章中看到的。真实情况和这篇文章是有出入的。我为了写这个小说，曾经到那个干休所里拜访过王玉德。老人的儿女都很争气，他们有自己的事业，老人一个人住在一个偌大的军级干部的房子里。我离得很远就闻到了那所房子散发出来的浓重的寂寞的味道，那是一种类似于阴雨绵绵的天气里常见的霉味，事实上我去的那天，是非常晴朗干燥的天气。老人果然什么都给我讲了。他非常需要一双倾听的耳朵，而我对作家高人的兴趣使我有足够的耐心陪他，我后来甚至喜欢上他了，还动过调到这个干休所工作的念头，住在那里的每一个老人都有一身传奇。我也把这个想法给我们领导讲了，但他离不开我，因为他喜欢讲话，而他的讲话稿都是我给他写的，听过他讲话的官兵都说他是一个思想深刻的领导，并且说话很幽默，很受欢迎。实际上我写的小说比我写的讲话稿更有意思，你们可以耐心地看下去，应该不会失望的。

老人说："那天早上枪毙高人时，实际上不是在那片树林里，我写那个文章说是树林，是为了结尾让树木的阴影遮在他脸上，让他看上去像个熟睡的婴儿。如果按照实际情况来写，那就一点也不诗意了。你想想啊，一枪打在脑门上，脑浆迸溅，鲜血淋漓，死者本能地要张开嘴巴呼吸，露出被劣质烟草熏得黑黄的牙齿，特别像高人这样的作家，平时又不讲卫生，说有多难看就有多难看。不过，高人死得倒很英雄。我们是在一个山脚下执行枪决的，到了那里后，高人停下脚步，环视四周，山上青松挺秀，山前绿草如茵。他点头微笑：'此地甚好，开枪吧。'接着，在草地上盘腿而坐，含笑饮弹。"

二

高人是因为枪杀了八路军军医佐藤川而被执行军法的。

佐藤川，日本山口县人，毕业于东京帝国大学医学院并留校任教，后应征入伍，参加了侵华日军，当陆军军医。在一次与八路军的遭遇战中被俘，经过教育，加入了"在华日本人反战同盟延安支部"，任八路军总部医院军医，历任外科医生、主任医师等职，曾为当时任中央政府秘书长的林伯渠夫妇看过病，并结下深厚友谊。佐藤川事实上是八路军干部，为保密和安全需要，他平常也穿着八路军军装，并且取了一个很平常的中国人的名字——杨国荣。如果不知道内情，没有人会知道军医杨国荣会是一个日本人。

高人在枪杀佐藤川之前，并没有杀过人，他一直是用笔杆子战斗的。我在很早以前就看过高人的作品。他是河南麦县人，一九二五年九月考入北大文科预科，积极参加政治运动，一九二六年加入中国共产党。北大毕业后，一直在上海从事地下工作，后身份暴露，一九三七年十月奔赴延安，主编文艺刊物《前线》，写作过大量追求光明和进步的小说，是延安有名的作家。他后来从延安的文坛上消失了，有人说他病故了，有人说他成了一个"反革命分子"被枪毙了。我一直都不知道他到底是如何死的。我是前不久才看到王玉德的这篇回忆文章，这才知道高人原来是这么死的。

曾经在八路军总部医院工作过的老干部周为民写过一篇关于佐藤川的回忆文章《敌国来的"同志"》，他在这篇文章中也证实了佐藤川的确是被高人杀害的。

高人是因为严重的肺结核住进医院的。因为他在延安是一位著名作家，住院期间，他所在的《前线》编辑部还曾派人来问过他的情况，所以，医院也很重视，特地安排医术最高明的佐藤川给他看病。高人刚开始也不知道给他看病的是一个日本人。他只是奇怪这个医生总是不说话。终于有一天，佐藤川在给他拍了 X 光后，举着 X 光片映着外面的阳光看了一会儿，摇了摇头，对高人说："你的肺大大的坏了。"高人一下子从床上挺起了身子，朝他翻了个白眼，问他："你是日本鬼子？"佐藤川皱了皱眉头，面无表情地点了点头，然后转身就走了。

高人刚到医院时，不能起床，经常头痛，并且还时不时地吐血。应该说，佐藤川为治好他的病，是花了一番工夫的，至少使他可以下床了。高人就拖着虚弱的身子找到了院长，院长非常肯定地告诉了他，佐藤川曾经是个日军军医，但他已经认清日本侵华战争的本质，转变了与中国人民为敌的立场，现在是名八路军了，还加入了共产党，在"反战同盟"的领导下为中国抗战服务。这样的同志在八路军里还有不少，我们一定要把他们团结好，要像信任同志那样信任他们。

谁也没想到，高人还是把佐藤川杀掉了。

在周为民的回忆文章中，佐藤川是个医德高尚、待人谦和的人，因为是科班出身，还在东京帝国大学医学院当过教授，所以很注意仪表礼节，穿的皮鞋一尘不染，工作起来严谨认真，不苟言笑，更不会给你嘻嘻哈哈。但这在高人眼里，就是一种日本军人的武士道精神。他断定这个穿着八路军军装的日本鬼子是个特务，他没事就和另一个日本医生在一起嘀咕，他们肯定是在一起交流情报。高人从此就不配合佐藤川的治疗了，佐藤川问他的病情时，他要么朝他翻个白眼，把头扭向一边，要么就瞪着眼睛呵斥他："你问这些干什么？你有什么目的？你是不是想害死我？你们日本鬼子就是秋后的蚂蚱，末日很快就来了！等我们打到东京了，也要来个东京大屠杀好好教训你们！你放明白些，别再白日做梦占领我们中国了！"佐藤川当然感到很委屈，有时还会辩解两句，高人就更为生气了，有一次还发展到了拿着一根棍子追着要打他。医院里给他做工作，他也不听，仍然固执地认为佐藤川就是日军派来的特务。情况报告到八路军总部，最后只得给他派了一个警卫员，时刻跟着他，防止他伤害佐藤川，但还是防不胜防，他趁警卫员睡着时，把警卫员的手枪拿走，藏在腰里，然后让人把佐藤川喊来说是有事，当佐藤川赶来后，他掏出手枪连开三枪，枪枪命中要害，佐藤川当场毙命。

关于高人犯罪的原因，八路军总部军法处法字第七号判决书中是这样写的：

> 该犯由于平素不关心政治学习，思想上长期存在着严重的个人主义，自恃"聪明"，自以为是，政治上极为落后。对我军雇用日籍医务人员，向抱反对态度；对给他治疗的日籍医生，则极端仇视，认为都是"民族敌人"。此种极端有害的狭隘民族主义思想与政治上极端落后，是造成枪杀佐藤川的基本原因，行凶前该犯曾向人暗示要做一件"惊人"的事，行凶后，态度镇静，以为杀一个"日本鬼子"，可以不抵命……

三

可以肯定的是，作家高人是一个对党无比忠诚的人。王玉德参与了逮捕、枪决高人的整个过程。他记得很清楚，高人被捕后先是在枣园后沟的西北公学和王实味关在一起。但当他知道和自己关在一起的是一个"反革命托派奸细分子"后，坚决要求把自己与王实味分开，声称他是一个抗日英雄，决不会和一个"耍死狗"的反革命分子关在一起，"那样就玷污了我"。

王玉德还记得，高人被抓起来十多天后，吵着要纸和笔，然后埋头写了一天的信，这封信是写给当时任西北战地服务团主任丁玲的，丁玲是延安的大作家，那是谁都知道的。保卫干事王玉德对丁玲的印象更深，他曾专门写过文章回忆丁玲。丁玲刚从国统区到延安时，住在延安中央政府院内，当时王玉德只有十七岁，给中央政府秘书科长黄祖炎当警卫员，丁玲住在他们对面的一间屋里。他记得很清楚，那时的丁玲很瘦，满脸细细的皱纹，只是一双大眼睛有点神气，整天不声不响地闷在屋里看书。由于丁玲刚到延安，组织上也没有给她配勤务员，每天都是小鬼王玉德顺便给她打洗脸水、送饭的。丁玲那时就给王玉德留下了深刻印象，他觉得这个女人很不简单，不知道她有什么来头，和中央政府的部长们一样，吃的都是中灶。

后来王实味曾经在《野百合花》中写过一篇杂文《平均主义与等级制度》，发表了一些对首长吃中灶、小灶的议论。一个曾在延安给首长做小灶的老干部后来在他的回忆录中也讲到了这一点，说："王实味对延安的一些现象多加指责，评说干部待遇上的差别，把战争环境极端困难情况下发生的事情，说成'青年学生一天只得到两餐稀粥'。整党整到干部等级待遇上，偏离了整风方向。"他接着又说："王实味的一些主张，博得学校里的青年学生的赞同，但像我一样的中央机关勤杂人员都反对。"这名首长的厨师的觉悟是不低的，我们现在也可以肯定，高人虽然是个思想相对活跃的作家，但他觉悟不会低于这位厨师的，他肯定是不赞成王实味的，他甚至都不愿意和他关在一起。从这里也能看出，高人是个坚定的革命者。事实上，当王实味受到批判，作家萧军说了一些同情王实味的话，延安知识分子一百零八人签名向萧军抗议时，高人也签名了。

高人在延安时，有没有和丁玲接触，在目前我所能看到的相关资料中并没有找到蛛丝马迹，但从王玉德看到的高人写给丁玲的信来看，他们可能不但认识，而且还是相当熟的。这封信并没有封口，似乎高人并不介意别人看到这封信。在当时的那种情况下，即使封上，保卫部门也会把它拆开看看的。这是一封奇怪的信，给保卫干事王玉德留下了深刻印象。

高人这封信的开头是"写给丁玲同志并问候毛泽东同志好"，写给丁玲的信里扯到了毛泽东同志，这就有点莫名其妙。接下来的内容更是胡说八道："丁玲同志，你是我唯一信任的人，现在延安到处都是日本特务，他们一直都在秘密监视着我，我只有到了这里才能给你写信。我在这里很安全，你不用挂念。我现在有一个重大机密向你报告，你务必把它转告给毛泽东同志，严惩胡玉梅。我有肺病好多年了，这两年一直在养病。胡玉梅是我的妻子，但她不但不关心我，还参与了佐藤川谋害我的阴谋诡计。由于我识破了佐藤川的特务面目，他知道我不会相信他了，就开毒药让胡玉梅逼着我吃，还胡说什么 X 光机什么病都能照出来，劝我听日本特务佐藤川的话，让他可以随意地摆布我，任他们宰杀。我是不会上当的。你们要立即把她隔离起来审查，如果她不承认，你们就把她派到日本占领的城市去，让她向日本人的厨房里或者水井里投毒，看看她会不会把日本人毒死。如果她不愿意去，那就说明她心里有鬼，下不了手。如果她愿意去执行这个任务，即使任务失败牺牲了，我也爱她，借钱去上海给她买副上等棺材，天天去哭坟送花，我还认她是我妻子。至于我自己，我杀死了一个日本特务，为党立功了，党如果相信我，我愿意带几个人，还有几把手枪到南京去，以办一份文艺杂志为掩护，刺杀卖国贼汪精卫。如果有可能，时间也允许，我们再把在南京所有的日本人都暗杀掉。我考虑这些人不但要有知识有文化，还得非常勇敢才行，因此我建议王玉德同志也去，因为我经过这么多天观察，发现这位同志不错，我也打听过了，他还是一名共产党员，立场非常坚定，但我们出发之前，你们一定要向他明确，他要听我指挥，因为这种事不能蛮干，要有头脑才行……"

王玉德说，这封信在我们保卫部门都传阅了，没有一个人知道他说的是啥。我还想，这作家毕竟是作家，随便写个东西都高深得不行，这些字我们都认识，照他这样子组合起来我们就傻眼了，都看不懂了。他还把我也扯上了，让我跟着他去南京暗杀日本人，亏得他想得出来，这些知识分子有时很可笑，眼高手低的，脑子里不知道装的是什么。但我还是有些感动，可以看得出来，他是痛恨日本人的，也是相信我的。说实话，这封信里没有一点实质东西，没什么价值，但他这是写给丁玲的，我们也做不了主，只能交给领导来处理，听说最后还是转寄给丁玲了，至于丁玲看了这封信有什么感想，能不能看懂，我们就不知道了。

四

高人在那封给丁玲的信中提到的胡玉梅，是他的妻子，当时在丁玲领导下的西北战地服务团工作，二〇〇六年在北京去世，享年八十六岁。她对高人在这封信里对她的怨恨并不在意。她在生前曾经写过一篇文章《永远的思念》回忆高人。在这篇文章中，她也提到了这封信。她在这篇文章中讲道："高人被抓起来以后，曾经专门写信给我们尊敬的丁玲同志，丁玲同志也给我看了这封信。我当时看完这封信，如五雷轰顶，我怎么也想不到他居然会写这样一封信。尽管我们也偶尔吵架，有些不愉快，但我觉得我们一直是相爱的。丁玲同志还安慰我说，别放在心上，高人是个敏感、内向的人，被关的时间长了，精神恍惚，难免有点语无伦次。但现在看来，这封信证明了他当时精神的确不正常，即使这样，信中还是明显地流露出对我既恨又爱，说明他始终是爱我的。"

胡玉梅在这篇文章中认为，高人在枪杀佐藤川前，已经患有严重的精神病了。

她回忆说，高人在住院期间，她去医院看过几次，但每次都是不欢而散。有一次是星期天，她去探视高人，高人把她拉到床边，趴在她耳朵边低低地说，大夫要给他照X光，很可怕。她说，有什么可怕的啊，这可是外国进口的高级机器，什么病都能照出来，一般人想照还照不了呢。高人听了就大发脾气，一把把她的头推开了，呵斥她说："人家要害你丈夫，你还那样信他们！我照了X光后，一天比一天没劲儿了，我身上的力气都被他们照走了！"

还有一次，胡玉梅进去时，护士正好送来了几片白色的药丸让他吃。高人接过那些药，猛地把手里的一杯水朝护士泼去，还把那几片药摔在地上。护士刚要去捡，他跳下床，把护士推到一边，狠狠地用脚去踩。胡玉梅赶紧去拉他，他瞪着眼睛朝她吼道："药里有毒，你知不知道？你要我吃药，是不是要我死？我死了，是不是你就可以再嫁个小白脸了？"

从这篇回忆文章中也能看出来，胡玉梅在讲述高人患精神病的种种诡谲、怪诞行为时，是柔肠寸断、痛彻心扉的。在后来的几十年里，她一直在寻找高人的战友，央求他们作证高人是在患有精神病的情况下误杀佐藤川的。她在全国各地奔走，搜集了很多证言，并且不断地向有关部门递交为高人彻底平反的申诉书。她找到的一个最有力的证人就是许福建。

五

我是从王玉德老人那里听说许福建这个名字的。从这个名字里也能看出来，他是福建人。王玉德老人告诉我说，他的确是福建人，新中国成立后一直在福建省军区工作，现在住在福州一个军队干休所。关于高人是不是个精神病患者，许福建应该最清楚，他一直和高人在一起，和高人有着深厚的感情。高人住院时，就是他送过去的。高人被执行枪决后，收拾遗物的也是许福建。

我所在军区文化处干事赵明远是从福建省军区来的，通过他的联系，我终于在福州找到了许福建。老人已经九十岁了，但他身体很好，他也很愿意给我说说高人。

他告诉我说，高人在枪杀佐藤川之前的确已经有了精神病，应该是精神分裂症。但高人是个精神病人这事儿，那时谁也不知道，八路军总部医院也没有精神科，他们只知道高人是个肺病患者。许福建也是在新中国成立以后才知道还有精神分裂症这一说的。若干年后，当高人的遗孀胡玉梅找到他，让他证明高人是精神病患者时，他才突然意识到，那时的高人似乎真的是个精神病人。

给他留下最深印象的是，高人有次差点把他送到监狱里去。

那是在延安的"抢救运动"中，高人突然发难，要把一起共事多年的老战友许福建打成"日本特务"。

许福建出身于一个中医世家，略通医理，没事时喜欢和同事开玩笑，动不动就要给人家把脉，把脉时还不老实，手指还不时一点一点地，特别是给女同志把脉时，那个动作更是扎眼。高人就是拿这件事向许福建发难的，说他把脉时的动作非常像发电报，把人家的脉腕当作发报机的按键了，这难道不是长期的职业习惯养成的下意识的动作吗？所以，这个许福建一定是日本人派到延安来的特务。

高人的发难，让许多同志都想不通。许福建的经历非常单纯，一直在中学教书，抗战爆发后，在地下党的帮助下来到延安，历史清清白白，怎么能和"日本特务"挂上钩呢？再说，许福建几乎是和高人一起来到延安的，两人曾经在一起同居一室达两三年之久，有着深厚的友情，高人怎么说翻脸就翻脸了？

这可是事关人命，大家严肃地让高人把他掌握的许福建是"日本特务"的证据拿出来，但高人除了"发报"这一条，再也说不出个所以然了。

负责"抢救运动"的党支部书记见高人拿不出其他证据，就示意散会。高人一见，窜到他的面前，挥着胳膊大叫："我们这里到处都是日本特务，你一上来就把一个特务头子放走了，糊涂啊，你真是糊涂啊！"

许福建说："我当时异常震惊，这真是人坐屋里，祸从天降，好在我们党支部书记不错，根本就不信高人的话，要是换了一个人，我的命运实在不堪设想。我也想不通高人为什么这样做，这完全是无中生有嘛。这么大一件事，他把它当作儿戏了。过了两天，我在路上遇到他了，他好像完全忘记了这件事，很远就招着手冲着我打招呼，到我跟前就搂着我的肩膀，让我中午到他那里去吃兔子肉，说是有人给他送了一只野兔，让我想法儿弄点酒，再喝他两杯。让你根本就感觉不到前两天他还想着把你整成日本特务呢。我以为他是在耍什么阴谋诡计，就没去，谁知到了中午，他真的跑到我那里来找我，非让我去。我只好跟着他去了，那里已经聚了不少人，我们吃着兔子肉，喝着酒吹牛，他还说，他正在研究如何把日本鬼子都消灭掉，比如可以让八路军穿上日军军装，混在日军队伍中，等日军进攻根据地时，这些混在日军队伍中的八路军就在后面向敌人发起冲锋，这样前后夹击，一定能把日本鬼子全部消灭掉。我们都是把它当作笑话来听的，谁也没在意，但高人却很认真，说这在三十六计中叫'浑水摸鱼'，是有理论根据的，如果毛主席肯采纳他的建议，一定很快就能把日本鬼子都一个不剩地消灭掉。"

许福建还说，他那次对我们表现得都很真诚，他还不停地劝我多吃一些兔子肉，补充营养杀鬼子，一点也不像一个耍阴谋诡计的人。事实上，高人本来就是一个非常单纯的人，为人忠厚老实。他身体不好，有肺结核，平常就是一副苍白细瘦、病歪歪的样子，是个地地道道的手无缚鸡之力的书生。他枪杀"反战同盟"战士佐藤川的消息传来，我们刚开始都不相信，像他那样的人，怎么会杀人呢？他是一个有才华的人，要不是因为精神病杀人，说不定将来会成大器的。说到底，还是日本鬼子害了他。

六

根据许福建的回忆，高人的精神病迹象是从王家庄回来后开始出现的。高人到延安后，一直在主编《前线》，相对来说，这是一份轻松的工作，但他对此并不满足，一直想到前线去体验火热的斗争生活。在他的要求下，组织上派他和另一位作家马天星到王家庄去体验生活，那里是个游击区，王家庄的民兵创造的地雷战在当时也很有名气。

高人一到王家庄就遇到了日军"五月扫荡"，残酷地洗劫了王家庄，全村五百一二十口人，除了外来的高人和村支书鲁光外，全部被杀，就连马天星也没有幸免。据许福建推测，这个事情对高人的刺激是非常大的，他从王家庄回来后，完全像变了一个人，话越来越少了，也不喜欢参加集体活动，走路都是低着头，有时还在自言自语，谁也不知道他在说什么；单位开会时，他总是坐在一个阴暗的角落里，不声不响，你要是问他什么，他总是茫然地瞪着你，那魂儿像是早就飞到九霄云外了；有时还会莫名其妙地表现出非常恐惧的样子，身子哆嗦着缩成一团，身上大汗淋漓；有时他还会认错人，把你喊成"马天星"，直勾勾地看着你，你提醒他了，他才醒过神来，一副很羞涩的样子；接着就是在"抢救运动"中突然发难，要把自己亲爱的战友打成"日本特务"……

高人在王家庄的遭遇显然是很重要的，那里发生的事情强烈地刺激了高人的神经，以至于他承受不了，从而诱发了精神病。但遗憾的是，那次王家庄之行，许福建并没有参加，高人也从来没有给人讲过，偶尔有人提起王家庄，高人就像触电了一样跳起来大喊大叫，挥舞着胳膊叫着八路军要赶紧把日本鬼子都打死，要制造一场"东京大屠杀"，杀光那里的日本人，还激动地说他要学日语，要到东京办个文艺刊物，去刺杀日本天皇。但当他真的拿着一本日语教材时，看不了两行，就突然勃然大怒地把整本书撕得粉碎，更可怕的是，有次他撕完书后，还不解恨，把那些碎纸片捡起来，放在嘴里嚼着，还在那里叫着："我咬死你们，我咬死你们！"

许福建说："那时我们也恨日本鬼子，高人的表现虽然有些反常，但我们也尽可能地从好的方面来理解他，觉得他这是在发泄对日本鬼子的仇恨，虽然觉得他有点怪怪的，但从来没有想到他已经有了精神病。说到底，那时我们对医学是极端无知的。现在想来，高人从王家庄回来，已经精神不正常了。如果我们发现得及时，恐怕就不会有以后的悲剧了。"

高人的妻子胡玉梅也持这种说法。她在那篇《永远的思念》的文章中回忆说，高人从王家庄回来的当天晚上，点着煤油灯忙了一个晚上，写了一封给丁玲转呈毛泽东主席的信，建议毛主席把延安的鲁迅艺术文学院、中央研究院什么的都解散了，把那些知识分子都送到前线去，因为知识分子都是一群大姑娘，一点用处都没有，就会开会，开会能杀死日本鬼子吗？有本事去前线杀鬼子去，拿着笔杆子有个屁用，连烧火棍都不如。他还强烈建议让自己离开《前线》编辑部，要求去黄崖洞八路军兵工厂，"研制一种风筝带上炸弹，轰炸日军"。胡玉梅在她的回忆文章中说："他写完后，给我看过几页，我当时就很吃惊，那时延安是有一些人看不起知识分子，觉得白白养着他们，一点用处都没有。高人自己就是一个知识分子，但认识水平甚至还不如那些八路军的大老粗干部了。要知道，连毛主席都写诗给丁玲，说她'纤笔一枝谁与似？三千毛瑟精兵'，这在延安，是谁都知道的事。高人这样自轻自贱，真不知道他是怎么想的。我记得很清楚，那封信的开头是这样写的：'亲爱的党，亲爱的丁玲同志，请转呈我们亲爱的父亲毛主席……'我觉得他的想法和对毛主席的称呼都很可笑，但也没往其他地方想，只是觉得他这个书呆子又在胡思乱想了，渴望对日作战速战速胜，对前线残酷的战斗情况不了解，犯了'急性病'，这是知识分子'幼稚病'的表现，这样的人当时还不是少数。"有了这样的想法，胡玉梅也就没把这封信放在心上，高人托她把这封信送给丁玲，她也答应了，但后来却弄丢了。

在胡玉梅的回忆文章中，她也认为，高人的王家庄之行是个分界线，高人就是从那时开始，精神有些不正常了。王家庄幸存者是高人和村支书鲁光，在八十年代初，胡玉梅在为高人的平反奔走呼号时，她在山东的一个村庄里找到了鲁光。

七

鲁光开始并不想向胡玉梅回忆王庄家惨案，他颤抖着身子坐在屋檐下的阴影里，喃喃地说："那太惨了，那太惨了。"他告诉胡玉梅，他和高人离开王家庄后，他就离开了革命队伍，他没别的想法，只想离王家庄越远越好，他这一辈子都不想再提起王家庄了。

胡玉梅说："那你知道高人以后的情况吗？"

鲁光抬起苍老的头颅，眨了眨浑浊的眼睛，迟疑地摇了摇头，问她："高人后来怎么样了？"

胡玉梅就把高人之死详细地告诉了他。她还告诉他，高人现在仍然背负杀人的罪名，他如果不站出来说话，高人可能将永远死不瞑目，永远都是一个背叛革命的人。事实上，高人并不是那样一个人，只要她活着，她就一定要给高人一个说法。

鲁光在沉默了两天两夜之后，终于给胡玉梅详细地谈了王家庄惨案的经过。

许福建告诉我，胡玉梅在她的回忆文章中，虽然没有详细讲述鲁光到底讲了些什么，只是一笔带过，但胡玉梅把这些都写在了申诉材料中。当年，胡玉梅把申诉材料寄给了许多首长和单位，如果我猜得不错，一些首长家里应该还有这份申诉材料。

我按照许福建提供的线索，在一位已经离休多年的老首长家里找到了这份申诉材料。

在这份申诉材料中，胡玉梅说，鲁光告诉她，日本人是在高人到王家庄的第五天早上前来"扫荡"的。高人在延安时就有早上起来散步的习惯，那天早上他刚到村口，正好遇到了鲁光，还有带着几个民兵换哨回来的民兵队长吴三才，他们和高人打了个招呼就准备回村了。刚走了没两步，高人喊住鲁光，让他陪着散散步。鲁光还惦记着怀孕八九个月的老婆，有些不情愿，但碍于高人是从延安来的作家，只好又转身回来了。吴三才和那几个民兵就回去了。

鲁光没有想到，就是这一念之间，高人救了他的命。

两人沿着一条小路到了王家庄东边一个小山坡上，整个村庄就在他们脚下，淡蓝色的炊烟袅袅地升起，村庄里不时传来几声狗叫和小孩玩耍的欢叫声，一派祥和景象。谁也没有想到，枪声很快就响了，日本鬼子接着就进村了。他们赶紧伏在草丛中，无奈地看着日本鬼子用刺刀把王家庄的老乡赶到了村子的晒麦场上。日本鬼子最先杀害的是民兵队长吴三才，他们把他衣服脱光了，将胳膊与身体相连的肩部牢牢地勒在树桩上，其余的地方并未捆绑。他们逼问他八路军在哪里，谁是共产党员。他们每问一句，吴三才就冲着他们吐口唾沫。日本鬼子就动手了，一边问着，一边施刑，先是将他的髌骨连肉带骨地卸下了，然后又用刀剐去了他胸脯上的一块肉，留下一个碗大的血窟窿，鲜血淋漓。吴三才头靠着树干，眼睛闭着，也许是晕过去了，也许是不屑于再回答日本鬼子的问话了。有个汉奸还帮着刽子手紧紧地捉住吴三才的右臂，让日本鬼子去割上面的肉。吴三才是条汉子，他一直到死，都没把高人他们供出来。日本鬼子杀死了吴三才以后，把那些年轻人都拉出来，全部敞开胸，用刺刀一个一个地戳死。村里的民兵吴有福想跑走，被日本鬼子抓住后，一个日军军官抽出战刀，把他从脑袋中间一劈两半，脑浆都淌在地上。村里有个五岁的男孩看到日本鬼子杀人，吓得大哭大叫，一个日本鬼子把他拎起来摔向石碾，他的小小的身子在空中翻滚，声音凄惨尖厉，他被重重地摔在石碾上，哭声戛然而止，但他还没有立即死去，嘴里冒着血泡，小腿抽搐着……

整个王家庄淹没在恐怖之中，就连树上的鸟儿都惊慌地叫着飞走了。那些狗们惊疑地看着这些日本军人，它们恐惧地低声呜呜地叫着，绕着晒麦场团团乱转，在日军的枪声中，纷纷地夹着尾巴远远地逃走了，跑得慢的，也被日本军人开枪打死了。整个王家庄死掉了，没有一个活物了……

鲁光说，在日本鬼子大屠杀的过程中，高人身体一直抖个不停，他的牙齿咬得咯咯地响，他并不是害怕，因为他几次都要从地上挣扎着起来，想要冲出去。他们两个人中，只有高人有一支手枪，还有一颗手榴弹，那颗手榴弹是八路军兵工厂制造的，质量并不是很好，一炸两半，杀伤力并不强，组织上给高人这颗手榴弹，与其说让他杀死敌人，不如说是遇到紧急情况自杀用的。鲁光死死地按着他，说什么都不让他爬起来。他们出来又有什么用呢，除了增加不必要的牺牲，连一点用处都没有。高人瞪着发红的眼睛，叫了起来："你放开我，我要杀死这帮畜生！"鲁光慌了，忙伸手捂住了他的嘴，用身体死死地压着了他。高人挣扎着，用脚蹬他，用牙齿咬他，把他的手咬得鲜血淋漓，后来他就趴在地上，把头扎进土里，用手拍着大地，呜呜地哭了。鲁光说："我真没想到，他一个文弱书生，也不知道哪里来的力气，我怎么都按不住他，他的手拍肿了，流血了，但他仍然拍个不停，地上斑斑血迹……"

日本鬼子杀光了王家庄所有的人，烧光了所有的房子。他们走了以后，高人和鲁光下山了。高人深一脚浅一脚地走着，精神恍惚，整个身子摇摇晃晃。他们站在村口，整个村庄的惨状让他们悲痛欲绝，到处是鲜血，到处是肢离体裂血肉模糊的尸体，有的是刀刺的，有的是刀砍的，有的是枪杀的，有的是火烧的，东一堆，西一堆，左一个，右一个，不忍看，又不能看。女人身上的衣服都没有了，她们躺在中国男人的血泊中，在临死之前，还被日本鬼子强奸了，这帮畜生甚至连几岁的小女孩、几十岁的老太太都没有放过。王家庄村西头的王老太太已经八十多岁了，高人一直住在她家，那么一个和蔼的老太太，也被日本鬼子用刺刀剐去两个乳房，用削尖的木棍从肚子中间钉在地上死掉了，那酱黑的木棍上还挂着她的肠子。在尸体堆中，鲁光找到了自己老婆，她的肚子被鬼子用刺刀剖开，已经成形的婴儿几乎被刺刀捅成了肉酱……

高人站在硝烟弥漫的村庄，他的手剧烈地颤抖着，死死地咬着嘴唇，鲜血从他的嘴唇上滴滴答答地流下来，掉在地上，洇湿了地面。他跪在马天星的身边，他已经被鬼子把头砍掉了，他抱着那个头颅，泪水和嘴唇上的血滴在马天星的脸上，他仔细地给他擦着脸上的污迹，一遍又一遍地擦着，几乎把马天星的脸都擦破了，这才把头颅放在他的脖子上，跪在那里发愣。过了一会儿，他突然站了起来，把手枪和手榴弹掏出来了，低着头一会儿看着手里拿着的枪，一会儿看看手榴弹，眼神散乱，茫然地打量着四周，喃喃地说："为什么还让我活着，为什么还让我活着……"

鲁光说:"那真是太惨了,简直是惨绝人寰,我心里那个难受啊,就像被刀子刺了一样,我哪里还顾得了高人?我抱着老婆的尸体放声痛哭,根本没想到,高人突然把手榴弹别在腰里,然后弯腰把我从地上提了起来,把手里的枪对准了我的脑袋,尖利着嗓子恶狠狠地叫道:'你是什么人?你为什么不让我出来,你为什么不让我出来?我出来了,至少也能打死一个鬼子,我死了也够本了!你为什么要按着我?你这个汉奸,你为什么要帮日本人的忙?'"

鲁光回忆说:"高人那时精神就不正常了,他不光是在那里吼我,用枪捣着我的脑袋,他还真的开枪了。幸好他那手枪是八路军兵工厂制造的'土撸子',是个臭子儿。我闭着眼睛,心里想,王家庄的人都死了,我老婆孩子也死了,我活着又有什么意思呢?你打死我了也好。他扣响了扳机,枪机撞击的声音把我惊醒了。我睁开眼睛,只见他瞪着眼睛,眼睛里布满了血丝,他嘴边淌着鲜血,把自己的嘴唇咬得破破烂烂,他脸部肌肉抽搐着,呼呼地喘着气去退那颗臭子,他越急越不行,枪柄把他的手撞得到处是伤口,皮肉翻卷,鲜血直流。我一下子清醒了,他这是真准备把我打死了。我条件反射地撒腿就跑,他还是朝我开了一枪,那子弹就贴着我耳朵飞过去,再偏一点儿,就打在我脑袋上了。我那时就想,高人疯了……"

胡玉梅在这份申诉书中以沉重的心情写道:"高人是个作家,是一个有着善良本性和朴素人道主义观念的作家,他知道战争是残酷的,但亲眼看见了日军违背人道、泯灭人性的残暴行径,生命在残暴的侵略者面前显得那样的轻微、轻飘和轻贱,如同草芥一般,超出了他的想象,也超出了人类的想象,他的中枢神经已承受不了这样酷烈和惊骇的刺激,无可挽救地走向了无边无际的黑暗之中,精神崩溃了……"

八

　　胡玉梅所写的回忆文章《永远的思念》是在高人被平反后的一九八六年。她长达几十年的申诉终于引起了有关部门的重视，重新审查了高人的案卷，认定"高人枪杀佐藤川是在患有精神病的情况下作案的，其行为不能自控，不应负刑事责任。原判认定高人有狭隘的民族主义思想，政治上极端落后，并以'蓄意谋害'判处其死刑是错误的，应予以纠正。"至于高人之死，有关方面给胡玉梅一份"革命军人病故证明书"，上面写道："高人同志于一九四四年五月二日病故。"这其实是高人被执行死刑的日子。

　　消息传到高人的老家麦县时，老家政府为高人举行了一次隆重的纪念会，称赞他是一个"伟大的无产阶级作家"，是"民族英雄"。他们按照统一口径说他是"病故"的。这当然不能让人信服，因为在麦县的传说中，高人是打死了一个八路军高级干部而被判处死刑的。麦县从来没有出过一个作家，能有高人这样一个革命作家，也是一件荣耀的事情，县里还计划筹建一个"高人故居"。那天，县委县政府一群人浩浩荡荡地开进了麦县木扎，在高家原先的房子前指指点点。高人是地主家庭出身，他家那些房子早就在"土改"中被分掉了。他的父亲在"文革"中被红卫兵批斗死了，因为他不但是地主恶霸，他的儿子高人还是双手沾满人民鲜血的"反革命分子"。高家的房子很好，一直住着人，这家人祖辈三代都是贫农。他们惊奇地看着县里那些头头们激昂万分地指指点点，眉头皱得越来越紧，不是说高人是"反革命分子"吗？为什么又要给他建个"高人故居"呢？这一家有个十二岁的少年蹲在地上，惊奇地看着这些大人们，他的心中同样充满了问号：高人到底是个什么样的人？他真的是"病故"的吗？为什么会有传说，说他是被判处死刑而死的呢？这到底是怎么回事？这个问号一直伴随着他长大成人，他到处寻找知情人以及有关高人的蛛丝马迹，在追寻高人之死真相的同时，他阅读了大量资料和高人的作品，阅读让他喜欢上了写作。可以说，是高人把他引领到文学创作上来了。他现在已经是个作家了，更为巧合的是，他还是一个军人作家。

那个少年就是我——这篇小说的作者。

子夜星网站

一

一上火车就闻到车厢里散发着浓重的臭味。王有金穿过胡乱堆在过道上的肮脏旅客，找到了自己的铺位，是个下铺，被子发黑，刚一坐上去，就闻到一股潮湿的味道，这是一辆从江南梅雨季节开出来的火车。他感到很累，浑身像散了架一样，把被子拉到身后，靠在上面，闭上了眼睛。火车吭吭地响着启动了，窗外的建筑缓缓闪过，他闭着眼睛，摸了摸右手食指第二关节，上面有层厚厚的茧子。他忙把手缩回。那是经常狠狠扣动扳机留下的痕迹。他抬头向周围看看，还好，没有人注意到他。

这次前去豫南麦县的任务很明确，找出出卖游击队政委李美的叛徒并给予最严厉的制裁，并作为特派员，在那里待上一段时间，完成肃反任务，整顿游击队，准备把队伍拉向大别山根据地，与那里的红一军整编。代表组织给他谈话的是党支部书记郑夏，他再三叮嘱，此事只许成功，不许失败。郑夏给他布置任务时，眼睛里似乎有泪花在闪烁。王有金深知此行责任重大。负责红队的中央政治局候补委员顾顺章刚刚叛变，风声鹤唳，特科正集中所有的力量对付此人，此时却把红队最优秀的队员派往麦县，可见组织对此事极为重视。他早就听说，在上海工作期间，党支部书记对李美一直有着别样的感情。

党支部书记满脸忧心忡忡，他告诉王有金，此次麦县之行，绝不能大意，要依靠当地党组织，同时也要坚持独立自主。游击队队长李有财是旧军人出身，当时派李美回到麦县，就是想把队伍拉到大别山，他一直不同意，借口游击队员都是本乡本土的，他们不愿意离开家乡。党支部书记相信，李有财在这里面起了很坏的作用，致使游击队迟迟无法前去大别山。他甚至暗示王有金，他手握肃反的生杀大权，如果有必要，可以果断处置。

王有金最关心的还是李美被捕杀害的事情。事情得一件一件来。他问，组织上有没有怀疑对象？

党支部书记痛苦地皱着眉头，望了望窗外，说，也有可能不是叛徒出卖，是有人违反组织纪律，无意中置李美于危险境地。党支部书记的目光里有了一丝恨意，说，即使这样，此人也必须制裁。

在咣咣当当的火车声中，王有金闭着眼睛，脸上浮现出了令人难以察觉的笑容，他当然知道党支部书记说的是谁，那就是李羡白。

二

如果不是李羡白，李美本来是不用回到麦县的。

李美是三年前从麦县来到上海的。那年夏天，麦县县城最大的商人李功明准备把女儿嫁给麦县警察局陈局长的儿子。那年麦县很乱，出现了共产党领导的游击队，他们杀死很多地主，绑架商人的子女，让他们出钱出枪赎人。再过几个月，李美就要中学毕业了。李功明觉得还是把她放在警察局长家里比较安全。

李美太乖，还是适合当个国民党的官太太。

第二天，李功明去了陈局长家。

陈局长大儿子和李美是一个学校的。李功明见过这个小伙子，人长得还算眉清目秀。陈局长家在麦县也算是有头有脸的人家，配得上自己的女儿。李美嫁给陈家，也就等于是国民党的人了。最重要的是，陈局长是个带枪的人，乱世之中，谁有枪谁就是爷。各方权衡利弊，李美嫁给陈家，是最稳妥的。

这件事他办成了，至少是在陈局长那里办成了。麦县最大的商人来提亲，陈局长还是很乐意的，二话不说就答应了。事情如此顺利，李功明还有点不放心，说："你家虎子会不会不同意？"陈局长有点不大乐意地看他一眼，说："他不同意有个屁用，我说行就行，我说不行就不行。"

陈局长是行伍出身，说话有点粗鲁，这是一点儿小小的遗憾。但话又说回来，在这乱世之中，文质彬彬还真不是个办法。乱世出枭雄，越是这些没什么文化的倒越像过江龙，能翻出惊天的浪花。那些文化人，只能跟着他们当奴才或者任人宰割。李功明很满意这桩婚事。老婆也很满意。他认为自己的女儿也会满意。他让老婆去给女儿说。

那时李美正坐在窗前看书。眼睛盯着书，书上的字模糊一片，根本就没有心思看。她抬头看着外面发呆，外面树上知了叫得正欢。夏天过后，她就要中学毕业了，她想继续读大学，最好能离开麦县。麦县天气干燥，大街上总是尘土飞扬。她早已经厌烦了它那肮脏的容貌。一只鸟喳喳地叫着从窗口飞过，李美觉得这只鸟真笨，既然会飞，为什么还要待在麦县呢？

当母亲给她说了父亲的打算后，更加坚定了她出走的决心。她认识陈局长的儿子，觉得那就是一个纨绔子弟，整天叼着一支烟，游手好闲，无所事事，说是一个学生，不如说是一个流氓。她不喜欢这样的人。她也很清楚，父亲是个说一不二的人，他打算要做的事情，从来没有中途停下，也不会征求她的意见。她只能离开这个家才能躲掉父亲强加给自己的这门荒唐婚事。但她从小到大，一直没有离开过麦县。前方的路像雾一样模模糊糊。李美在犹豫两天之后，终于去找了大伯。大伯是麦县中学校长，毕业于燕京大学，曾经参加过同盟会，在李美看来，他是麦县思想最开明的士绅。事实也正是这样，他的女儿喜欢上了管家的儿子，连父亲都反对，但大伯却支持。他说："这是自由恋爱，两情相悦，我们大人插手不得。"为这事，父亲背后没少嘲笑他。他一直很疼李美，从小就给她读小人书，教她识字，虽然不是亲生父亲，但在李美的心里，他比自己的父亲更像父亲。当李美把父亲逼婚的事情给大伯说了以后，大伯拍案而起，愤怒地说："怎么能嫁给陈局长家那个花花公子？"他要立即去找父亲理论，李美拦住了他，说："你不是不知道我父亲的脾气，他决定的事情从来都没有更改过。"大伯自然也是清楚的，长叹一声，问李美："那你打算怎么办？美儿啊，你就像一颗珍珠，岂是陈局长家的那块烂泥配得上的？"李美给大伯讲了出走的打算，忐忑不安地看着大伯。大伯眼睛发亮，对着李美竖起了大拇指，一连说了好几声"好好好"，又说："谁说女子不如男？我家美儿就是一条汉子！麦县地方太小，你早就应该出去见见世面啦。"

有了大伯的支持，李美底气更足了。接下来要考虑的就是去哪里了。北平？南京？上海？她最后决定去上海。她喜欢徐志摩的诗，听说徐志摩这两年正在上海呢。李美身上流淌着父亲的血，也是一个说一不二的人，在一个月光如水的夜晚，她踩着自己的影子，提着一个皮箱，踏上了前去上海的路。她坐在车上，家乡的风物在窗外一闪而过，她满脑子都是上海和在上海写诗的徐志摩。也许，也许有一天能遇到徐志摩呢。看看，人家和陆小曼结婚，才子佳人，多么浪漫，自己却要嫁给警察局长的儿子，亏父亲想得出来。

她在上海晃荡了一年，做过纺织厂女工、书店店员、报馆记者，一直没有遇到徐志摩，却遇到了在报馆工作的共产党员郑夏。他虽然只是一个店员，在组织里却是一个非常重要的人物。他介绍她秘密加入共产党，又资助她考上了复旦大学，在学校开展"学运"。

李美就是在这里遇到了李羡白，以后的事情，不但李美想不到，就连一向警觉如狐狸的郑夏也没有想到。他如果能预料到这一切，他是说什么也不会让李羡白遇到李美的。

在遇到李羡白之前，李美一直过得很开心，她学习很好，在复旦大学英语比赛中获得了第四名，工作开展得也很顺利，已经吸收不少学生加入了党组织。考虑到李美刚到上海，人生地不熟，组织特地考虑安排李羡白协助她工作。他的身份虽然也是学生，但却是一名老党员。他一向稳重，是公认的书呆子，派到李美身边，应该是让人放心的。李美第一次见到他，印象却不是很好。此人脸色苍白，一脸病容，除了眼睛闪闪发光外，毫无可取之处。李美很快又发现，他最精神的闪闪发光的眼睛，其实也是假象，他只有在看到她时才会这样，其他时间耷拉着眼皮，毫无光彩。他看她的目光让她害怕，那眼睛仿佛是深不见底的洞，要把她整个地吸进去。她曾经给郑夏说过这事儿，郑夏并不在意，笑了笑说："他是个诗人，你看看他名字就知道了，他要做一个像李白那样的诗人，诗人总是有些神经质的。但他人是可靠的，是经受过考验的，是让组织放心的人。"郑夏没有告诉李美的是，李羡白的父亲是上海滩有名的商人，富可敌国，利用这层关系，安插党员以及筹措经费都非常方便。

经过大半年的接触，倒也没什么事儿，李羡白表现得像个大哥哥一样带着她熟悉上海，与组织上情下达，一切都很顺利。李美在这个过程中，一直在用力地把握着分寸，既不让他感到疏远，又绝不能让他感到她和他过于亲密。其实他还是感觉到了，他看她时，眼睛里偶尔会闪出一丝悲伤。每当这个时候，李美就赶紧把目光移开，装作没有看见的样子。

李美还是隐隐约约有些担心，把这样一个人放在自己身边，迟早都会出事。

她的感觉是对的。

那是一天上午，离上课还有十来分钟的时候，李羡白突然跳上讲台。他是个瘦猴一样的男生，却有一个过于夸张的丰满臀部，走路时身子扭来扭去，本身就是一个笑料。当他像个猴子一样跳上讲台时，李美和其他同学一样，脸上露出看热闹的笑容，期待着他即将给大家带来的欢乐。李羡白咳了一下，清了下嗓子，说："同学们请安静，现在我给大家读一首诗。"李羡白脸有些红，眼睛闪着光亮。李美的心沉了下去，收住了脸上的笑容，有些不安。

李羡白从口袋里掏出一张叠得整整齐齐的纸，开始读了起来。他觉得自己是在用一种充满柔情的腔调在朗诵，但让别人听来，是在可笑地拿腔捏调。台上的人觉得自己深情款款，台下的人却觉得荒唐可笑。他读诗歌的声音和同学们的欢乐的笑声混在一起。这也感染了李美，她跟着大家一起笑，甚至笑得要流出眼泪了。

李羡白读的是一首爱情诗：

> 我等候你。
>
> 我望着户外的昏黄，
>
> 如同望着将来，
>
> 我的心震盲了我的听。
>
> 你怎还不来？希望
>
> 在每一秒钟上允许开花。
>
> 我守候着你的步履，
>
> 你的笑语，你的脸，
>
> 你的柔软的发丝，
>
> 守候着你的一切；
>
> 希望在每一秒钟上

枯死——你在哪里？

我要你，要得我心里生痛，

我要你火焰似的笑，

要你灵活的腰身，

要你发上眼角的飞星；

我陷落在迷醉的氛围中，

像一座岛，

在莽绿的海涛间，不自主的在浮沉……

　　他读完以后，说："这首诗送给一位同学，我要告诉她，我爱你。直到老，直到我们的骨头已朽，我的爱仍然等着你。"同学们兴奋地叫着让他说说是写给谁的。也有同学在东张西望，打量那些女生，在心里盘算着哪个女生结婚了，哪个女生还没结婚，用排除法缩小目标。李美也是属于东张西望那一拨学生，但她也看不出到底是写给谁的。她完全忘记了他看自己时闪闪发光的目光。在短暂的哄笑后，她和其他人一样充满期待地看着李羡白，他到底是写给哪个女生的？

　　李羡白也会害羞的，他本来红着的脸更红了，喃喃地说："还是不要在这里说了吧。"

　　有个男生大声地说："说，你都有胆子读了这首诗，怎么没胆子说呢？"

　　李羡白看着那个男生，有点踌躇。连女生也跟着起哄，叫他快说。

　　他把头抬起来，咬着牙，目光突然就直射过来，盯着李美。李美脸上的笑容一下子僵住了，脑袋嗡嗡地响，她的身子不由自主地颤抖起来。果然，李羡白颤抖着声音说："这首诗是我送给李美同学的，我昨天晚上失眠了一晚，亲自写的……"

　　几十双目光像刀子一样唰地砍过来，李美腾地站起来，把课本重重地摔在课桌上，瞪着眼睛问他："这是你写的诗吗？"

李羡白喃喃地说："我本来给你写了一首，但我觉得不好，还是这首最能表达我想说的……"

李美恨恨地说："卑鄙，无耻！这哪里是你写的？这是徐志摩的诗，题目就叫《我等候你》！"

她扭头冲出了教室。她只能这样做，除此之外，她实在不知道自己应该如何做。这个令人讨厌的家伙！这是什么老党员？完全是个神经病！他们这是在踩着刀子干革命，这下好了，她想低调完成组织交代的任务，但他这么一来，完全让她成了焦点。

这事儿很快全校同学都知道了，上海滩大商人的神经病儿子在追求她。他们在课间休息时，三五成群地跑来，挤在门口或窗前，指指点点地打听着她。就连那个一头白发，身上总是落满粉笔末的古代文学课周先生也在课堂上讲这事，要命的是，他认为这没什么不对："窈窕淑女，君子好逑。年轻真好，如果爱，那就勇敢地追求爱吧，你们是新青年，你们应该享受爱情，别像我们，到老了才知道，力不从心喽，悔之晚矣。"看看，这都是什么话啊。要不是顾忌自己是个共产党员，李美真想扯过板凳砸过去。这上海真是的，这么大岁数的老师，还这样老不正经。

半个月后，在和郑夏接头汇报工作时，李美讲了这事儿。郑夏阴沉着脸盯着天花板看了一阵，告诉李美，组织会认真考虑，必要时把李羡白调走或者转学。李美说，现在就是必要的时候了。他这哪里像个党员？完全是个轻浮的花花公子。郑夏却把脸绷起来批评她，他们现在是在秘密开展工作，李羡白固然做得不对，但从另一个角度来看，他越表现得像个花花公子，越是安全，没人会想到他是一个共产党员。李美想想，郑夏说的不能说没有一点道理，但她仍然赌气地说："赶紧把他从我身边弄走，我一天都受不了他了。"

结果并不如愿。当组织和李羡白谈话时，李羡白坚决反对调走或者转学，他觉得革命与爱情并非水火不相容，自己作为一个革命者，时刻准备为革命献身，但这并非就意味着自己与爱情绝缘。他甚至瞪着郑夏，示威般地说："别以为我不知道，一些同志为开展工作需要，名义上假扮夫妻，实际上比真夫妻还要'夫妻'。我爱李美，天经地义。"郑夏严厉地警告他，这只是他的一厢情愿，李美根本就不接受他，他如果再不收手，将会损害革命。这句话好像击中他了，他的脸变得更苍白，手指神经质地抖动着。郑夏以为他死心了，谁知他抬起头，倔强地说，就是这样，他仍然要待在大学里，只有整天见到李美，他才安心，一天不见，他就像生活在黑暗中一样。

三

组织上没能把李羡白调走，这让他产生了一个错觉，更加疯狂地追求李美，他每天像只苍蝇一样围着她转。她总是看到他。有时坐在学校的树下石凳上看书，一抬头，他不知道从哪里突然冒出来了，目光蛇一样轻浮地抚摸着她。有时她到图书馆看书，刚坐下来，明明对面没人，一抬头，就看见他手里拿着一本书，脸却抬得高高地笑眯眯地看着她。每当这个时候，她都恨不得啐他一口唾沫，骂他一句不要脸。但她骂不出来，每次都急急忙忙地红着脸小跑着走开了。

她忍受了半年多，最后忍无可忍，不得不向组织求助，郑夏经过慎重考虑，让李美办理了退学手续，转到一家工厂去做"工运"。

这事是瞒着李羡白的。李羡白那段时间像无头苍蝇一样急得团团乱转，他去找了组织，组织当然守口如瓶。他像掉了魂一样，整天在校园里无精打采。组织上为了转移他的注意力，甚至重新安排了一个女生和他一起工作，但没有任何作用，他仍然一有机会就追着组织要李美。他甚至还跟踪郑夏。这事在组织内部引起轩然大波，他被严厉批评，最后还被组织处分。

有一段时间里，李羡白似乎放弃了寻找李美的打算，老老实实地在大学待着，那一学期他的成绩甚至还排在了前三名。

谁也没想到，一年以后，他竟然会动用父亲的江湖势力，还是打听出了李美的下落，接连几天到那个工厂找李美。

当郑夏知道这件事后，觉得事情比较严重。组织开会研究，王有金说，干脆把李羡白干掉吧，此人像个神经病一样，把这样的人吸收到党组织里，迟早都是祸害。他喜欢这事儿，动不动就想把别人干掉。郑夏没有接他的话，只是盯着李美看，问她："你愿意回麦县工作吗？"

李美摇了摇头："我就是从那里逃出来的，让我再回去？我不愿意。"

郑夏说："麦县游击队党组织比较薄弱，队长李有财是旧军人出身，自身也需要改造，但他现在还兼着政委，不合适。组织一直打算派人去。"

李美说："组织一定要我回去，我服从。"

郑夏说："游击队一直没什么起色，人数太少，你去了担任政委，抓紧时间动员老乡参加游击队，扩大队伍，准备把队伍拉到大别山区与红一军会合，壮大革命力量。"

李美慌慌地摇头，说："让我去动员老乡参军，扩大队伍可以，我去当政委不合适吧？"郑夏说："再也没有比你更合适的人选了，李有财山头主义严重，一直排斥组织派人去工作，也不愿意把队伍拉向大别山，你是本乡本土的，他们容易接受，你把游击队改造成一支合格的党的武装，尽快把他们拉到大别山区。"

李美说："请组织放心，我一定保证完成任务。"

李美就这样回到了老家麦县。谁也没有想到，在李美回到麦县的半个月后，李羡白不告而别，离开上海，也跟着去了麦县。

这是一起严重破坏组织纪律的事情。组织上几次督促李羡白立即回来，但他仍然不听，放出话来，只要李美一日不离开麦县，他就一日不走。

王有金说:"看看,我说对了吧。"

四

天渐渐地暗了下去,火车在茫茫夜色中向西边奔驶,长长的车灯劈开浓浓的夜色,像利剑刺入黑夜的身体。王有金连一丝睡意都没有。在他看来,李美被捕杀害,很可能是因为李羡白,那样一个书生,被敌人抓到,稍一用刑,估计什么都招了。即使不是他,肯定也是他惹出来的祸。上海有上百万的人,各种各样的人物都有,千奇百怪,他这样一个神经病扔在那里,就像一滴水落在了水里,没人会注意他,但他跑到麦县,那就像动物园里的猴子跑到了大街上,绝对会引起人们注意的。他再粘着李美,李美自然也毫无安全可言。

绝对是这个家伙的问题,即使不是他的问题,就凭着他私自跑到麦县这一件事,这次肃反,他也跑不掉。王有金在黑暗中不由自主地弯起食指,他仿佛闻到一股迷人的硝烟的味道。

第三天午时,王有金终于赶到了麦县,在地下交通站的帮助下,顺利地来到了云龙山游击队所在地。游击队队长李有财带人在山下迎接,远远迎上来,夸张地握住他的手,使劲地摇着。他满手茧子,食指关节处茧子更厚,可见也是一个经常玩枪的主儿。这是一个瘦长的男人,眼睛很小,你不注意看的话,还以为他总是在眯着眼睛。他一直都对王有金赔着笑脸,一副小心翼翼的模样。这让王有金心里有些不舒服,觉得这种人鬼点子多。

到了山上,安置下来后,王有金第一件事儿就是向李有财要一把枪。他本来有把很好用的"快慢机",但长途跋涉到麦县,自然不带枪更安全。李有财似乎早有准备，立即让人递上来一支"勃朗宁"。王有金摇了摇头，这枪，像个女人。他问："你们有二十响的快慢机吗？"李有财忙说："有有有。"王有金掂着沉甸甸的快慢机，打开弹匣看了看，把子弹退出来，二十发，不多不少，都是黄澄澄、沉甸甸的，没什么问题。他一边装着子弹，一边问："李美同志到底是如何牺牲的？说说吧。"

事情很简单，三下五除二就说完了。李美出走后，母亲生了一场重病，不久就去世了，父亲的身体也日渐不好。前几天，她大伯捎来口信，说他父亲重病，让她回县城去看看。李美很慎重地又派人到县城打听，第二天，那人回来，告诉她，她父亲确实病得很重。李美于是决定回家一趟。李有财觉得危险，劝她不要回，要回，也得带上几个人。李美说，不回不行，非回不可，去看父亲的病事小，主要是要去处理父亲的后事。李家的家产占了半个县城，李美只有一个年幼的弟弟，她必须回去，把家产处理掉，然后带弟弟上山，把处理家产的钱用来给游击队买枪。队伍已经拉起来了，买了枪，就可以把队伍拉到大别山，这也是送给组织的一份大礼。说到这儿时，李有财尴尬地笑笑，说："特派员，不怕你笑话，我们云龙山寒酸啊，百十人，只有五六十支枪。李政委和我都很着急，但国民党一直防范得紧，不停地围剿，我们不停地东奔西跑，根本没办法搞到枪。"

他声音有些哽咽，说："李政委是个能力很强的好同志，她来了以后，动员了五六十人参军，队伍一下子壮大了，真想不到，正是大展拳脚的时候，她却遭遇了不测。我再三劝她不要下山，但我怎么拦也拦不住。"

李美觉得人多目标大，自己一个人去县城反而安全。结果，她回到县城的第二天就被抓了，李有财得知消息后，赶紧集合队伍，准备下山营救，还没出发，消息又来了，国民党当天就把她枪杀在县城外面的白河滩上了。

王有金在心里冷笑了一下，他会集合人马去营救？得了吧，就那五六十条破枪，还想去县城劫法场？王有金对他的好感减了一分，觉得这人不坦荡。

王有金清楚了，肯定是李美下山，那个神经病李羡白也跟着去了，这样一个单独相处的机会，他会放过？说不定还在县城大街上当众向李美求爱了呢。奇怪，这个游击队队长怎么一直没提李羡白？他是不是也已经被国民党抓到一起枪杀了？

王有金抚摸着冰冷的快慢机，问他："李羡白呢？我怎么没看到他？"

李有财摇了摇头，说："他早就死了。"

五

李羡白跟着李美到了麦县，这让李美十分苦恼。她几次赶他走，他却说什么都不走。他再三向李美保证，他不会再发神经了，绝不会影响李美的工作，他没别的要求，只要让他待在游击队就行，他每天能看到她，他就心满意足了。

他嘴上说的是一套，做的却是另一套。

事后想来，这个家伙，从来都没有死心，他一闲下来就想着如何把李美弄到手。游击队出去打土豪，他再三违反纪律，私自藏了些擦脸油、书或者茶叶，趁人不备就溜到李美住的房间里，偷偷地把东西放在那里。有次被李美逮住了，当场把东西甩在他脸上，让他滚，他还死皮赖脸地不滚，害得李美忍无可忍，把快慢机都掏了出来。

"对了，就是特派员你手里拿的那支快慢机。"李有财停下来解释说："李美下山时，为了安全，把快慢机留下来了。谁知道，谁知道她一下山就遇到了不测。我真蠢啊，我应该劝她把快慢机带上了。"李有财说着，眼泪流了下来，他伸出胳膊，用袖子擦了擦，低低地说："多么好的一个同志，在麦县这半年来，工作开展得有声有色，同志们人人都喜欢她，却想不到，想不到……"

王有金附和着沉重地点点头，说："谁也不想出这样的事情，你放心，李美同志的仇一直要报。"他嘴上是这样说的，心里却说："队长，你又在给我演戏啊，既然你说国民党防范很严，那李美下山，肯定是不能带上快慢机的。你自责什么？在我面前还玩这一套，当我是三岁小孩儿吗？"心里不由得对他的好感再减一分。

李羡白看着李美顶在他胸前的快慢机，身子僵硬，脸色苍白，目光惶惑不安，惊愕地看着她，喃喃地问她："你不喜欢我吗？你难道没喜欢过我吗？"

李美尖利地叫起来："没有，我从来没有喜欢过你，你做梦去吧。"

他的目光带着恐惧、无可奈何，在她脸上蜻蜓点水一般地停留一下，很快越过她，往外面看了看，外面阳光正好。他的目光又绕过她，低低地垂下来，盯着地面，脚在地上来回蹭着，嘴巴嗫嚅着，过了好大一会儿才低低地说："你既然不喜欢我，那为什么我们第一次见面时，离得还很远，你盯着我看？"

李美愣住了，她使劲地回想自己和他见的第一面，却一点印象都没有。她笑了，很清晰地对他说："你是在做梦吧？我会盯着你看？你哪点值得我盯着你看？我告诉你吧，我爱上任何人也不会爱上你。"

李羡白脸上已经呈现出绝望的死灰色，他不甘心地舔舔嘴唇，说："李美，我们将来也没有可能吗？"

李美都想笑了，这个可怜的神经病，他脑袋里在想什么呢？他还在想着她将来出嫁了，又离婚了，没人要了，再回过头来两人从头再来吗？

李美一字一顿地说："不可能。说实话，我对你的将来，既不关心，也不感兴趣，好也罢，坏也罢，你的生活是你的，我的生活是我的，你和我一点关系都没有。"

他的脸变得更白了，比冬天的雪还要白，惊恐地看着她，就像她是一颗咝咝冒烟的手榴弹一样，他的头本能地向后仰着，身子往后退了两步，他甚至忘了后面就是墙，脑袋狠狠地撞在上面，咚地响了一下。他的额头上冒出一股股汗水，汗水滚滚而下，她闻到他身上散发出难闻的汗臭味。他的手不知道放在哪里好了，一会儿擦擦汗，一会儿紧紧地贴着裤缝，躲躲闪闪的目光偶尔会飘到她身上，里面充满了尴尬和窝囊，一个小男人的窝囊。

李美跺了跺脚："你不走，我走。"她收起快慢机，决绝地扭过头去，大踏步地向前走着，身子轻松。风吹着正在春天蓬勃生长的树，哗哗地响，请为我唱一支崭新的歌，世界光明，万物欢欣。身后传来男人低低的呜咽声，被风儿扯得破碎零落，像腐败的花朵。

王有金摆弄了一下快慢机，想象着李美用这把枪顶在李羡白的胸前，在心里叹了口气，真没看出来，这个瘦弱单薄的女人，心肠就这么狠，这么硬。她要是没死，自己回去建议一下，说不定还可以吸收到特科行动队呢。

帅漫不经心地问李有财，于是，这个家伙就自杀了？

李有财点了点头，但随即又摇了摇头，说，他确实是自杀的，但，似乎也不是自杀的。

那是和李美争吵后没多久的事情，那也正是李美最艰难的时候。她在各个村庄宣传鼓动老乡加入游击队，但老乡们仰着麻木的脸，带着一脸愚蠢的笑容看着她，就是没有一个人报名参加游击队。

李美仍旧没有死心。她这天带着队伍来到了郑家庄，这个村庄人多，有几百户人家。李美曾经带着队伍来鼓动过几次，都是无功而返。李美的嗓子哑了，人也更瘦了，但她还是坚持来了。当然，李羡白还跟着。他不再像从前那样，只要李美在，他就眉飞色舞，两眼发光，而是无精打采，像是秋后被霜打过的茄子，蔫巴巴的。李美带着队伍在宣传鼓动，他一个人在村庄溜达。他来到村外的一个土坡上，站在那里，像棵老态龙钟的树，望着远方发了一会儿呆，慢慢地下了土坡，拐到一个土沟里，坐在地上，像一块僵硬的石头，瞪着天空发了一会儿呆，看看快到中午了，他就回村了。他刚爬上土沟，村里一个叫郑金保的年轻人来了，瞪着眼睛看看他，又看了看他的身后，他的身后有几根鸡毛。郑金保突然蹿上来，揪住李羡白的领子，说他的老母鸡丢了。李羡白奇怪地问他："这关我什么事儿？"郑金保说："你把我家的老母鸡偷吃了。"李羡白当然不承认，两人就在那里吵起来了。郑金保拽着李羡白找到李美，一口咬定就是李羡白偷了他的鸡。保长和村民也来看热闹，他们本来就不高兴游击队动不动就来他们村庄宣传鼓动，不但拽着他们参加游击队，还得管他们饭。他们也都站在郑金保那一边，咬定是李羡白偷了鸡："看看你们这是什么队伍，偷鸡摸狗的队伍！"

李美对老乡讲："游击队纪律严明，决不会拿群众一针一线，李羡白绝对不会偷老乡的鸡，你们肯定误会了。"

即使李美提出无论李羡白有没有偷鸡，游击队都愿意给郑金保几块银圆了结了这件事，老乡却依旧不依不饶。郑金保瞪着眼睛摇头，说他不是那样的人，他只要鸡，不要银圆。李美瞪着郑金保，脸憋得通红，想发火，但最后还是咬牙忍住了。她让李有财把游击队集合起来，她走过去对郑金保说："我们是共产党领导的游击队，是穷人的队伍，李羡白是个老同志，更不会偷鸡摸狗。我李美当着弟兄们和父老乡亲的面把话撂这里了，你把证据拿出来，如果李羡白真的偷了那只鸡，我一定严厉惩办。"她目光炯炯地盯着郑金保，郑金保梗了梗脖子，说："他偷吃了那只鸡，证据就在他肚子里，我怎么拿？"李美求援地看着老乡，老乡们仍旧站在郑金保那边，没人给她说话。

李美皱着眉头，心事重重地走回队伍前，狠狠地盯着李羡白，问他："你到底有没有偷老乡的鸡？"

李羡白冷笑了一声，说："我李羡白是那样的人吗？我什么没见过，我会偷他的鸡？笑话！"

李美也冷笑了一声，说："你是什么都见过，但在麦县这穷山恶水，再好的东西也比不上一只香喷喷的鸡。你到底偷了没偷？"

李羡白瞪着李美，喃喃地说："连你也怀疑我偷了那只鸡吗？"

李美抱着膀子，不置可否，说："你说呢？这么多队员，他为什么不找他们就找你呢？"

李羡白深深地皱着眉头，眼睛里有了泪花，他好像用尽了全身的力气，直直地看着她，痛苦地说："李政委，你如果真的这样认为，我愿意剖腹，让你们看看我到底有没有偷吃那只鸡。"

他以前从来没有喊过李美政委，都是直呼其名。

他说完之后，把一个游击队员的步枪拿过来，把刺刀取下。事情到了这个地步，那些老乡仍旧咄咄逼人，郑金保一副胜券在握的样子。李美瞪他一眼，让他把刺刀收起。然后，她走到郑金保面前，严厉地问他："李羡白要剖腹，但丑话说在前面，如果没有鸡，你怎么办？"李美以为这样就把郑金保吓着了，没想到，郑金保又把脖子梗了梗，说："要是他肚里没有鸡，我一命偿一命。"

李美一时说不出话来，痛苦地皱着眉头，不知如何是好。

李羡白握着刺刀过来，笑了笑，对李美说："李政委，你就别替我说话了，这是我自找的，咱们是共产党的队伍，不能因为我一个人败坏了共产党的名誉，我只有一个要求，我死了，也不要追究这个年轻人的责任，让他参加游击队，将功补过。如果因此能让更多的人参加游击队，我死得也是有价值的，我很高兴能有这样一个机会。我希望你能记住我，改变对我的印象，明白我对你的心意。你在我心里的分量，可能连我自己都没有意识到会那么重，但我现在意识到了。"

李羡白说完，就用刺刀剖腹了。

经过检查，李羡白的肠胃里连一根鸡毛都没有。村民们都傻眼了，郑金保一家慌了，大人小孩跪了一地，村民也跟着跪下了。他们跪在游击队面前，黑压压的一片，哭着哀求不要杀了郑金保。李羡悲愤欲绝，一脸泪水，她过去，伸出手，把李羡白的眼睛合上了。

李有财说，就是在这个时候，李政委还是很冷静的，并没有以牙还牙以血还血，没有杀郑金保，但让他必须像李羡白说的那样参加游击队戴罪立功。那家人当然也同意了。他们用自己家的棺材把李羡白埋葬了，全村人都来送葬，哭声一片。

郑家庄被李羡白的大义所震动，当天就有一二十个青壮年参加了游击队，游击队也因此打开了局面，几天工夫，游击队扩大到了百十人。这一切都归功于李羡白，他用自己的死帮助了李羡。

王有金问李有财："你当时在现场吗？"

李有财说："在。"

他又问："你作为一个队长，难道就没制止吗？"

李有财苦笑了一下，说："李政委是个很能干的同志，又是上级派来的，她到了云龙山以后，大小事情都是亲自抓的，我这个队长基本上是个摆设，说不上话的。李政委都没有制止，我怎么好上去制止呢？"

六

李羡白之死让王有金怅然若失，他没有想到，这个看上去弱不禁风的书生如此决绝。将心比心，自己遇到这种情况，未必有这样的勇气。

只是他的调查却因此进入了死胡同，一切都得从头再来。

他对郑金保感到好奇，让李有财把他叫了进来。这是一个粗壮的年轻人，面孔方正，从脸上僵硬的表情来看，倒像一个愣头青。他进来以后，扑通一声跪在王有金跟前，哭着说："特派员，你惩办我吧，如果不是我缺心眼，李羡白同志也不会死的……"

王有金盯着他看了一会儿，他确实很伤心，哭得肩膀抽搐着，泪水是自己流出来的，不是挤出来的。但王有金及时纠正了自己的看法，这不是一个愣头青，而是一个聪明人，进来就跪下请罪，台词也都是准备好的。如果真是一个愣头青，反应哪里有这么快？这个人不简单，肃反的时候，得好好查一查。他脸上却不动声色，把他扶起来，拍了拍他的肩膀，安慰他说："出了这个事儿，大家都很难过，但这事不能怪你，任何一个共产党员遇到这样的事情，都会牺牲自己维护党的名誉。这是李羡白以一个共产党员的觉悟做出的选择，和你没有关系。你要做的，就是像李羡白同志那样，努力工作，争取早日成为一名合格的共产党员，告慰英雄的在天之灵。"

郑金保重重地点了点头。

这件事暂时就放在这里，最重要的是弄清楚李美的事情。王有金相信李美绝不会是自己暴露的，她在上海面对的是更为精明、更加心狠手辣的国民党特务，一直平安无事，在她从小长大的麦县县城更不可能有事，那些警察和保安队，欺负百姓绰绰有余，但对付像李美这样精干的人却愚笨得可笑。更何况，她是在回到县城第二天就被抓捕的，一切迹象表明，绝对是有人告密。解铃还须系铃人，李美是麦县保安队抓捕枪毙的，那么，也只有保安队最清楚是如何抓到李美的。

王有金问李有财，在麦县有没有内线？能不能从保安队那里打听到一些情况？

李有财皱着眉头思索了一会儿，痛苦地摇了摇头。

王有金决定亲自到麦县县城一趟。他不相信任何人能比他更有经验。他把随身带的包袱打开，在下巴上粘上胡子，把脸化妆得更老了一些，戴上一个墨镜，看上去像一个算命先生。他撩起裤子，把快慢机绑在腿上，然后直起腰，问李有财："怎么样，像不像一个算命先生？"李有财夸张地张着嘴，一副吃惊的样子："像像像，走在大街上，我都认不出来。"王有金笑了笑,说:"别说是你,就算是真的算命先生遇到我,也会被我忽悠得五体投地。"他刚出了门,李有财就追了上来,喃喃地说:"特派员,你对这里人生地不熟,要不要我们派个同志跟着?"

王有金摇了摇头,再次觉得这个队长真是愚蠢得不可救药。

王有金下了山,不紧不慢地走在大路上,不时地打开手里的扇子,摇上几摇,有时还会停下来,看看天空,看看群山,一副优哉游哉看风景的样子。他并没有急于到县城,相反却拐上了一条岔道,去了一个挨着县城的小镇。他坐在小镇上一个茶馆的临窗位置,喝了一下午的茶。他在小镇又待了一个晚上,第二天早上出现在去县城的大路上,他已经变身成了一个乞丐。

中午时分,王有金进入了县城。他进入县城以后就发现了一个奇怪的现象,街上啥人都有,卖艺的、乞讨的、摆象棋摊的等等,就是没有算命先生。他向路人打听县城里是否有庙,路人捏着鼻子忍着他身上散发的臭味,指了指北边,说,有有有,在北关有个观音庙。王有金到了观音庙,就看到那些保安队正架着几个算命先生出来,他忙坐在路边,不停地向路人磕头、作揖,路人看他可怜,倒也有几个人扔下了几枚铜板。

王有金心里有数了,保安队显然已经知道他到了县城,并且知道他扮成了一个算命先生。李美的死并不简单,果然游击队里出了叛徒。谁会是叛徒呢?他一时没了头绪,他扮成算命先生下山,不仅仅是队长一个人知道,云龙山的游击队员也都看到了。他突然有点懊悔,自己还是大意了,也操之过急了,自己这次下山,完全不应该大摇大摆,而是应该在云龙山多待几天,做个初步调查,划定一个怀疑范围,只让他们知道他下山了,这样,范围就缩小了。不过,这也没什么,回到山上,再一一排查,自己下山以后,又有谁下了山或者有其他可疑举动。王有金相信,用不了半天时间,他就可以把这个可恶的叛徒揪出来。

一切都很清楚了,一切也都尽在掌握中,接下来就是去会会保安队队长。从他嘴里把叛徒挖出来，倒也省去许多麻烦。他并不想在麦县待得太久，先把李美的事情做个了结，再快刀斩乱麻地肃反，清理掉不纯分子，然后把游击队带到大别山区，他就赶紧回去。上海那边也许已经开始制裁顾顺章了，和这件事比起来，麦县的事情可以说就不是个事情了。

作为一个执行过无数次比这更危险更艰难任务的红队骨干队员，王有金在傍晚来临之前就摸清了保安队王队长住在哪里，家里有多少口人，每个人都住在哪个房间。他还实地勘查一番。他本来打算隐蔽在王队长家的大院里，半夜时进入卧室逼他就范，但他想了想，觉得这个方案并不保险。他干脆就来到了保安队对面的马路边，在那里继续跪着乞讨。一直到夜里八点多钟时，王队长才出来，并且还只是一个人。王队长在前面走，他在后面紧紧地跟着。这家伙果然没有回家，而是七拐八拐地到了一个小巷，闪身进了一户人家。王有金等着，看到二楼的灯亮了，又在黑暗的墙角蹲了一会儿，然后起身到了屋后，爬到二楼，拨开窗户，把这两个狗男女堵在了床上，手脚利索地收了王队长的枪，别在了自己的腰里。女的拉着被子盖着身子，身子抖个不停。像头褪了毛的猪一样白胖的王队长颤抖着坐在床头，惊恐地看着他。王有金拉过来一张椅子，用枪对准簌簌发抖的王队长，笑眯眯地看着他。王队长哪里见过这种阵势，王有金准备的手段一个都没用上，他啥都说了。

王队长一开口，就把王有金吓了一跳，事情完全出乎他的意料。

并没有叛徒，李美是被他的大伯告密的。大伯告密的原因很简单，李美要把家产卖掉给游击队买枪，而大伯的算盘是，让保安队把李美抓捕枪毙掉，她的弟弟还小，父亲即将死掉，一切都不成问题，李家的家产就全是他的了。为了让保安队立即枪毙李美，他还特地许诺给县长一千块大洋，给王队长五百块大洋。李家的家产都将是他的，一千五百块大洋九牛一毛。王队长还老老实实地承认，他为此还狠狠地敲诈了他一笔，要了一千块大洋，这个畜生不如的家伙居然也很爽快地答应了。畜生不如这个词确是王队长说的，以示他对李美大伯人品的鄙视，两人不是一路人。

王队长还说，他本来也没有想到李美她大伯居然会把她卖了。他是麦县中学的校长，温文尔雅，知书达理，是县长的座上客，他王队长平常见到他，都要脱帽致礼的，他也以名士自居，爱理不理地对他点点头而已。他现在居然会干出这样有悖人伦的事情来，确实出人意料，并且他自己还主动承认，李美回到麦县，发展的第一个党员就是他，李美本来下一步还准备在县中学建立党总支，让他当党总支书记呢。他说，他根本就没把共产党放在眼里，一帮土匪，能成什么事儿？自古以来，没有土匪能成事儿的。他之所以答应李美，入了那个破党，就是为了把李美抓起来。

县长收了钱，也就不追究他加入共产党这事了。

王队长觉得这事过于残酷，就没有让李美知道，李美到死都不知道是她大伯出卖了她，这对她也算是一个安慰吧。

王队长可怜巴巴地看着王有金，喃喃地说："我这也是听命于上司，抓捕、枪毙李美，也是迫不得已，一切都是县长的命令。"

王有金晃了晃手里的快慢机，冷笑了一声，说："继续说下去。"

王队长愣了愣，眨了眨眼，带着哭腔说："就这么多了，你还让我说什么？你说还有啥？只要我知道，我都说。"

王有金说："我知道云龙山有叛徒，我也知道是谁了，你说吧，我看看你说的是不是实话。你考虑好了再说，这可关系着你是死是活呢。"

王队长对着王有金磕头，连鼻涕眼泪都出来了，说："绝对没有叛徒，英雄啊，好汉啊，如果有叛徒，我一定会告诉你的。"

王有金摇了摇头，这个家伙还是没有说老实话。他冷笑了一声，说："如果没有叛徒，那你们怎么知道我扮成算命先生进了县城呢？"

王队长看了看他一身乞丐的打扮，露出一脸困惑，迟疑地说："我不懂你说的是啥，算命先生那事儿，是给县长办的，县长要给他爹找块风水宝地，他主要觉得算命先生都是偷奸耍滑的人，怕折自己阳寿，不肯说出风水宝地。他让我把他们都抓起来，互相做个对照，看看他们说的是不是实话。所以我才把他们都抓起来了。你要是不高兴，我这回去就把他们放了。"

王有金愣了一下，眯着眼睛盯着他："你说的是实话?"

王队长立即赌咒，他要是说一句假话，天打五雷轰，断子绝孙。

王有金仔细地审视着他面部表情的每个变化，以他在上海滩审讯过无数敌人和叛徒的经验，他看得出来，这家伙确实不像撒谎。

王队长却没有他有经验，他以为王有金并不相信他的话，忙又讨好地说，他敢拿全家性命保证，保安队没有在游击队发展一个叛徒。但警察局有没有发展叛徒，他这就不大清楚了，说不定会有。他们抓共产党比谁都卖力。

王有金欠了欠身子，刚要站起来，王队长像是想起了什么，忙伸着手惊喜地叫道："我想起了我想起了，我们没有发展叛徒，但却安插了一个人，不过，他打进游击队后，我们一直联系不上，他还没有情报送过来。"

王有金心里一动，厉声喝问："谁?"

王队长说："郑金保。"

七

一切都很顺利。王有金并没有干掉王队长和他的相好。在他看来，留着这个愚蠢的保安队队长，可能对游击队更有好处。如果把他干掉了，再有一个厉害的角色当了保安队队长，那就弄巧成拙了。弄巧成拙的事情，王有金从来没有干过。他只是把两人捆起来，嘴里塞上棉花，用被子盖上，然后又爬上窗户溜走了。他做的这一切，连在夜空里飞过的猫头鹰都没有发现。

李美的大伯也被顺利地制裁了。

当天晚上，他趁着夜色的掩护，从县城城墙攀下，回到了那个小镇。镇上有一个只有他知道的联络站，他通过电台把李美的事情向党支部书记郑夏做了汇报。在等待上海回电的两天时间里，王有金把整个小镇转了个遍。小镇并不是很大，南北有两里多长，夹在山谷之中，镇子左边有一条小溪，溪水清澈见底，鱼儿在水中优哉游哉地嬉戏。空气真好，适合养老，有所房子，开门见山，山上野花开得正浓。

他不知道的是，就在他离开县城的第二天早上，当王大队长被人发现解救出来后，县长很生气，准备集中所有的警察和保安队前去剿灭游击队时，王大队长制止了，王大队长说："你们放心好了，游击队迟早要完蛋，他们那里有个叛徒。"

县长更生气了，说："不就是郑金保吗？你不是把他供出来了吗？"

王大队长摇了摇头，说："你们捉了那么多算命先生，又没抓到他，我能怎么办？我只得编个谎话把他糊弄过去，但我全说假话也不行，我得说点真话啊，郑金保算什么？这叫丢车保帅，那个人才是对我们真正有用的。那些算命先生还没放了吧？就按我说的，让他们替你看看风水再放了吧。"

县长说："如果再出了什么差错，你吃不了兜着走。"

王大队长说："你放心，一切都在我的掌握中。"

八

两天之后，上海的指示终于来了，让王有金主持肃反，肃清游击队里的不纯分子，然后把队伍拉到大别山整编。组织还提醒他，前不久派到米县的一位特派员试图把游击队拉到大别山，被游击队的负责人找个借口杀掉了。他们现在还不肯离开米县，组织正在想办法。党支部书记郑夏在电台里特地嘱咐王有金，麦县的情况比米县更复杂，一定要慎重。

王有金告诉联络员，让他回电告诉郑夏，一切尽在他的掌握之中。

他在傍晚回到了云龙山，向李有财队长简单汇报了县城之行。

李有财脸红彤彤的，兴奋地说："我说呢，这狗日的郑金保死犟死犟的，原来是国民党的特务，咱们这就去把他抓起来。"

王有金摇了摇头，他准备放长线钓大鱼。他告诉李有财，先不要惊动郑金保，此人大有用处，留着他作为诱饵，比如可以让他送出去一个假情报，让保安队出来围剿游击队时，游击队半路而击，这样就可以消灭敌人，武装自己。

李有财忙点了点头，说："特派员，你说得有道理，就这么办了。"

王有金装作漫不经心的样子，问他："队长，我此行还有一个目的，准备把整个队伍带往大别山区和红一军会合整编，我想听听你的看法。"

李队长犹豫了一下，说："组织这样决定有组织上的道理，但我想，咱们游击队留在麦县是不是作用更大呢？一来，游击队员都是本乡本土的，熟悉情况，能更好地开展工作。二来，这就像一颗种子，遍地开花，发展壮大了，能更加有力地支援大别山区。当然，这只是我个人意见，我对李政委也说过，希望组织能慎重考虑一下。"

王有金盯着他的眼睛，说："组织上已经决定了。"

李有财眼睛一眨不眨地看着王有金，说："那我服从组织的安排。"

两人一时没了话说，都坐在那里沉默地抽着烟，烟雾笼罩了两人，看不清两人的脸，但隐隐约约地看得出来，两人都紧紧地锁着眉头。王有金抽完一袋烟，打了一个长长的哈欠，说："队长，你先回去吧，我也累了，准备好好地睡一觉，事情还有很多呢。"

李有财站了起来，犹豫一下，问他："特派员，还有什么事情，你给我说一下，我也好做个准备。"

王有金说："我其实还有一个任务，就是主持肃反工作。全国的根据地都在搞肃反，咱们这里情况更严重，李羡白、李美之死，还有郑金保混进了游击队，暴露出很多问题。你回去也好好想想，明天咱再商量商量怎么搞。咱们一定要做好这项工作，把一支纯洁的、党可以放心的队伍交给组织。"

李有财走了，他在月光下拖着长长的孤独的影子，弯腰耸肩，像一条狗。

望着游击队队长的影子，王有金想起离开上海的那天晚上，党支部书记郑夏曾经特地交代他，要充分认识到麦县工作的复杂性。所有的游击队都不愿意离开家乡，要有耐心。这个游击队长果然不想离开麦县。事情看来并不简单。

王有金躺在床上，在黑暗中瞪着房顶，屋梁上爬过一只老鼠，吱吱地叫着。他仔细地回想了这几天来的经历，心里觉得哪里好像有些不对劲儿，但到底是哪里，他却一时没有头绪。这种不安的感觉让他睡意全无，他不得不把这几天所有的经历放在眼前，一分一秒地打量着琢磨着。月光透过破烂的窗户照进来，他一脸忧心忡忡。终于想起来了，既然保安队王队长告诉他郑金保是他安插进来的人，即使游击队不杀郑金保，王队长也不会相信他了，利用他来歼灭保安队显然是不可能的，这个特务的利用价值是零。留着他，反而是个祸害。王有金痛苦地按了按太阳穴，太阳穴嘭嘭地跳动。他这几天连轴转干了那么多事情，脑袋一刻都没有闲着，犯下这个低级错误情有可原，那么，一直坐镇云龙山的游击队长李有财刚才听他说了，怎么就没有想到这一层呢？是现在起来找到李有财，把郑金保控制起来，还是等到明天？他正在犹豫不决，听到屋门发出了像老鼠一样的吱吱声，他立即翻身起床，把身子蜷在墙角的阴影里，手持快慢机，打开保险，对准了门口。

来人推开了屋门，手里拎着一把闪着寒光的枪。月光照在那人的脸上，王有金看着那张脸，叹了口气，对准来人的脑袋，扣响了扳机，扳机发出一声无可奈何的撞击声，好像是在嘲笑他。这是一颗臭弹。他刚要退出子弹，来人的枪响了，一颗子弹欢乐地叫喊着向他扑来……

经下死命令

嚓，我说这几天为啥乌鸦总在院里的大杨树上叫，不但叫，它还带来了一只小乌鸦。黄地那么多人家，那么多院子，那么多杨树，为啥不到别人家的杨树上叫，偏偏到我家的杨树上叫？我就知道你要来了。二十年前你胸戴大红花，心里乐开花，满脸笑哈哈，来到咱家，我正骑在院墙上垒墙，你说："舅，我要当兵去了，以后再也不用吃红薯面馍喝红薯面汤放红薯屁了。"我就知道二十年后你会骑洋马，挎洋枪，当个团长，常回家看看。我站在院墙上，登高望远，你走过村口的歪脖子槐树，越走越远，刚开始像个人，接着像条狗，最后像只蚂蚁，后来看不到了。你小子一直没回头。那时我就知道，娃子有野心，不恋家，肯定会像蛟龙入了海，猛虎上了山，成就一番大事业。让我说着了吧。娃啊，你现在是个团级干部了，光荣啊。你们王家，我们刘家，自开天辟地以来从来没有出过这样的人物。你给祖先争了光，给你爹王大头长了脸，今天中午吃饭，无论如何舅舅得敬你一杯。

舅舅说了这么多，是鼓励你，让你晓得天外有天，山外有山，人上有人。干枯的树，不能再绿，傲慢的人，不能进步；忠言不顺耳，硬肉会塞牙。舅舅对你说的，都是忠言。希望你不要把甜言蜜语当作进嘴的糖，不要把良言忠语当作刺耳的针。舅舅我一直把你的事放在心上，虽然你踏实能干，从小就能吃苦，但还得上头有人罩着你才行。你还没上学，你爹就扔给你一个筐子，让你去打猪草。你中午顶着红彤彤的日头出去，除了知了，都在睡觉，就连咱家那条癞皮狗都躲在荫凉下拖着长长的舌头乘凉。连癞皮狗都知道天热，我想，你应该也知道。但你还是扛着筐子出去了。你从小就是个让大人放心的听话孩子。这是你的优点，也是你的缺点。马善被人骑，人善被人欺。日落西山红霞飞，你背着猪草把家归。远看像一堆猪草，近看它还是一堆猪草，根本就看不到你人了。我还训斥过你爹，娃子这么小，正是长身体的时候，把他压成一个侏儒咋办？压不成一个侏儒，压成一个驼子咋办？你爹说，穷人的孩子早当家，一个蛤蟆四两力，能干活了。娃子是他的，他这样说，我再心疼你，也没话说了。他反正已经死了，享不到福了。命苦，不能怨政府，点儿背，不能怪社会。不说他了。舅舅今天要给你说的，你可要竖着耳朵听清了，你要升更大的官，包在舅舅身上，舅舅的关系，你做梦都想不到。

　　舅舅我有个天大的秘密。溜圆的东西，找不到棱子；稳重无言的人，不会出岔子。今天我给你说实话，你不要出去乱讲，我连你妈都没讲过。舅舅我出身于官宦之家，是名门之后，你姥爷他不是我亲爹，你姥姥她也不是我亲娘。我亲爹本来是大元镇何玉升镇长的少公子。大元镇在一九五八年建水库被淹了。去年我爹，就是何大官，回来想祭个祖，也只能站在水库边，跪在许河沙滩上，对着白茫茫的河水磕上三个响头，点上一炷香。那香不是普通的香，是国家特供的，是专门请人从全国找了九九八十一天，由一共七十二种香料配成的，有大拇指粗。那炷香燃完，咱整个村庄闻了整整三个月的香味。何大官姓何，名啥本来不应该说，这是机密，给你说了也无妨，他叫何大南，具体当啥，我就不给你说了，反正是个天大的官儿。我是你舅舅，也不能给你说保密工作人人有责，是党的一条生命线。这样给你说吧，我爹他要来祭祖，省里一把手给市里一把手打电话，市里一把手再给县里一把手打电话。县里半年前就开始准备了，把公路修到水库边，公路两边的房子用白色涂料刷了一遍，咱们村子北边那座光秃秃的栗树坡，还用绿色的油漆漆了，花开绿锦绣，水漾碧琉璃。我去帮着干了，想着这都是为了欢迎我爹，我浑身有使不完的劲儿，镇里刘镇长、村里的刘支书还表扬我了。他哪里知道我的心思？他们甚至都不知道是哪个大人物要来，我就知道，是我爹要来了。刘镇长你知道吧？就是刘永福他儿子，他大伯刘永生当了大官，他初中没上完就不上了，但这不影响他现在当了镇长，朝里有人好做官嘛。你也不用嫉妒，咱现在也有天大的关系了，保你以后能做更大的官。

　　我爹来了，果然威风，车有上百辆，前不见头，后不见尾。人有上百人，个个都是胖乎乎的官人，红光满面，和蔼可亲。你妗子李红娟头发长见识短，我提着两瓶小磨香油，要送给我爹，你妗子没见过这阵势，吓得浑身哆嗦，不让我去。我还是去了。你也知道，那种大场面，我爹也不能多和我说话，只是问问我家里有几口人，收成咋样，够吃不够吃。我也知道，这场合我不能认亲，要顾大局。我就对我爹说，你放心，党的政策好，有吃有穿。谁知我爹啥都知道，他主动认亲来了，还问我有啥困难。我就给他实话实说了，要说有啥不顺心的事，就是娃子的婚事没着落，堵得我和你妗子李红娟心都慌慌的。

　　你表哥刘根你也知道，身高一米八，壮得像头牛，浑身腱子肉，不说像鲁智深那样倒拔垂杨柳，我看一拳下去打死头小牛犊是不成问题的，他一顿能吃六七个馍，喝两三碗玉米粥，一表人才。要说有啥缺点，就是人老实，三棍子打不出一个闷屁，树叶子掉下来都怕打了头。这一点和我年轻时一样，和他妈不一样。他妈李红娟，能歌善舞，京戏唱得好，一开口，十个人里九个人的魂都会被她勾走了。你妗子李红娟是个好人，所以，刘根虽然不是我的亲生儿子，但我对他胜过我的亲生儿子。我们两个都一样，都不能和亲爹在一起，这也叫同病相怜吧。我的婚事，你是知道的。我命不好，亲爹不要，养父太穷，虽说是个人见人敬的赤脚医生，但也是到了三十岁才有人来说媒。对象还是个精神病，名叫黄秀英，是个远房表叔介绍的。表叔住在几十里外，本来也没来往，突然有一天就来了，说他们村有个女娃子，和北京知青谈恋爱，人家不要她了，她就疯了，非说自己也是北京知青，父亲是北京大学的教授，母亲是个大官。整天在家收拾东西要去北京找她亲爹亲娘。她爹妈一不注意，她就背着包袱走了。家里没办法，给她嫁了一家，她说啥都不去，说人家土鸡配不上金凤凰。好不容易弄去了，她还是天天跑着要去北京，人家不敢要了，又把她送回娘家。表叔就是来问问我爹我妈，想不想要这个女娃子。我不想要，我爹我妈说要，说不管这女的是不是精神病，只要能生娃就行。我表叔说，那个精神病妮的娘家说了，只要给一百块钱就行。我爹我妈觉得价钱还行，跑了两天，借来一百块钱，一手交钱，一手交人，咱就把那个精神病领回来了。远亲不如近邻；邻居好，赛金宝；和得邻居好，胜过穿皮袄。现在回头看看，觉今是而昨非，我那远房表叔连邻居都不如，他就是坑我的。

我是倒大霉了，连精神病黄秀英都不愿意跟着我过。精神病妮长得倒还不错，除了眼睛小，长得白白净净的，眉毛是柳叶眉，嘴是樱桃嘴，还真是"态浓意远淑且真，肌理细腻骨肉匀"。我心里还想：怪不得人家北京知青能看上你，但你也太傻了，也不尿泡尿照照自己，人家是北京的，你是农村的，一个是在天上飞，一个是在地下爬，怎么能弄到一起呢？她到了咱家，我还想："芙蓉如面柳如眉，对此如何不泪垂？"准备好好和她过日子。谁知她还是天天要跑，还是要到北京大学去找她当教授的爸，找她当大官的娘。她有时好像也清醒一点了。你妈去劝她，她还说，她不想嫁给我，主要是因为我长得难看，是个癞蛤蟆，癞蛤蟆怎么能吃天鹅肉呢？她是精神病，我就不和她计较了。我还是那句话，你也不尿泡尿照照自己。我好歹也是一个开药店的医生呢，虽说不是科班出身，但啥疑难杂症到了我这里，望闻问切，手到病除，吃香着呢。

这个精神病可把咱家折磨惨了，黄地的妇女都帮咱看着她。她说跑就跑了。她在前面跑，黄地妇女在后面追。一次我也追了，一直跑到北边的栗树坡才追上她，她还踢你，咬你。她有时是在夜里跑的，不怕你笑话，晚上睡觉，你姥姥把她衣服藏起来，她光着身子就跑了。我就想，这样下去也不是个办法，人家不愿意跟着咱过，咱还是把她送回去吧。只好把她送回去了。精神病走了，我是有点不高兴，但我又想，人情似纸张张薄，世事如棋局局新，很快就过去了。村里人说我想媳妇想疯了，也变成个精神病了。我呸！我跟精神病过几个月就成精神病了？这真是一个天大的笑话。但大队支书刘永福这个杂碎信了，不让我开药店当医生了。我和他讲道理，他讲不过我，扇了我三个耳光。唉，咱小老百姓一个，人家是当官的，事大事小，见官就了，穷不与富争，民不同官争，咱没办法。要不是这事，我现在早就把药店做大了，提拔到县医院当院长也不是没有可能。我要是当了医院院长，你还用去当兵吗？我无论如何都会想办法把你弄成个干部的，吃香的喝辣的，坐的是屁股后面冒烟的小轿车。

这事儿咱就不提了。后来我就娶了你妗子李红娟。我平常就叫她娟子，可亲了。你妗子命苦，嫁了四个丈夫，死了四个丈夫。她有四个孩子，嫁给我时，带来一个孩子，一过来，我就果断把他改名叫刘根了。其他的她也想带来，人家不给。我就劝她，不给算了，咱也不缺娃，有一个就行。我和你妗子，是缘分，她不嫌别人诬蔑我是精神病，一心一意跟了我，我感谢她。但她跟了我，她也有福气，至少她丈夫没再死吧，她的苦难算是画了个圆满的句号。这个句号，是我给她画的。

这事儿咱也不提了。说我亲爹亲娘的事儿。我告诉你,我爹何大官他不是一般人物,前面我给你说过,他本是咱大元镇何玉升镇长的少公子。不是一般人物的人都会有不一般的经历,他除了老婆,还有相好。对咱小老百姓来说,这种事不能沾,是道德败坏;对大人物来说,是锦上添花,是千古佳话,比如蔡锷和小凤仙。毛主席和江青没结婚时,也算是相好,人家还有贺子珍嘛。江青变坏那是后话。照我说,江青也不坏,人家都说了,"我是主席的一条狗,主席让咬谁我就咬谁"。那感情,呱呱叫。你让我当你妗子的一条狗,我还要考虑几天呢,考虑几天也是白考虑,我才不会给她当条狗。你看是不是?我们感情那么好,就达不到这个境界。扯得有点远了。我爹何大官他这个相好,是没办法娶回家的。我还记得她名字,叫玉英。虽然她是个女大学生,但她的职业不太好,是戏子。戏子在旧社会名声不好,人说"戏子像婊子,翻脸不认人"。这个要批判。对,我亲娘就是这个戏子,如果放在现在,就是人民艺术家了。我爷爷何玉升是镇长,是有头有脸的人。我爹何大官给他做工作,说是如果不让他娶我娘,他就绝食。何玉升放出话来,就是饿死,也决不会放我娘进何家大门。他不但不让我娘进何家大门,还对我爹何大官说,你要不和她断了,你也不要回来了。他把我爹扫地出门了。我娘那时已经怀上我了。我爹断了经济来源,没吃没喝的。我爷他心硬着呢。一想到这儿,我就想哭。我爹呢,实在走投无路,就找到他的拜把子兄弟,也就是你的姥爷我的养父。你妈那时刚出生一年多,还在吃奶,你姥姥奶水足。我一生下来,我爹就把我抱到你姥爷那里,说,我把儿子送给你了,我要出去闯荡闯荡,干不出一番惊天动地的事业我就不回来,等娃子长大,我再来接他。你姥爷为兄弟两肋插刀,把我接过来,说,你放心去吧,娃子的事你不用操心,我会把他当亲儿子养。你姥爷确实对我不错,确实是把我当亲儿子来养了。我爹就这样离开了大元镇,他走时对他父亲说,我们恩断义绝,你就当没我这个儿子。算是脱离父子关系了。我爹对我娘玉英说，你还是先在戏班子里待着，我出去闯荡出名堂来了就来接你。我爹有远见，他一走就往延安走，结果，成了现在的大官。官大得吓死人，我就不对你说具体是啥官了。可惜我娘头发长见识短，我爹走了没多久，她就跟着一个国军连长跑了，现在是死是活，谁也不知。不说她了。人的命，天注定，随她去吧。我爹他走得对，走得妙，走得呱呱叫，一解放，他那镇长父亲就被镇压了，他就像一条死狗一样被拖到许河沙滩上，枪声一响，他就一头栽到了混浊的河水里，半个身子还在沙滩上，刚开始腿还抽搐了两下，后来就不动了。我也站在人群里看了，血从他的后脑勺里溅出来时，阳光照着，还一闪一闪的。革命不是请客吃饭不是做文章不是绘画绣花不能那样雅致那样从容不迫文质彬彬那样温良恭俭让革命是暴动是一个阶级推翻另一个阶级的暴烈的行动。"是非成败转头空，青山依旧在，几度夕阳红"。这个太惨，不再讲了。

我爹我娘相好这事，不是什么光彩的事儿，是瞒着人的。他把我送给你姥爷，当然给你姥爷你姥姥都讲了。你姥姥去世时，我还年轻，她怕我跑了，没对我说。前年你姥爷去世，还没咽下最后一口气时，把我叫到床边，说，娃啊，有个事儿，我瞒了你一辈子，我就要走了，再不给你说就晚了。他就把这事一五一十地给我讲了。我这才知道我的身世。我其实还是很伤心，我已经长大了，我亲爹为啥不来接我呢？去年他来祭祖，我去看他，他悄悄地把我拉到一边，主动认我了。他对我说，不是不想来看我，而是因为他后来参加革命，娶了首长的女儿，他也给人家讲了这事，人家很通情达理，理解他的爱情，往事如烟，不追究了，但把儿子接来，他们接受不了。我爹确实没办法。朝中有人好做官，他的前程还得靠他们。但我爹还是时时刻刻把我放在心上，他对我说，你不要以为我不想你，你这些年咋过的，过得咋样，我都知道，省里、市里、县里领导经常给我汇报。他还想让我跟他回北京。他说，你还是跟着我回去吧，咱父子俩失散这么多年，好好地享受享受天伦之乐。我确实也有点动心，北京那地方，首都啊，谁不想去？我到现在都没去过天安门，都没看过毛主席纪念堂。但我再一想，咱不能这样，虽然你姥爷你姥姥都去世了，但他们还埋在这里，逢年过节，我还要给他们烧纸钱。我在这里，就是天天陪着他们。我走了，那不是无情无义吗？这种事情，咱不能做。我把这个意思给我爹说了，我爹当时就感动得哭了，说，入山不怕伤人虎，就怕人情两面刀，你不愧是我的儿子，咱做人就要做有情有义的人。我给他开玩笑说，挨着勤的没懒的，谁让我是你的儿子呢。他走时，还问我，有什么困难需要解决？我想了想，还是对他说了，就是我那孩子的婚事让人头疼，三十来岁了，到现在都没人来提亲。我爹说，你那孩子，我很熟悉，人很不错，壮得像头牛，浑身腱子肉，一顿能吃六七个馍，喝两三碗玉米粥，一表人才。我很惊讶，问他咋知道的。他说，我找人打听了。人家不愧是当大官的，你看看，咱啥都不知道，人家就门儿清了。他说，做买卖不着只一时，讨老婆不着是一世。孩子的婚事，包给他了。世上万般哀苦事，无非死别与生离。这算是我们见的第一面，父子相认了。

　　我心里有数了。有人再给刘根说亲，我都笑笑不吭声，一个都不答应。去年冬天，你妈还想把王庄那个瘸子妮介绍给刘根，我嘴上没说，心里说，你真是灭自己威风长别人的志气，今非昔比，我爹已经认我了，刘根有个当大官的爷爷了，有米不愁没饭吃，有了梧桐树，我还发愁没有凤凰来？还能再看上那个瘸子妮？说曹操，曹操就到。今年春上，我爹来市里视察，偷偷派人给我送信让我去见他。他官做得太大，这种事情还是谨慎点好。舌头底下压死人，这一点我很理解。我在市里待了两天就回来了，他本来还要挽留我多住几天，但我住在那五星级酒店不习惯，出入都有人弯腰鞠躬问好，还给你拉门，席梦思也太软，睡不好觉。我爹这次见我，主要是解决刘根的婚事。他见我就说，我给孩子想好一个闺女了，就看你满意不满意。我说，你说说看。他说，这闺女不是外人，是我孙女，算是你的侄女。我唉哟地叫了一声，差点从沙发上摔下来，连连摆手，那可不行，那是兄妹啊。我爹说，你急什么？你那刘根我打听过了，是她妈李红娟拖油瓶带来的，又不是你亲生的，你怕什么？你要是不答应，那就是看不起我孙女。我哪能看不起人家啊，我只好不吭声了。我爹说，我这孙女，包你满意，爹是北京大学的教授，妈是大官，比我低不到哪里。他们就这一个闺女，宝贝蛋一样。她去年北京大学博士毕业，现在正在美国留学。暑假回国，我就把她带来，让他俩见见面，如果两人没意见，这事就定下了。我还是觉得有点别扭，虽然没有血缘关系，不是近亲，但兄妹的名分在那里放着，传出去不好听，但人家那么大的官，还不嫌弃咱，咱还能咋说？我也只好同意了。

今年暑假，这闺女来了。没回北京，直接从美国飞到市里来了。我爹也来了，还是偷偷派人把我和刘根叫去的。也真是奇怪了，刘根和这妮一见面就对上眼了，俩人笑眯眯地看着对方，眼睛都舍不得眨了。刘根也怪了，平常三棍子打不出一个闷屁来，这会儿也是滔滔不绝，天文地理，啥都能吹，把闺女听得都入迷了。我和我爹一看，就知道这事成了。后来我爹一问，果然，人家闺女是一见钟情，说刘根是百里挑一，她很满意。闺女长得俊着呢，白白净净的，眉毛是柳叶眉，嘴是樱桃嘴，还真是"态浓意远淑且真，肌理细腻骨肉匀"，说话有板有眼，做事稳重大方。我爹说了，明年过了年，就让他们到北京结婚。我琢磨着，要在天安门广场大摆酒席，那地方大，不怕人多，把咱村里人都请去。到时你无论如何也要去。

娃子啊，你现在是个团级干部，官是不小，但和我爹比，和我儿媳妇爹妈比，你那是九牛一毛，人家拔根汗毛比你腰粗。你是小拇指，人家是大象腿。姑舅亲，辈辈亲，打断骨头连着筋，咱不能只想自己锅里有，不顾亲人碗底空。我早就替你操心这事了，你在这里歇一天，明天我就带你去北京一趟，给你引见引见。朝中有人好做官，用你，你就是块宝，不用你，你就是根草。你别不服气，有山的地方，别说硬话；听贤达的话，道路不狭窄。你妈，也就是我姐，总说我是个官迷，想当官想疯了，当不了，也要编出一套瞎话说有个亲爹是大官。还有一些乡亲，说我也当过兵，还是逃兵，混得家破人亡，成精神病了。他们这是污蔑，是造谣，我哪里当过兵？我连枪都没摸过，连手榴弹都没见过，我在药店干了几十年，是有头有脸的医生。我有老婆有儿子，幸福美满。渔网遮不住阳光，谎言骗不过众人。我告诉你，我说的这事，要是有一句瞎话，天打五雷轰，让我死无葬身之地。你不要听他们的，你要听我的，保你将来当个将军不成问题。

雒

瘟神归来

我是一个孤儿，一个土匪崽子。我知道你们都很惊讶，你们无数次翻过我的档案，很早就知道我父亲叫裴有德，出身贫下中农，当过共产党员和农会主席，白纸黑字写着，盖着公社派出所的大红印章。你们从没怀疑过，在历次运动中我都很荣幸地置身于外，一身又红又专的军装穿了几十年。几十年来，你们都不知道，我一直有块儿心病，像个老鼠一样缩头缩尾，乖乖地伏在洞中，忐忑不安地警惕着外面的风吹草动。我在许多文章里感谢党和政府把我抚养成人，并且成为一名光荣的人民解放军军官，但在私下里我知道裴有德根本不是我的父亲，他只是我二叔。我父亲叫裴黑蛋，是五十年前在豫西南伏牛山区臭名昭著的土匪头子。

这都是二叔给我讲的。他从不撒谎，也没打算瞒我。在我十几岁时，对于世事开始有一点朦朦胧胧的认识，二叔便都告诉了我。我的身世像一团乱麻，二叔扯着线头，慢慢把它捋顺。

他的声音平静，波澜不惊，就像叙述别人的故事。

二叔的回忆是从他爷爷辈的裴小歪骑着高头大马回到流村镇开始的。那时有许多人已经忘记他英俊的面容和带有奶味的嫩嫩嗓音，包括他兄弟裴大脚。裴小歪是在十二岁的时候跟着一个戏班子离家出走的，从此像一滴水落在了水里，再也没有任何消息。他爹死后他妈又死了，都是他兄弟裴大脚用一把带有破洞的烂铁锨挖了墓坑，裹了草席埋的。裴大脚做完这一切，坐在冰冷的山坡上抽了一支烟，望着脚下的流村镇，闷闷地想，就当裴小歪也死了吧。

　　二十多年后，当流村镇的人们渐渐忘记裴小歪时，他却风尘仆仆地回来了。当这个脸上留有伤疤的中年人推开镇子西边那座孤零零的小院里三间草屋的木门时，裴大脚惊疑地抬起头，打量着这个衣着华丽的中年人，他的一身老爷般的装束使裴大脚有点手足无措，他擦掉眼角边的眼屎，结结巴巴地问他："你找谁？"那个中年人也显得迟迟疑疑，皱着眉头看了看裴大脚，又抬头看了看在白花花的阳光下的三间破烂草屋，问他："你是谁？你怎么住在这里？你和裴家是亲戚吗？"裴大脚对他的问话感到有点茫然，他说："这就是我的家。你和裴家是什么亲戚？"中年人的眼睛眯起来，脑袋往前伸了伸，说："你是裴大脚？"裴大脚点了点头。那人咧开嘴笑了："你认不出我了？我是裴小歪。"裴大脚心里一紧，眨了眨眼，声音颤颤地问他："你真是裴小歪？"那人绕着裴大脚转了两圈，然后站在他面前，用手支着下巴，点了点头："你确实是裴大脚，还是老样子。不容易啊，我还以为流村镇没一个裴家的人了。"裴大脚此时已完全相信这人就是少年时离家出走的裴小歪了，他还是老样子，吊儿郎当，一点儿正经都没有。他那漫不经心，甚至带着调侃口气的话让裴大脚很不舒服，淡淡地说："差不多算没人了吧，咱爹咱妈都去世了。"裴小歪"嗯"了一声，他似乎一点都不觉得意外，脸上没什么表情，仿佛爹妈不是他的爹妈一样。

　　裴大脚手脚冰凉，面前站着的这人让他感到伤心，他甚至有点怀疑他是不是自己的哥哥。哥哥在小时候常常在家乡的风中牵着他的手，赤着脚在田野中寻找野菜，亲热地叫他"弟弟"。那份亲情让人怀念，此时却从这人身上消失得无影无踪，他比陌生人更陌生。裴大脚冷冷地问他："你回来了？以后不走了？"裴小歪说："回来了，不走了。"裴大脚回头看了看那三间破烂草屋，问他："那你以后住哪里？"裴小歪说："你放心，我不会要这三间草屋的，我要盖房子，我要盖出流村镇最有气势的房子。"他用手比画了一下，仿佛他画的那个圈能把整个流村镇都装进来。他说完后就出了院子，裴大脚惊疑不定地跟着他出了院门，只见门外白花花的阳光下站了一地穿得破破烂烂的匠人。

裴小歪带着匠人们走了，他在镇子头上买了一大块地，足以让他画出最美的图案。他笑着对裴大脚说："兄弟，我多盖几间，你到时也搬过去住吧。"裴大脚摇了摇头，他不喜欢裴小歪的样子。看来他是发了大财，但像他这样一个离家二十多年，连爹妈死时都没回来，回来了连爹妈埋在哪里也不问一下的家伙，你还能对他抱什么希望呢？裴小歪走后，裴大脚回头关了院门，对惊疑地从屋里出来的老婆和孩子说："别眼气裴小歪，以后也别理他。裴小歪肯定暴发了，但这人在外闯荡惯了，无情无义，他的钱来路不明，咱跟着他也占不了啥便宜，说不定将来还要受牵连。他是他，咱是咱，咱要堂堂正正、光明正大地做人，喝着红薯面汤咱也安生。"

二叔给我说到这时，嘴角边抽动了一下，不由自主地露出一丝笑容。那时裴大脚在流村镇享有崇高声誉，人人都说他为人诚恳老实，受人尊敬。我二叔是他的孙子，他为自己有这样一位爷爷感到自豪。

裴小歪果然富得流油，一座雕龙画凤的崭新大院很快出现在流村镇，果然比镇里吴姓大户人家的还威风。几天以后，裴小歪去了一趟县城，带回了一大群仆人和女佣，最引人注目的是一个穿着素白衣服的女人，她白嫩姣美得让我们流村镇的人目瞪口呆，人们从来没有见过这么漂亮的女人。姣美的女人手里牵着裴小歪的儿子——黑蛋他爹，那时他只有四五岁的样子，瞪着眼睛怯怯地看着镇上的大人和小孩，躲在了他妈的后面。裴小歪把他牵出来，指着面前富丽堂皇的院子，说："这就是咱们的家。"他那时还不知道自己眼前这个眉清目秀的宝贝儿子长大后将是个浪荡公子，但他兄弟裴大脚知道。那天裴大脚就对趴在门缝里偷看裴小歪他们一家的女人和儿子说："你们也别眼红，裴小歪挣的肯定是昧了良心的钱，因果报应，丝毫不爽，他的财富只会害了裴家后代。"

回首往事，我二叔裴有德不得不佩服爷爷裴大脚，他连县城都没有去过，却有着惊人的预言能力。他说的没错，镇上的人们很快就知道，这个从天而降让他们感到害怕的男人，不但从遥远的异地带回了姣美的妻子，也带回了一种神奇的东西。它黑乎乎的，像一摊狗屎，但如果装进一个特制的烟锅里，点上火后吸起来，却让人飘飘欲仙，香气袅袅，盘在头顶，三天不散，所有的疲累眨眼间消失得无影无踪，灵魂冉冉上升，飘到了天堂。它还有神奇的疗效，镇长的岳父瘫痪了十多年，抽了一锅这种神奇的东西后，竟然猛地从床上直起身子，还下床走了两圈，就连镇长的哑巴儿子也能开口说话了，他深深地吸了一口后，对这个东西发表了评论："这是老天爷送给流村镇的。"

裴小歪说，这是鸦片，中国没有，从开天辟地到现在，中国从来都没有过，是几万里外的洋人从几万里外的外国带来的。他们开着用机器驱动的洋铁船，在大海上走了几年才运到中国来的，是天下最稀罕的东西，就连当今圣上也好这口，只有三品以上的大官才能抽到。他裴小歪虽然发了财，但他记着乡亲们的好，特地买来，送给乡亲享用，享受皇帝才能享用的，过过三品以上大官才能过的日子。

它本来就是好东西，既然是不要钱的，那就更是好上加好了。所有不要钱的东西都是好东西。流村镇所有人，包括附近几个镇里的男人和女人都抽上了这玩意儿。他们很快就发现，这东西不但可以让人上天堂，还可以当饭吃，抽了以后，就不想吃饭了，就想抽这个。等他们都上了瘾，裴小歪突然开始要钱了，他在流村镇开了一家又一家烟馆，大把大把地抓钱，人们的钱像老鼠一样吱吱叫着向他家跑，抓都抓不住。

流村镇唯一没有抽鸦片的就是裴大脚。他看到那些躺在烟馆吞云吐雾的乡亲，脑袋嗡嗡地响，他虽然不知道鸦片是什么东西，有什么神奇的功能，但他坚信一点，躺在床上整天抽这个，而不是下田干活，这样是没法过日子的。当裴小歪派人给他送来免费的鸦片时，他一口回绝，他决不会占他一星半点的便宜，别说是区区一坨鸦片，就是一座金山，他裴大脚也不会动心。在他看来，一个不问自己爹妈埋在何处，从没想起要到爹妈的坟头上哭上一声、流下一滴泪的男人是绝对不可信的，甚至，这人也不能称之为人了，只能说是……畜生。当裴小歪开设了烟馆，大把大把地赚钱、大块大块地置买田地时，偶尔也让仆人给裴大脚送些钱粮，裴大脚仍旧严词拒绝分文不要。裴大脚对老婆孩子说："我拿了这些东西，我对不起裴家的先人，裴小歪他赚的是黑心钱，他丧尽天良！"他宁愿整天喝红薯面汤，也不要裴小歪的一颗粮食、一厘钱。

老婆孩子最初对他的做法非常不理解，他们甚至对他充满怨恨："天下无二裴，都是一家人哩，又不是你去求他要的，是他自己愿意接济的，别人能要，你做兄弟的有什么不能要？你含辛茹苦给爹妈养老送终，受尽委屈吃尽苦头，他裴小歪别说送些钱粮，就是送你几亩地，送你一处庭院，你也受之无愧。"奈何他们的道理虽然有理，但裴大脚却认他的死理，油盐不进，他那样子是恨不得和裴小歪家断绝关系。基本上也算是断绝关系了，两家几乎没有走动。裴小歪在碰了几次壁后，慢慢地也就把他们一家忘了。

我二叔裴有德说:"这只是暂时的,我奶奶和我爹很快就发现,我爷爷做得对,他是一个伟大的预言家。"

后来流村镇开始出现因为抽鸦片而卖子典妻的丑事,有许多人家因此家破人亡,有跳井的,也有喝药自杀的,最多的是上吊死的。这一切裴大脚都忍了,当他最好的朋友,也是镇里最老实的王大娃因为抽鸦片而把女儿卖给县城的一家妓院后,他终于愤怒了,喝了一瓶劣质烧酒后,不顾老婆抱着他的腿苦苦哀求,红着眼睛,拿着锄头,闯进裴小歪开设在镇上最大的一家烟馆,挥锄就砸。开始裴小歪还笑眯眯地说:"兄弟,兄弟,你这是干啥哩?"见他还没停下来的意思,沉下了脸,扭头让跟在身后的打手上前揍了裴大脚一顿。裴大脚浑身是血地躺在地上,裴小歪过去朝他吐口痰,冷冷地说:"裴大脚,你别以为是我兄弟就想爬到我头上拉屎。我裴小歪这一二十年是咋过来的,你知道吗?我要是说了,保不准能把你吓死。你别以为我让着你,你就可以胡作非为了。今天我就最后让你一次,咱算是扯平了,以后咱俩啥关系都没有,我与你球事不相干。你如果还不知好歹,别怪我翻脸。"裴大脚躺在地上,感觉天地旋转,他怎么也想不到裴小歪这个当哥的竟然会说出这样无情无义的话,他没看错,这个狗日的彻底黑了良心。他从地上爬起来,站在大街上放声大哭,后来就跑到爹妈的坟前恸哭,说狗日的裴小歪在外闯荡,得了一身富贵却丢了做人的本分,祸害乡亲,辱没先人,自己作为裴家的后代,没有管好他,愧对列祖列宗啊。裴大脚跪在坟前重重地磕了三个响头,然后决绝地回到家里,一字一顿地对老婆和儿子说:"裴小歪是个畜生,不,猪狗不如,从我这一辈开始,咱们这一脉裴家以后不许和裴小歪那一脉裴家有任何来往,大路朝天,各走一边。"

我二叔的脸不由得黯淡下去,喃喃地说:"咱们裴家就是从那时开始分裂了,骨和肉生生地扯开了,打断骨头连着筋,疼啊……这都怪裴小歪,他是一个瘟神。"

大脚与小歪

在一九九三年秋天的流村镇，在满街飘扬着尾音拖得很长的民歌中，二叔记得那时他爷裴大脚给他说完这件伤心往事后，躺在藤椅里伸着手，瞪着眼睛喃喃地说："我没有管好裴小歪，我作为裴家的后人，愧对先人，愧对先人啊！"那时裴大脚已经老了，他的脸像核桃皮一样，堆满干枯的皱纹，脸上长出了密密麻麻的黑斑。在他垂暮之年，有许多时候他神志不清，语无伦次，清醒的时候就只说这一句话。那时流村镇一片繁华，大大小小的街道烟馆林立，有许多浓妆艳抹的女子在流村镇的大街小巷出没，和面黄肌瘦的烟鬼打情骂俏。这一切都和裴小歪有关，但却没他的份了，所有的烟馆都是别人家的，据说就连镇长也偷偷地开了一家，让自己的内弟掌管着。

流村镇是方圆百里最繁华的镇子，除了裴大脚，所有人都认为，这一切要归功于裴小歪，甚至还有人提议，应该给裴小歪在镇子中央塑个金身铜像。镇长还真打算这么干呢，但无奈裴小歪家已经拿不出这笔钱了，这才作罢。

我二叔还记得，在他小时候，爷爷裴大脚常常牵着他的手，站在镇子中央，指着乌烟瘴气的流村镇对他说："过去都没有这些乱七八糟的东西，这都是狗日的裴小歪带回来的……"爷爷说完这话，一颗浑浊的泪珠缓缓地滑出眼眶。他常常怀念镇子东边的一个茶馆，昔日他常在里面泡一杯茶，惬意地闭着眼睛听茶馆老板的俏姑娘"小白菜"哼一种凄凄苦苦的调子。如今那家茶馆换了个牌子叫"香满楼"，老鸨就是昔日清纯可爱的"小白菜"。这样的事儿很多，想想让人伤心。

二叔来到人世间与大爷裴小歪擦肩而过，错过了相识的机会。大爷裴小歪去世后，他带来的荣华富贵也随之而去，唯一留下的是孙子裴黑蛋。裴黑蛋没生下来时，他爹作为一个浪荡公子驰名整个县境。裴小歪虽然带来了鸦片，但他从来不抽鸦片，在他死后，他的儿子很快就吸食上了鸦片，整天和香满楼的女人鬼混，或者到赌场赌钱，家里的钱财像流水一样哗哗地流了出去，几年光景折腾完了所有的烟馆、田地和积蓄，最后又把雕龙画凤的房子一间一间地卖给了镇上的大户人家吴大丰，自己像叫花子一样在村子西边盖了三间草屋。裴黑蛋就是在这三间草屋里生下来的，因为母亲缺乏营养，他生下来时像只老鼠一样又瘦又小，甚至连接生婆都觉得他活不下来了。谁知他不但活下来了，还很快像他爹一样名震乡野，传说他在五六岁时，就敢双手掐着腰对他爹说："你死吧，你死吧，你活着真不如死了，你这个大烟鬼，你把裴家的家产折腾光了，你狗日的让我们娘俩没吃没穿的！"二叔记得他爷裴大脚听到这些传言后，佝偻着腰，咳出许多带血的浓痰，他颤巍巍地用手指着裴黑蛋家的三间破草屋喃喃地说："这话像对爹说的话吗？虽说他爹不争气，但你做儿子的，话也不能说得这么难听啊，没家教啊……"

　　裴大脚一直活到八十七岁，最后无疾而终。他很满足，因果报应，丝毫不爽，能活到八十七岁，是上天对他的恩典。在他弥留之际，二叔一直守候在他身边。二叔也让他很满足，这娃子乖，还听话。他从小就教导他："要活得堂堂正正，光明正大，裴小歪那一脉裴家没一个好人，咱们这脉裴家不要跟着他们学，咱要对得起自己的良心，不要被人看不起。"裴大脚一生沉默寡言，清贫如水，三间草屋仍旧是三间草屋，地没增一垄，钱没多一文，如果说他给子孙留下了什么财富的话，也就只有这句话了。二叔觉得，这是最大的财富，他爹记住了，他也记住了，并且把它当作传家宝，一代接一代地传给后人。二叔盯着我，庄重地对我说："你也要记住，要传给你的子孙后代。"我忙点了点头。我觉得我的先人裴大脚这话虽然没什么新奇之处，却也不失为人生指南，做人确实要堂堂正正，光明正大。

这是二叔受益终生的财富，但并不是裴家所有子孙一生下来就能记住这句金子般的家训。二叔小时候就没记住。二叔记得八岁那年他因此挨了爹的一顿暴打，和二叔一起长大的伙伴金贵趴在院门边喊他："有德快跑，有德快跑！"二叔叫裴有德，这是他爷给他起的名字，含义不言自明。二叔咬着牙忍着不跑，他不恨爹，只恨裴黑蛋，狗日的裴黑蛋让他挨了这顿打。爹打完了，见他还不起来，就用力地踢他一脚，二叔在地上很不光彩地翻了个滚，门边围观的人群哄堂大笑，其中还有邻居家的女儿李小莲。我的母亲李小莲的命运多灾多难，但她那时还只是个小孩子，对自己的未来全然不知。二叔的脸通红通红的，他站起来，一拐一拐地走进屋里，在心里一个劲儿地骂："狗日的裴黑蛋，是他把我害了！"

那时裴黑蛋有六七岁。他爹死后他就更加无法无天，从小就会打架斗殴，他身后总是跟着一群着破烂衣服、拖着鼻涕的孩子，这些孩子中就有我二叔。二叔还小，还不知道裴黑蛋阴险狡诈，脸黑心也黑。八岁这年二叔饿得头昏脑涨，就跟着裴黑蛋干了一件事，他后来才知道这是件最见不得人的丑事，这件事他认为是自己清白一生中最大的耻辱。那天晚上，裴黑蛋他们商量着去偷吴大丰家种的西瓜，由裴黑蛋上去缠着看瓜的王老头，其他人去偷。二叔就紧了紧饿得贴着脊梁的肚皮，稀里糊涂地跟在后面偷了四五只大西瓜，吃得肚皮圆溜溜的。

第二天二叔就听说王老头在瓜棚里上吊了。丢瓜的事被老爷吴大丰知道后，他一口咬定是王老头偷的，指着王老头的鼻子说他是贼，并以此为借口当场宣布不给他付这半年的工钱。不付工钱事小，在我们麦县，人们最看不起的就是贼，经常发生小偷被人抓住打死的事儿。打死了也就打死了，小偷的家人嫌丑不报案，官家自然也懒得追究，人人也就觉得理所当然。当王老头听到老爷说自己是贼，还要扣掉半年工钱时，他想不开，一气之下就跑回瓜棚上吊了。老爷吴大丰听说了，冷笑两声说"不亏不亏"，让人送去一片草席就地掩埋。送草席的就是裴黑蛋，裴黑蛋抱着草席接过吴老爷扔过来的七八个铜板，蹦蹦跳跳地走了，脸上没有一点羞愧的样子。这让二叔心里很难受，觉得很对不起王老头，回去就把这事给爹说了。他的本意是告诉爹，裴黑蛋有多坏，但他爹却从他的讲述中知道他也参与了偷瓜。他爹揿着他就是一顿暴打。他爹打完了问他："你爷临死前说了啥？"二叔抽泣着说："要活得堂堂正正，光明正大，裴小歪那一脉裴家没一个好人，咱们这脉裴家不要跟着他们学，咱要对得起自己的良心，不要被人看不起。"二叔从小蠢笨如牛，上学时什么都记不住，但爷爷给他说的这句话记得最清，一字不差。他爹很满意，说："这就对了，咱人穷志不穷，他裴黑蛋算什么东西？"他爹那天就求爷爷告奶奶地到老爷吴大丰那里借钱买了两刀草纸，拉二叔去王老头的坟前烧了。他爹在坟前磕了三个头，二叔磕了六个，他在心里说："王爷爷，王爷爷，你别怨我，是狗日的裴黑蛋带着我们干的，是狗日的裴黑蛋把我害了！"

二叔他爹和裴大脚一样一辈子沉默寡言，老实巴交，身上有许多美德。他爹在那天说了一句让二叔一辈子都忘不了的话："娃子啊，我和你爹为啥给你起了这个名字？就是盼着你能老老实实、正正派派地做人，将来做个德高望重的人，人过留名，雁过留影啊。"从此二叔记住了爹的话，遵照爹的指示，打心眼里看不起另一脉裴家兄弟裴黑蛋，二叔要堂堂正正地做人，光明正大地做事，他裴黑蛋算什么东西？

天下无二裴，他简直就是裴家的耻辱。

圣人或者圣人蛋

二叔记得他本来是想遵守家教，一辈子都不理不争气的裴黑蛋。二叔年轻时总是昂首挺胸、目不斜视地经过裴黑蛋家的三间草屋，与他擦肩而过，一声不吭。裴黑蛋刚开始还笑嘻嘻地追着问他："你怎么了，你哑巴了吗？"每当这时，他就捏紧拳头，对他怒目而视，如果裴黑蛋敢惹他，他也决不客气。兔子被逼急了还会咬人呢，何况他裴有德？再说，对裴黑蛋这样的小流氓，就是把他揍得鼻青脸肿也没什么可心疼的。可惜裴黑蛋却没有再进一步招惹他，只是跳到一边，离他远远的，朝他撇嘴："你不想理我算了，你们裴家都是茅坑里的臭石头，没一点儿意思。我也不稀罕你，你要是有啥事儿，也别找我……"二叔在心里冷笑一声，就是被人打死，他也不会找他裴黑蛋帮忙的。一个流氓地痞小混子，居然还大言不惭，真不要脸。

二叔以为不理他裴黑蛋，自然也就划清了界限，大路朝天，各走一边，但他错了，镇上的人们并不这样认为。十几年后，当他和裴黑蛋成为五大三粗的小伙子后，他们父母也都去世了，流村镇就剩下他们两个裴家的后人，虽然遥遥相望，老死不相往来，各自视对方为陌路人，但在流村镇的人们看来，他们还是一家人，他还是裴黑蛋的哥。他们常常排着队来找二叔告状，说裴黑蛋带着一帮地痞把他家的狗打死后煮了吃了，或者说看三国戏时，裴黑蛋流氓一样非说自己是吕布，他家的女儿是貂蝉，把人家女儿都气哭了，觉得没脸活了等等。二叔很着急地说："裴黑蛋是裴黑蛋，和我有什么关系？"人家说："裴黑蛋他爹他妈都死了，你好歹是他大哥，大哥就是当家做主的，不找你找谁？"二叔忙连连摇头，对他们再三解释，自己这一脉裴家和裴黑蛋不是一脉。人们就有些生气了，说："这话就不对了，一笔写不出俩裴字，你们就是一脉的啊。"二叔坚持说不是，人们坚持说是，从街东头吵到街西头，二叔就是不认裴黑蛋这个弟。二叔心里其实也烦他们，他知道这些人不敢去找裴黑蛋，就只好来找他，来给他要说法。他们这不是欺负人吗？但二叔又没法子和他们翻脸，只好使劲向人们解释，他裴黑蛋是他裴黑蛋，他裴有德和他没关系。人们仍旧缠着他，追到家里向他讨要说法。金贵的爷爷有福那时已经很老了，连他都被惊动了，颤巍巍地拄着拐杖赶来，哆嗦着手指捣着二叔骂："你算什么东西，以为我们不知道啊，裴大脚和裴小歪是不是一个爹？"说着说着，喘作一团，身子弓得像虾米。二叔忙扶住老人，又是倒水，又是给他捶背顺气。镇上的人们都把二叔当成了裴黑蛋的哥，二叔没法子，就只好天天赔上笑脸，点头哈腰地向人们赔不是，二叔觉得自己活得窝囊。

二叔觉得这样下去也不是办法，这事儿得和他裴黑蛋说说，人们拿他当裴黑蛋的哥，他就得承担起做哥的责任，一味躲让也不是办法。有福老人说的也有道理，虽然自己这一脉裴家早就在裴小歪时就已经和他们撇清了，但这只能求得自己心安，并不能改变他们曾是一个家族的事实。看这事儿，他们不可能大路朝天，各走一边。他裴黑蛋从前人小，现在长大了，总该懂事了吧，总该听进他这当哥的劝了吧。

二叔终于提着半斤芝麻油去了裴黑蛋家。他准备以大哥的身份，给他讲讲做人的道理，共同维护裴家的清白和尊严，佛争一炷香，人活一口气，要活出个样子来，让人们一提起裴家就竖大拇指，就夸是好人家。二叔把自己想说的话一口气说完，直直地盯着裴黑蛋。他裴黑蛋若是听进去了一句，那就不枉此行了。谁知裴黑蛋手里玩着一把刀子，冷笑两声，朝他撇了撇嘴："算球吧，你们裴家和我们裴家没啥瓜葛了，我知道从裴大脚开始，你们裴家就没拿正眼看过我们。连肚子都填不饱，还说啥堂堂正正做人？我呸，你们裴家假惺惺的，满嘴仁义道德，全是圣人蛋、假正经，我早就看不惯了，幸亏没生在你们家。"他见二叔气得浑身哆嗦，又意犹未尽地舔舔嘴唇，说："你以为我想姓裴？张王李赵姓啥都行，我还真不稀罕这个裴姓，可我也没法子啊。我也没打算攀你们那脉裴家的高枝，你也不必自作多情当啥子大哥。我看你还是快点走吧，要是我一翻脸，那就更难看了。"

二叔怎么也没有想到裴黑蛋会说这样的话，气得满身发抖，扭身就走，跨过门槛时，差点被绊倒。二叔踉踉跄跄地走在大路上，发誓以后再也不登狗日的裴黑蛋的家门，可快到了家，突然想起那半斤芝麻油还放在他家。二叔觉得，既然没啥关系了，那送给他半斤芝麻油也太便宜他了，他就又回去拿走了那半斤芝麻油。

二叔那天晚上炒菜时，赌气般地舀了一大勺子芝麻油。二叔心疼地嚼着喷香的野菜，感到浑身轻松，他不是裴黑蛋的哥，两家裴家没啥关系，这话不是他说的，是他裴黑蛋说的，以后有啥事儿都去找他，和我裴有德没啥关系，他是他，我是我，就这么简单。

二叔想错了，其实没这么简单。

裴黑蛋仍旧像个流氓地痞一样在流村镇出没，还不知羞耻地缠着割草的李小莲。那时李小莲是流村镇长得最美的女子，二叔记得五十年前瘦瘦的李小莲像故乡一朵纯净的黄花风华正茂地盛开着，妖娆，生机勃勃。她有一头披肩长发如墨云飘悠，肤色白里透红，眼睛忽闪忽闪地摄人魂魄。从镇里走过，晃得人眼疼。因为她长得太美，反而没人敢去招惹她了，都觉得自己是癞蛤蟆。二叔虽然从来没觉得自己是癞蛤蟆，但他也没敢多想，那么漂亮的姑娘，应该嫁给像吴家这样的大户人家或者嫁到县城去。因为二叔没什么想法，所以他见了李小莲反而大大方方，说话也不结巴，不像那些人，还没给李小莲说话呢，自己脸先红了。二叔觉得其他人只是自卑，不能算是癞蛤蟆，真正的癞蛤蟆是裴黑蛋。裴黑蛋总想吃天鹅肉，经常嬉皮笑脸地缠着李小莲。

李小莲的父亲给吴家喂了十多头牛，她每天帮着给牛割草。她一出镇子到了野外，裴黑蛋就凑过去，没话找话说："李小莲，你吃了没有？"裴黑蛋的名声在外，都是坏名声，李小莲不可能不知道，她很警惕地朝他翻了个白眼，没好气地说："你见了人家就问吃了没有，好像人家是饿死鬼托成的。"裴黑蛋还是嬉皮笑脸说："你要是没吃饱，我给你俩白面馍。"李小莲脸腾地红了，说："你流氓!"裴黑蛋愣了一下，黑黑脸膛居然也泛出一些红来，他挠了挠头，说："小莲，我不骗你，是真的。"李小莲疑惑地看着他，问他："你真不是骗我的? 你从哪里搞的白面馍?"她看他的眼神里少了些警惕，多了些光亮。裴黑蛋得意地说："让吴小娃偷他家的，他不偷，我就揍他!"吴小娃是镇上大户人家吴大丰的小儿子。李小莲撇了撇嘴，好像有些不相信。裴黑蛋急了，从口袋里掏出两个白面馍递给了她："给你。"李小莲就真的伸手接了过去。裴黑蛋趁机捏了捏她的手。李小莲夺过那块馍，一口唾沫吐在裴黑蛋沾满灰尘的脸上："让你不正经!"裴黑蛋却恬不知耻地呷呷嘴说："李小莲，你的唾沫真香，比白面馍还香，俩白面馍换你一口唾沫，还是我沾光了……"李小莲扑哧笑了，笑完以后又觉得不好意思，拿眼睛瞪他："你这人真是没皮没脸的。"裴黑蛋摸了摸脸，嘿嘿地笑着说："小莲，你将来嫁给我吧。"李小莲也笑了，说："去你妈的裴黑蛋，就这俩馍，你就想让我嫁给你? 你想得也太美了吧。"裴黑蛋忙站起来，指着天赌咒："小莲你放心，你嫁给我了，我天天给你弄白面馍吃。"李小莲说："你就吹牛吧，只有笨蛋才信你。"话虽这么说，眼睛却大胆地看着他，很淘气地眨了眨眼，说："这俩白面馍我留给我弟弟吃。"说完转身就要走，裴黑蛋伸出胳膊拦住她："你拿了我这俩白面馍，得给我交个底呀，你到底愿意不愿意嫁给我?"李小莲说："这俩白面馍我要送给我弟弟吃，你去问他吧。"说完抿着嘴笑。裴黑蛋还想缠着她，她从篮子里拿出镰刀，在他眼前晃着，说："裴黑蛋，你赶紧让开，你不让开的话，你信不信，我一镰刀下去，让你胳膊开鲜花……"裴黑蛋不想让开，但她真的挥着镰刀上来了，他只得狼狈地闪到一边。看看李小莲走远了，他弯腰扯起一根狗尾巴草，狠狠地绞着："李小莲，你就狂吧，总有一天，我要把你强奸了。"他虽然是这样说的，但一转身就忘了，有空还往田野跑，像只哈巴狗一样给她送白面馍。当然，他送，她就要，要了以后，就挥着镰刀

113

像赶一条狗一样把他赶走了。

二叔感到很难受，虽然白面馍很珍贵，除了吴家，平常人家根本吃不到，但和一个人的名声相比，这又算什么呢？他觉得李小莲根本就不应该要裴黑蛋的白面馍，这白面馍来路不正，狗日的用心不良，她李小莲可是好人家的清白女儿啊。二叔还认为她应该有个规规矩矩的样子，不应该和裴黑蛋拉拉扯扯的。再这样下去，对她名声不好。她的名声要是坏了，她就没法嫁给吴家或者嫁到县城去了。那时二叔的嘴唇上已长出淡淡的茸毛，喉结开始突起，说话粗声粗气，正是血气方刚、疾恶如仇的年龄。

果然不出二叔所料，镇里慢慢地有了关于李小莲和裴黑蛋的风言风语，越传越玄乎。有人说，亲眼看见李小莲和裴黑蛋在玉米地里亲嘴。就有人垂头丧气地说，狗日的裴黑蛋真有福气，李小莲那妮子有味道，要是能和她睡一觉，就是死了也心甘情愿。二叔听到这些话心里很难受，他根本就不相信李小莲能看上他裴黑蛋，这些话都是捕风捉影，但确实又害了人家姑娘的名声。人家李小莲好好的一个姑娘，都是狗日的裴黑蛋缠着人家，人家一个清白姑娘的名声受到了损害，将来怎么做人？

二叔洁身自好，他是绝不会再跨进裴黑蛋家半步，也不想再见到他，更不想和他说一句话。唯一的办法就是对李小莲说说，提醒她一下，裴黑蛋阴险狡诈，脸黑心也黑，要提防着他，不能和他走得太近，最好永远都不要理他。二叔想：对李小莲说时也要注意场合，不要让外人看见，外人看见一男一女在一起，要是再添油加醋地传播得满城风雨，对人家姑娘多不好。二叔从此就多了个心眼，处处留心单独与李小莲说话的机会，这样的机会终于出现了。

有一天，二叔见李小莲在河边洗衣服，他看看周围，没有别人，只有河边的杨柳在随风飘舞，树上的知了不知疲倦地唱着动人的歌谣。时机不错。二叔赶紧过去，站在李小莲身后咳了一声。李小莲扭过头，看看是二叔，用胳膊擦了把汗，说："你这人怎么偷偷摸摸的？吓我一跳。"二叔本来准备了一肚子话，听她这么一说，反而有些不好意思了，平常和她说话行云流水，这会儿还没开口说话，额头上的汗水却先出来了。二叔忸忸怩怩地说："李小莲，有件事我想和你好好谈谈。"李小莲皱着眉头看了看他，有点奇怪，在她的记忆里，二叔一直是个很腼腆的人，整天沉默寡言，轻易不和女人说话，有好几次，她要和二叔碰面了，他却一扭身拐到另一条道上了。今天真是怪事儿，他居然主动找她来说话了。

李小莲很好奇地歪着头看他，说："你说啥？"二叔犹豫了一下，他还从来没有和女孩子单独待在一起过，脸红了红，后来想想这也是为了她好，自己没有一点私心杂念，也就平静了一些，他鼓足勇气，喃喃地说："你以后不要和裴黑蛋来往了，裴黑蛋不是个好人，他是一个流氓地痞……"二叔的声音像是走在坎坷不平的乡间小路上，磕磕绊绊，狼狈不堪，但好在李小莲一直在认真听着，没有打断他。真是一个善解人意的姑娘。二叔好不容易把自己想说的话说完，然后充满期待地看着她。她并没有像他想象的那样感激他及时提醒，而是很不高兴地瞪他一眼，带着嘲讽撇了撇嘴："你这口气就像是我爹我妈一样……"二叔忙争辩说："我这是为你好啊。"李小莲站起身来，朝着我二叔嘻嘻哈哈地笑了，说："你真是对我好吗？说不定是你看上我了，怕裴黑蛋把我抢走，故意来说他坏话。我说的对不对？"二叔脸腾地红了，吃惊地看着她，她的没皮没脸、不知羞耻的样子吓住了他。一个正经人家的姑娘，怎么可能说出这样的话呢？他忙结结巴巴地发誓赌咒说绝对没有看上她，就是为了她好。李小莲捂着嘴吃吃地笑。二叔奇怪地问她："我要是说一句假话，天打五雷轰。你笑什么呢？"李小莲说："我笑你啊。你们裴家这俩人真好玩，裴黑蛋是个真流氓，你是个伪君子、圣人蛋。你和他真是一个在天上飞啊飞，一个在地下爬啊爬……"二叔心里一紧，感到胸膛发闷、头皮发麻，很显然，在李小莲看来，他就是在地上爬的一条土狗而已，甚至有可能是王八。他有点恼怒，问她："你，你，你咋能这，这样说，说话呢？"李小莲摇了摇头，收起笑容，露出一脸厌烦，手指大路，冲着二叔叫道："你说完没有？说完就赶紧滚吧，我最烦的就是你这种人，说的比唱的还好听，都是假正经。你心里咋想的，你以为我不知道？我劝你死了那份心思吧……"

二叔忙着急地摆手："李，李小莲，我，我真的对你没那个意思，我就是，就是劝你不要上了裴黑蛋这个坏人的当……"

李小莲打断了他："那我要感谢感谢你了，你不说，我还真不知道裴黑蛋是那么喜欢我，你现在提醒我了，我就要嫁给裴黑蛋，他杀人，我递刀，他放火，我浇油，咋着你了？"

二叔忙扶住身边的柳树，柳枝拂着脸，二叔觉得像鞭子一样抽着他，他强忍着悲痛，想再为自己辩解。李小莲看看他，哼了一声，弯腰端起盆子气呼呼地走了，走了很远，还扭过头看看二叔，"呸"地吐了一口唾沫："圣人蛋！"

二叔眼前一黑，几乎要栽倒在面前的河流中。

鸦片与枪

二叔与李小莲的会晤，不但没起任何作用，反而更像火上浇油，李小莲仍旧对裴黑蛋骂一阵、打一阵、笑一阵，更显亲昵，甚至有时在大街上也不背人了。二叔看在眼里，疼在心上，他坐卧不安，隐隐约约地觉得这样下去总要出事。

秋天收红薯时，裴黑蛋偷了吴大丰家的红薯在田野里烧着吃，被家丁抓住了。小子还敢反抗，把两个家丁的门牙都打掉了，还有一个被他

116

用石头砸得头破血流，结果被老爷吴大丰抓着吊在树上打了一顿，被打得昏死了两回。等用冷水浇醒了，吴大丰就把他偷的红薯挂在脖子上，插上"偷红薯贼"的牌子游街，后边跟着家丁敲着锣鼓吆喝："快来看哟，大家快来看哟，裴家的裴黑蛋偷东西了，裴家出了个贼！"他们从街北走到街南，再从街南走到街北。游街是我们麦县在几十年前对小偷最流行的惩罚，让人们都知道这人是个贼，从此再没颜面活在镇上，人人避之如蛇蝎。树要皮，人要脸，二叔记得，那时有许多小偷因此远走他乡，无颜再回江东。

二叔在人群中听着家丁的叫声，羞愧难当，恨不得把头钻进裤裆里，他心里一个劲儿地叫："完了完了，裴黑蛋与裴家密不可分，裴家的荣辱与他也密不可分。"二叔愤怒地看着游街的裴黑蛋，他还朝围观的人群咧嘴笑呢，他的笑脸让人感到不可思议，人们朝他吐唾沫，骂他丢人现眼。二叔也随着人们吐了一口，在心里替他感到害臊，狗日的没皮没脸。最让二叔难受的是李小莲，谁也没想到，她突然冲出人群，跑过去抓住裴黑蛋被绑着的手问："你没事吧？"裴黑蛋大大咧咧地说："习惯了也没啥，就是肚子有点饿。"街上的人们都惊呆了，愣愣地站在那里看他俩一问一答，连家丁也忘了敲锣吆喝。

李小莲说："你总是不争气！"裴黑蛋说："这年头还说啥争气不争气，一争气老子还不被饿死了？"李小莲在众人的怒目而视下扑闪着大眼睛说："说的也是，这世道，咱们总是吃不饱。"裴黑蛋说："混呗，就这样混一天算一天吧，还顾得上名声哩？"人们开始目瞪口呆，接着就起哄，都说李小莲真不害臊，一对狗男女，他们都替她爹妈脸红。二叔听着这些话，身子发软，脑袋发晕，这一切都只能怪裴黑蛋，也怪自己没有管好裴黑蛋，害了她。裴家对不起她。裴黑蛋这人太缺德了，把人家一个好好的姑娘害了！二叔也有点恼恨李小莲：我都已经对你说了，你怎么连一点都没听进去呢？我裴有德啥时害过人？你是相信裴黑蛋，还是相信我？这下好了，雁过留影，人过留名，看你以后怎么办吧。

二叔这时听到一阵嘚嘚的马蹄声，他忙闪到一边，只见一个年轻人骑着高头大马呼啸而来，身后跟着吴家的家丁。年轻人穿着一身二叔从来没有见过的奇怪衣服，二叔后来才知道，那是外面正在流行的西装。二叔从周围人们的议论声中，终于明白了，这个穿着奇怪衣服的年轻人是昨天刚刚从省城做生意回来的少爷吴文正，同时跟着他回来的还有两个姨太太。他赶到李小莲和裴黑蛋身边，指着吴小莲问那些拿着锣鼓的家丁："这是谁家的姑娘？"家丁说："这是喂牛的李老头家的。"吴文正笑了笑，说："这姑娘蛮好的，就是裴黑蛋这货太坏了。"

二叔伤心地摇了摇头：这人真是丢大了，就连刚从省城回来的少爷也知道裴家出了一个混账东西，裴黑蛋把裴家的脸丢尽了，连少爷都在看你们的笑话，裴家从此在镇上抬不起头了……

很多年后，二叔还记得一九四三年夏天那个阳光灿烂的午后，他正坐在门槛上大口地吸溜着红薯面汤时，看见裴黑蛋坐在一辆行色匆匆的马车上打盹儿，后面跟着四五个挎着长枪的家丁，这是吴家去南阳拉鸦片的车队。二叔以为看花了眼，揉了揉眼睛，没错，正是流氓地痞裴黑蛋坐在吴家的马车上。这事儿让人觉得别扭，也觉得奇怪。刚被游完街，怎么又成了吴家的红人？二叔带着满腹狐疑喝完汤，转悠到吴家门口，装作漫不经心的样子和站在门口的家丁拉呱，把话题故意往裴黑蛋身上引。家丁说："是我家少爷看得起你家兄弟，让他去押车，前去南阳拉些大烟土。"消息得到了证实，二叔心里并没有吃醋，而是为他感到高兴。他长长地呼了口气，吴家能看得起裴黑蛋真是他的造化。他如果能抓住这个机会，把他流氓地痞本色转化成为吴家做事的兢兢业业，未尝不能干出一番事业来。二叔手搭凉篷，向遥远的东南方向瞭望，衷心祝愿裴黑蛋从此能重新做人，使裴家在镇上活出个样子来，让人们一提起裴家就竖起大拇指。

第二天早上一起来，二叔就听说少爷吴文正要娶李小莲了。二叔心里有点不快，他们把裴黑蛋支去南阳押车，原来并不是看中他的才干，而是要暗度陈仓娶了李小莲。二叔低头想了一会儿，又觉得这未尝不是一件好事，虽说李小莲要当的是少爷的三姨太，但总要强过嫁给要钱没钱要地没地要命一条的裴黑蛋。希望裴黑蛋也能知道自己的斤两，别再惹出什么事来。二叔摇了摇头，觉得自己过虑了，吴家要人有人要枪有枪，他裴黑蛋再逞能，又能折腾出什么浪花呢？他只能认命，认命就对。

少爷吴文正那时已经娶了两个老婆，他对他爹说要娶李小莲做三姨太时，他爹开始不想让他娶，说她疯疯癫癫的，没有个女孩子样，名声不好。少爷说，不让我娶我就去香满楼。那时流村镇已经出现了梅毒和淋病。他爹吓了一跳，只好又吓唬他说："李小莲和那个地痞裴黑蛋有一腿，裴黑蛋是个愣头青，把他逼急了，他狗急跳墙咬你一口你就受不了。你的命金贵，他的命和狗一样贱，他惹他干吗？"少爷说："爹，你放心好了，我把裴黑蛋搞南阳去了，把事办成了，等李小莲到了咱家，吃好的穿好的，还有下人伺候，到那时赶也赶不走，他裴黑蛋回来了不是自讨没趣？"老爷还有点犹豫不决，少爷只好又劝他："听说我妈刚到咱家时也是寻死觅活，过了半个月，和她相好的后生哥来时，不是被她骂得狗血淋头吗？爹，你说有没有这事？"他爹脸红了红，说："这事倒是真的，可就怕李小莲这妮是个二百五，不识好歹。"少爷很有把握地说："不会的，不会的，李小莲水灵灵的，一看就知道她很聪明，让她过几天滋润日子，天天吃细米白面，对下人发号施令，她就一定会像我妈一样，赶也赶不走了。"他爹想了想，就点头答应了。少爷就一边派人去请镇上有名的赵媒婆，一边让家丁先给李小莲她爹送去二十块大洋。

李小莲她爹在吴家喂完牛，回到家喘了口气，正要背着锄头下地，

119

听家丁这么一说，脸色立刻放朗，把锄头一扔，说："以后老子不用种地了，老子要跟着女儿享福了！"李小莲她妈听说了，也是满心欢喜，又是给家丁让座又是烧开水喝，热情得让那个家丁都有点不好意思了。她妈欢喜之余又有点不放心，对老头子说："听说死妮子和那个地痞裴黑蛋好上了，裴黑蛋长得难看不说，还穷，咱这死妮子又是个二百五，这事恐怕还有点麻烦呢。"李小莲她爹也慌了，问她，这咋办？李小莲她妈是个干脆利索的人，她想了想，很爽快地说："咱去给吴少爷说说，把这事办得快一点儿，省得夜长梦多。"她妈说完，就真的跑到吴家，给少爷出主意，让少爷明天就把李小莲娶过来，死妮子要是不同意，就把她绑在花轿上，把嘴堵上抬到吴家。少爷一听，高兴得眉飞色舞，口口声声妈长妈短地叫个不停，喊得李小莲她妈也心花怒放。

这事很快在流村镇传得满城风雨，人们聚在镇子中央的大槐树下议论纷纷，都说李小莲这死妮子有福气。又有人骂老天不睁眼，这样的好事偏偏让一个疯子一样的李小莲摊上了，这世道算啥球世道？这话说到了许多人的心坎里，有闺女的人家都闷闷的，见了李小莲她爹她妈就瞪着眼睛恨他们。二叔听说这件事后，长长地松口气，李小莲出嫁了，自己也就少了一块儿心病。这口气出了以后，二叔心里又堵，又不知道为啥堵。他走在大街上，心里慌慌的，真想唱一曲尾音拖得很长又很忧伤的民歌。他张了张嘴，才发现流传在豫西南麦县的许多民歌自己都不会唱。

后来二叔才知道，他是为担心裴黑蛋这个王八蛋回来闹事，心才堵的。

打我记事起，就见二叔常常翻看一本砖头厚的《麦县民间故事集成》的书，长时间停留在第1095页。1095页的故事是说一九四三年五月，流村镇的大鸦片贩子吴大丰家从南阳贩卖鸦片回来途中，被一位疾恶如仇的民间志士设计灌倒了几个武装押车的，放火烧了一车上等的鸦片。二叔那时牙齿已经脱落了好几颗，脸上出现了黄斑。二叔开始忘记了早年的许多往事，但当他按在这本书的第1095页时，他眼睛放光，喃喃地说："他就是裴黑蛋!"

二叔记得那是个黄昏，落日把西边的天空烧得通红，几个家丁连滚带爬地跑进吴家大院，身后跟着一群看热闹的人群。老爷站在院里，狠狠地瞪着那几个家丁，脸色很难看："你们说说，这到底是怎么回事?"几个家丁哭丧着脸说，当他们从南阳押着一车大烟土回来，进入麦县境内的鸭河镇时，听到人们到处传说少爷娶了李小莲，弟兄们都很高兴，都吵着快点回去喝点喜酒。说完了都下意识地看看裴黑蛋，裴黑蛋的脸色很难看，他的脸色越难看，他们越高兴，声音更大。让他们失望的是，裴黑蛋的脸色只难看了一小会儿，接着就喜笑颜开地说："好事好事，是该好好地喝喝酒庆贺一下。"他不是说着玩的，而是动真的，立即跳下车去镇里打了几斤白酒，放在车上出了鸭河镇。走到半路时，他让马车停下，说等不及了，喝几杯再说。他们本来不愿意，怕押着的大烟土有了闪失，裴黑蛋就嘲笑他们没有长卵子，连口酒都不敢喝。他们经不起他的挑逗，想想喝几杯也没啥，就喝了几杯，谁知一喝不知咋的都倒下了，醒来时就见大烟土已经被烧光了，两匹马和几支快枪，还有狗日的裴黑蛋都不见了。

老爷恨恨地看了看他们，又回头恼怒地看了看少爷吴文正。吴文正撇了一下嘴，说："真是一条喂不熟的狗，以后遇见这条狗，一枪把他撂倒算了。"那几个家丁都忙点头哈腰地说"好好好"。老爷想了一下，对那几个家丁说："去把狗日的房子烧了，他敢再踏进流村镇一步，我不打断他的腿才怪!"

二叔站在人群中目睹了那场壮观的大火。二叔目睹那场大火时的感受用一两句话是说不清的。二叔有点沉重，也有点轻松。作为对裴黑蛋的惩罚，二叔觉得这也不过分，他胆大包天，竟敢毁掉老爷的鸦片，夺了老爷的枪！轻松的是，自始至终，老爷都没提他，老爷还是分得清的，虽然是一个裴家，但他裴黑蛋是他裴黑蛋，他裴有德是他裴有德。大火映红了人们的脸，人们激动地数说着这条逃跑的狗，都说裴黑蛋这娃子真是无恶不作，逃走了也好，眼不见心不烦。他们说这话时，还都偷偷地看看二叔，忙又加上一句："说起来和裴有德还是兄弟哩，两人可不一样。"二叔听到这些话时，心里多少有点欣慰。当那三间草屋在大火中轰然倒塌时，二叔长长地呼了口气，以后这里没有裴黑蛋的家了，他裴有德在镇上就代表裴家了。二叔相信以自己堂堂正正、光明正大做人的信条，一定能为流村镇裴家脸上增光，让人们一提起裴家就肃然起敬。

那天晚上，吴家忙了一个通宵，老爷指挥家丁们加固院墙，在墙头上修筑瞭望塔。二叔心里沉甸甸的，吴家就是为了防备裴黑蛋，他毕竟抢走了几支快枪，谁知道他会拿着这些快枪干出什么伤天害理的事情呢？一想到这，二叔的眼皮就跳个不停，手心里全是汗。

美女与兽

你们翻翻一共 1799 页的《麦县民间故事集成》就会发现，里面有许多贫下中农的爱情故事感人肺腑，这些故事的男主人公一般是个长工，女主人公是在地主庄园里生活的一位憧憬爱情并且忠于爱情的女子。流传在豫西南麦县的这些民间故事中，最早的一个是秦朝的长工樵与地主女儿娥的故事，最后一个是流村镇从小失去爹妈的农家小伙子黑蛋和少女小莲的故事。按照书里的说法，少女小莲是被地主抢走抵债的，黑蛋悲愤出走参加了游击队，打回流村镇，镇压了恶霸地主，夺回了心上人小莲，并终成眷属，两人从此过上了幸福的日子。和其他书一样，这些故事经过文人的美化已面目全非了。

二叔清楚地记得裴黑蛋是在三个月后带着土匪回来的。他们戴着黑色的面罩，露着贼亮的眼睛，骑着高头大马嘚嘚地穿过流村镇，惊醒了镇上所有的人。人们刚开始是贼头贼脑地趴在窗户后看，后来试着把脑袋伸出窗户来看，看土匪似乎就是冲着吴家来的，胆子就大了，走出家门，跟在马队后面进了吴家大院。那夜的经历对二叔来说像是做了一场噩梦，虽然裴黑蛋也戴面罩，但他还是一眼就认出了他。他穿着一身黑色衣服，腰里挎着盒子枪。二叔眼前一黑，差点栽倒在地，他忙扶住身边的一棵槐树，槐树身上的刺儿把他的手扎得鲜血淋漓，他一点都没感觉出来。二叔明白，裴黑蛋已经彻底完蛋了，他投身臭名昭著的杨八老虎，成了一个死有余辜的匪徒。

二叔痛苦地闭上眼睛，流出了两滴清冷的泪珠。

二叔再睁开眼时，看到裴黑蛋已掂着盒子枪跑进了吴少爷的卧室，在大红灯笼的照耀下，少爷吴文正失去了往日温文尔雅的派头，只穿着一条裤头狼狈地跪在地上给土匪磕头。土匪裴黑蛋一脚把他踢倒，吼道："你他妈的居然敢骗我？你也不打听打听我是谁，敢惹我？去你妈的！"抬手就是一枪，然后又飞起一脚，把少爷从楼上踢了下来。少爷的身子在地上打了个滚，一汪鲜血从脑袋喷涌而出，他的腿抽了抽，再也不动了。

人们本来是看热闹的，以为土匪还和以前一样，虚张声势地杀进吴家，找到老爷要些钱，最多再牵走两头牛了事，谁知他们这次却是杀人的。这个狗操的，真狠啊，一枪就把少爷干掉了。他们往后退了退，有人已经尿了裤子，还有人想跑，但又怕做得太明显，被土匪盯上了，也一枪要了性命，都害怕，都不敢动，更不敢再随随便便地指指点点，随随便便地议论流氓地痞裴黑蛋了。裴黑蛋站在楼上，冲着少爷的尸体吐口痰，然后又窜进少爷的卧室，李小莲一见他就大声地骂他："日你妈裴黑蛋，你现在才来，你把姑奶奶害苦了！"

裴黑蛋看看李小莲，李小莲披头散发地坐在床上，上衣扣子还扣错了，脸上还潮红潮红的。裴黑蛋很烦躁地"呸"了一声，拔脚就要往外走，李小莲拽着他叫："你去哪儿?"裴黑蛋甩掉她的手，站在楼上又朝少爷的尸体胡乱地打了两枪，高声骂道："我日你妈吴文正，你搞了我老婆，我也要搞你老婆，我要把你所有的老婆带到山上搞个遍!"他转身踢开旁边一个房间的门，里面传来女人的惊叫声，那是少爷的大老婆的卧室。人们把心提到了嗓子眼，这个狗操的裴黑蛋，看来要血洗吴家了。且慢，李小莲突然蹿上前去，挡在裴黑蛋面前，扬起手，"啪"地扇了他一记响亮的耳光，尖声叫道："日你妈裴黑蛋，你忘了你从前说的，你狗日的这一辈子只要我一个人，现在你又想搞别的女人!"裴黑蛋捂着火辣辣的脸，他扬起了手，想把枪把子砸在李小莲的头上，李小莲忽地掏出一把剪子，放在自己的脖子上叫道："你要是打我，我就自杀算了，反正他妈的我也受够了!"裴黑蛋愣了愣，把手枪放下，踢了那门一下，门发出了难听的吱吱声。他转身指了指楼下，恨恨地说："那匹白马是我的，死妮子，你先去坐上，等我去把狗日的吴大丰找到也毙了。"

　　裴黑蛋烦躁地在院子里窜来窜去，一遍又一遍地问："吴大丰呢，吴大丰这个狗日的呢?"吴家的下人惊恐地看着他，惊慌地摇着头说："不知道。"谁也不知道吴大丰在哪里。

　　二叔后来才知道，那天晚上土匪进镇时，老爷吴大丰已经由后门逃走，在老实巴交的鲁长工家里住了一夜。躲过这场劫难的吴大丰送给了鲁长工十块大洋，二十斤小麦。老爷是个知恩图报的好人啊。

　　裴黑蛋没有找到老爷，就开始指挥土匪们哄抢吴家的东西。当他站在院子里指手画脚时，李小莲骑在白马上，声音很响地说："黑蛋哥，我怀上吴家的小杂种了!"裴黑蛋歪着头看了她一会儿，冲她吐口唾沫，烦躁地说："他妈的，这么快?"李小莲欢快地说："黑蛋哥，没啥没啥，

124

我把他弄掉，我一定把这个狗日的小杂种弄掉。"李小莲不知羞耻的话语让镇上所有人痛心，她爹气得当场要投井自杀，他边往井边跑边大声地喊："你们别拉我，你们别拉我，我真不如死了，我有个这样的女儿，我真不如死了，你们都别拉我！"他跑到井边，回头看看，人们都站在那里，没人敢动，更没人敢来拉他，他就不喊着跳井了，一屁股坐在地上哭爹喊娘，咒骂李小莲把列祖列宗的脸丢尽了，自己也没脸见人了。他翻来覆去地咒骂着李小莲，却没敢骂裴黑蛋。这未免太让人看不起了，人们嘴上不敢说，心里却在暗暗地嘲笑着这个窝囊的老头："养了一个这样的女儿，确实够丢人的。你咋不跳井呢？"

李小莲看看她爹，大大咧咧地说："我就是给祖宗丢脸了咋着？我是个贱女人，我就是婊子养的，你能咋着我？"裴黑蛋站在旁边，笑嘻嘻地给她拍着巴掌。李小莲朝他妩媚地笑笑。这俩人，真是没救了，公然调情，流村镇有史以来，还从来没有出过这样不要脸的人呢。人们敢怒不敢言，他们看着裴黑蛋飞身上了马，李小莲没皮没脸地抱住他的腰，带着一群土匪扬长而去。

二叔目睹这一切，脑袋嗡嗡地响，在二叔的心目中，李小莲一直是个美丽善良的仙女形象，大红灯笼之下，一切真相大白，她其实是个比妖精更可恶的女人，一个没法形容的浪荡女人。也只有裴黑蛋能配得上她，绿豆对王八，她也只配裴黑蛋这样的人。少爷真是瞎了眼，怎么就看上她了呢？这下好了，惹来杀身之祸了吧。

二叔无力地靠在身边的槐树上，出了一身冷汗，身子虚脱得摇摇欲坠。在明亮的月光下，人们看着大队土匪窜出了流村镇，等到他们消失在了月光里，又等了好大一会儿，确信他们确实走远了，这才活了过来了，吐着唾沫，像群乌鸦喳喳地聒噪，大声地咒骂着这对狗男女。二叔在人群中悄悄地流了泪，这都是裴黑蛋造的孽，流氓地痞裴黑蛋把李小莲勾引坏了。

二叔感到前所未有的耻辱："如果有支枪，我一定会大义灭亲崩了他。"他想。

老日来了

在这个时代，我不但敢抛开散发着霉味的档案，承认我父亲是土匪裴黑蛋，我还敢自豪地高呼我父亲是一名大英雄、真豪杰。一九九二年春节回家探亲，在县志办，我惊喜地发现我那土匪父亲，我那人见人厌、鬼见鬼愁的父亲裴黑蛋还是一名记录在县志上的抗日英雄。县志上记载得清清楚楚，强弩末势的日本鬼子在一九四五年七月进入麦县，正规的国民党部队没放一枪弃城而去，土匪小头目裴黑蛋却率领手下袭击了驻扎在流村镇的日本鬼子，并且取得了击毙一名鬼子的辉煌战果。

二叔并没有见到这本县志，对于裴黑蛋的英雄事迹，他总是不屑一顾："这个狗日的给流村镇带来了深重的灾祸，他是一个对家乡父老乡亲有罪的人，他死有余辜。"几十年后，二叔依旧对我父亲裴黑蛋耿耿于怀。提起一九四五年，他恨得咬牙。按我二叔的说法，裴黑蛋死得不亏，他害死了十多个父老乡亲，乡亲们都是好人，他们每个人都比狗日的裴黑蛋强！我没有和二叔再辩论下去，他无法理解我对父亲的感情，他再坏，他仍然是我的父亲。

我自豪我那在家乡口碑不佳的父亲是个抗日英雄，他在死气沉沉的麦县是条真正的汉子！但和这个撕裂的社会一样，我无法和二叔达成共识。他一口咬定裴黑蛋就是一个土匪。"几十年了，我算看透他了。"二叔说："特别是在一九四五年，他害死了十多个乡亲啊，一想起这事，我就恨死了他。"

一九四五年七月，二叔他们听说老日要来了，流村镇笼罩在一片恐怖之中，都不知道老日是咋回事，人人都在忙着收拾东西准备往山里

126

跑。他们跑过清朝的战乱，跑过民国军阀的战乱，但跑老日的战乱还是第一次。所有的人都在做准备，该装进罐子里埋在地下的粮食埋下了，该送到山洞的锅碗瓢盆也送到山洞了，老爷吴大丰甚至还把家丁的步枪装进棺材里埋在了田野里，还在那里烧了纸钱，不知道的，还真以为那是座新坟呢。只有我二叔压根就没打算跑，他认为当兵的除了打土匪就是和穿军装的对着打，自己是老百姓，又没干过啥缺德事，当兵的再凶也不会咋着他。自己堂堂正正光明正大做人，不做亏心事，不怕鬼敲门，老日来了只要不惹他们，他们还能没事找事？

过了几天，老爷吴大丰从县城回来，喜气洋洋地说："不用跑了，不用跑了，老日是打国民党和共产党部队的，县城国民党的保安团早已经撤走，咱们这里又没有共产党，这仗是打不起来了。"共产党这名字镇上的人都没听说过，他们问老爷："这共产党是咋回事？"老爷痛苦地皱着眉头想了半天，最后也想不出来共产党到底是干啥的，吞吞吐吐地说："共产党嘛，这个共产党嘛，估计和国民党差不多吧，一根藤上结俩瓜嘛。国民党跑了，咱这里又没有共产党，老日还打谁？"大家一听都觉得高兴，老日在这里打不成仗了，大家也不用忙着跑了。这样的事儿不是没有经历过，一个军阀打跑了另一个军阀，换个镇长，该过的日子还得过。除了换个镇长，也没什么大不了的。

二叔记得，老日即将到来的一九四五年七月，流村镇像风平浪静的大海一样温柔，依旧烟馆林立，一派歌舞升平的景象。

如果没有裴黑蛋，流村镇原本可以安安静静地躲过一劫的，波澜不惊，一切都好。有了裴黑蛋，这一切就都不好了。

老日来时，大家在老爷吴大丰的带领下，举着用纸做的小三角红旗，站在路两边夹道欢迎。藏在深山老林中的流村镇还从来没有来过什么正规部队，那天出来欢迎老日的人特别多，大人和小孩摇着小红旗眼巴巴地望着远方的大路。

中午时分，老日从县城那边开过来了，大家刚开始还以为是源源不断的大部队，可走近一看只有十几个人，都有点失望。他们戴着闪亮的黄色钢盔，枪上挂着明晃晃的刺刀。站在二叔旁边的一个吴家家丁去过南阳，见过世面，得意扬扬地卖弄说："比保安团走得有精神，走得也比保安团整齐。"

人们瞪着眼睛看老日们穿的马靴，看老日们的艳得妖冶的太阳旗，这些他们从未见过，都觉得新鲜。白花花的阳光照着大路，大路两边的人群很静，目光跟着老日的队伍走。老爷吴大丰迟疑地凑到流村镇年岁最大的有福老人身边商量，说："这样是不是显得太冷清了？是不是应该喊些欢迎的口号？"有福老人捏着花白胡子，点了点头，老成持重地说："那就喊欢迎老日吧。"吴大丰立刻来回小跑着，一一交代，在他的带领下，大家一齐晃着小红旗，扯着嗓子欢呼："欢迎老日！欢迎老日！"有福老人的孙子金贵嗓子都喊哑了，被老爷好好地夸奖了一番，大家都觉得自己嗓子没喊哑怪不好意思的。走在前面的老日好像是个当官的，他很满意地挥着手，说："你们，良民大大的是！"他的声音像公鸭嗓子里挤出来的，弯弯绕绕的，怪怪的，听上去很别扭。欢迎声小了起来，人们交头接耳地议论老日是哪里人。有的说，听这口音好像是南方蛮子，又有人说像东北人。二叔看着他们也觉得有点奇怪，可惜二叔从来没有走出过流村镇方圆一二十里，他看不出他们是哪里人。

老日的队伍走得有点乱了，他们好奇地伸着脖子看二叔他们，有个老日还冲着二叔笑笑，二叔忙也冲他笑笑。二叔想，老日还怪和气哩。好像是军官的那个老日走到后边，和另外几个老日嘀嘀咕咕，几个老日便放下身上的背包，掏出一捧捧花花绿绿的糖果和纸烟往人群里撒。老人和小孩哄地挤成一团去抢，老人们抢的是纸烟，小孩们抢的是糖果。有支烟正好落在二叔怀里，他不抽烟，把它递给了身边的金贵。金贵接了烟咧开嘴笑着，嘶哑着喉咙对二叔说："有德，你看看，老日多好啊。"

二叔点了点头，说："是哩是哩。"

那天镇上的人们对老日的印象都不错，他们在回去的路上激动地议论着老日真好，比国民党的部队要好上十倍，比县里的保安团要好上百倍。

国民党的镇长在几天前就带着家眷逃走了，老日们住进了镇公所大院，把挂在镇公所院里的青天白日旗扔进臭水沟里，挂上了他们艳艳的太阳旗。按照惯例，每次更换镇长，吴老爷都要去拜访，这次也不例外。从前他是带着一个下人挑着一担子白面和半爿猪肉就行了，这次他带了两个下人，挑着两担礼物。另一个担子是我二叔挑去的，是一只剥了皮的整羊和一坛上等的自酿烧酒。老日军官揭开烧酒坛子的盖子，浓烈的酒味争先恐后地冒出来，老日军官陶醉地闭着眼睛深深地吸了下鼻子，然后睁开眼睛，用力地拍了拍吴老爷的肩膀，朝他竖起大拇指："你的，良民大大的是。"吴老爷忙弯着腰兴奋地赔着笑脸，说："军爷辛苦了，军爷辛苦了。"二叔眼睛眨也不眨地盯着老日军官看，老日军官脸上一直挂着醉人的笑容，收下两担礼物，很亲热地寒暄了一会儿，坚持把他们送到了镇公所大门口。二叔想，这帮人虽然带着枪，但人好，看来也没啥可怕的。

第二天，二叔便听说老日让老爷吴大丰当了镇长。二叔和镇上的人们一样，觉得理所当然，吴家有钱有势，更重要的是，人家是见过大世面的，他不当镇长，谁当镇长？谁也没这个本事。他当镇长，当然要比一个陌生的外乡人来当镇长更好。老日还挺通情达理的。

夏天的白天漫长，太阳照得人昏昏欲睡，老日的到来，像一阵风一样，吹得人们一下子精神起来。没事干时，人们就挤到小学操场看老日操练。老日比原来镇公所的保安队好，保安队就不让人随便看，动不动就瞪眼睛，老日没事，随便看。二叔也去看了几次，他觉得老日比土匪好，也比保安队好，老日不抢东西，见了小孩就给颗糖，见了大人就发根烟，也不骚扰妇女。二叔那时根本就不知道还有抗日战争这回事儿，更不知道中国已经展开大反攻，日本军队正如丧家之犬，苟延残喘。这些事儿，流村镇的人们都不知道，他们常常聚在一起，为老日到底是哪里人争得面红耳赤。

二叔从不参与他们的讨论，二叔心里像明镜一样，别看他们声音一个比一个高，其实和他一样，谁也不知道老日是哪里人。二叔和他们不一样的是，二叔从不对自己没有把握的事情发表看法，二叔只说板上钉钉的事情。二叔还需要仔细观察这些老日们，摸清他们的底细。

有一天二叔去街上卖柴，经过镇公所时，看到院里有两个老日正在拼刺刀。刺刀相撞，撞击出火花。二叔把心提到了嗓子眼，他们这是真刀实枪地干啊，万一失手伤到人咋办？二叔看了看自己挑的柴火，有些柴火直直的，稍微修整一下，就可以代替那些枪，如果在木头把儿上再缠些布就更好了，既可以拼刺刀，又不会伤着他们。他犹豫着放下柴火，仔细地翻拣着，好不容易找到了两根比较直的木头，正要抽出来，有人拍了拍他的肩。二叔忙直起腰，眼前站着的是老爷吴大丰，他的身后跟着一个老日，眯着眼睛打量着他。二叔有点受宠若惊，忙冲老爷笑笑，又冲那个老日微微地弯了下腰，算是打了招呼。老爷对那个老日说："这个，良民大大的是，请太君大大的放心。"那个老日看了看二叔，冲着二叔友好地点了点头，二叔忙也朝他点了点头。

老爷对二叔说："有德呀，太君看得起咱，让咱找个人帮他们做饭，你这人老实，我想让你去，你看咋样？"二叔不安地把手往裤子上蹭着，他的手上有点泥巴。二叔很激动。能被镇里头面人物吴老爷和老日看得起，这是多大的面子啊。二叔甚至都想流泪了，他一直觉得，狗日的裴黑蛋杀了吴老爷的儿子，抢走了吴老爷的儿媳妇，裴家和吴家算是结下梁子了，这是血海深仇啊。他甚至已经做好准备，如果老爷找他算账，他也认了。天下无二裴，自己兄弟做下的事儿，自己这当哥的就得认，哪怕一命偿一命，他裴有德也没半句怨言。谁知老爷不但没有找他算账，就像这事儿压根和他没有关系一样，而且从来没在他面前提过。有好几次，他都想主动给老爷提提，任凭老爷处置，但他又担心提起这事儿，惹得老爷伤心，也就算了。现在，老爷竟然主动找他来了，还把他介绍给老日，这是多大的肚量啊。

二叔结结巴巴地说："我，我，我能行——吗？"吴老爷说："行，我就是看中你这人实在，不耍奸。我也是算来算去才觉得你最合适，才让你干的，别人想干也不让他干。再说，还有工钱呢。"二叔眼眶有点湿润，他为了掩饰自己汹涌澎湃的心情，忙上前握着吴老爷的手，说："老爷，你放心好了，我一定给老日好好做饭。"老爷朝他努着嘴笑了笑，脸上的肌肉有些僵硬。二叔忙把手抽了回来，心里有点不安，自己一手老茧，褶皱里尽是灰尘，怎么能去握老爷白白胖胖的手呢？

那个老日朝二叔努了努嘴，说："你的，跟我走。"二叔很激动地弯腰挑起担子，跟在这个老日的后面，迎着镇上人们好奇和嫉妒的目光，二叔觉得很自豪。二叔想，能被老日和镇上头面人物吴老爷看得起，就是因为自己为人处事堂堂正正，光明正大，是个让人放心的人。二叔准备把这担柴火也送给老日算了，老日要是给钱，他也绝不会收他们一分钱的，让他们看看，他虽然谨小慎微，但绝不是一个小气的人。

二叔走在镇公所大院里，想得很多，想得很远，想到他爷裴大脚，也想到了他爹他妈，二叔在心里喊："爷、奶、爹、妈，你们看到了吗？流村镇那么多人，他们为啥谁也不找，偏偏来找我？我以后一定好好干，裴黑蛋在哪里给裴家丢的脸，我就在哪里把它捡起来。"

镇公所大院里挂着老日的旗帜，被风吹着，哗哗地响，二叔觉得它是特地在为自己唱着一支崭新的歌，欢迎他的到来。这个神奇的想法就像旗帜上大大的太阳一样，光芒万丈照耀着他，大地光明，万物欢欣。

二叔就这样开始起早贪黑地给老日们挑水、喂马、劈柴、做饭，日子忙碌而充实，浑身有劲儿。和他一起干活的老日叫什么什么二郎，刚开始时，还对二叔横鼻子瞪眼，嫌弃他笨手笨脚，甚至有次还踹过他一脚。二叔并不怪他，自己确实有些磨蹭，并不是自己偷懒，而是不熟悉情况。等他慢慢上手了，一切都有条不紊。二叔干活卖力又踏实，井井有条，老日想吃油条，他就炸香味扑鼻的油条，老日想吃白面馒头，他就蒸热腾腾香喷喷的白面馒头。什么什么二郎就没再怎么着二叔，有时还对他笑笑，给他饼干糖果吃，给他纸烟抽。二叔不会抽烟，没有接，什么什么二郎也就不再勉强，自己坐在一边，抽着纸烟，看着天空发呆。什么什么二郎看天空，二叔在旁边看他。二叔觉得这一刻真和谐，大地宁静，友谊之树常青。

二叔怎么也没想到，友谊的小船说翻就翻，宁静一下子被裴黑蛋打破了，碎了一地，二叔把它们捡起来，想把它们粘起来，但怎么也粘不好。有些事儿发生了就是发生了，你再努力，它都在那里，不可能恢复原状了。

狗日的裴黑蛋，他从来就没让人省心过。

那是个晚上，二叔蒸完一锅白面馍，捶了捶酸疼的腰，刚刚躺下，就听见镇子里响起了"砰砰"的枪声，什么什么二郎从床上跳起来，戴上钢盔就往外跑。二叔的心跟着枪声"怦怦"直跳，他从来没见过打仗。来的是什么人？二叔探出脑袋往外看，老日们端着枪跑来跑去，哇啦哇啦地叫着，二叔一句也听不懂。他竖起耳朵，在"砰砰"的枪声中，听见镇公所外边有人喊："老日们，你们听着，乖乖地给爷们送来几挺歪把子机枪，要不送，爷们就冲进去，把你们那几个鸟人杀得一个不剩。"

二叔倒吸一口冷气，他听出来这是裴黑蛋的声音。这帮杀人放火的土匪，又来闹事了。

土匪在麦县有好几支，就杨八老虎的那一支名声最臭，啥人都杀啥东西都抢。二叔看看趴在墙后面拿着枪的老日，有点担心，也不知道来了多少土匪，老日们能不能打得过他们？

枪声响成一片，后来枪声慢慢地稀了，后来镇上的人们都被老日赶出来集合在镇公所前的空地上。镇上的人们看到七八个土匪的尸体堆在一旁，旁边还有一个老日的尸体，有个老日还受了伤，躺在担架上有气无力地哼哼。当官的老日抽出战刀，在人们眼前晃着，很凶地说："你们良心都大大的坏，你们良民大大的不是！"看样子老日是生气了。老日一生气，人们就害怕，有几个吓得当场尿了裤裆。二叔想，老日也真是的，明明是土匪们找的事，干吗要冲乡亲们发火？

二叔犹豫了一下，还是拽了拽端着枪站在旁边的什么什么二郎，低低地说："太君，不怪他们，他们和土匪没关系，要怪就怪土匪们，都是他们惹的事儿。"那时二叔已经学会叫老日太君了，不过他至今也没弄明白太君是啥意思。什么什么二郎很凶地瞪了二叔一下，二叔知道自己人微言轻，他看了看镇长吴老爷，吴老爷讪讪地笑着，点头哈腰地跑过去，给当官的老日递过去一支纸烟。老日军官伸手挡住了那支烟，老爷尴尬地收起烟，讨好地对老日军官说："太君，他们都是大大的良民，和这些土匪们没有关系，没有关系……"老日军官很不客气地把老爷推到一边，说："中国人都大大的坏，不杀几个，你们大大的不老实。"他的小眼睛眨了眨，让老日拉出来十多个镇上的年轻人，然后战刀往下一劈，老日一起开枪，把他们打成了马蜂窝。

老日军官洋洋得意地看着傻了的人们，说："这只是小小的警告，你们敢对皇军不敬，统统死啦死啦的。"

二叔看到金贵也死了，他可是老实巴交，为人处事善良又正直。二叔心里很不是滋味，这些老日是怎么回事？土匪惹的事儿，他们为啥要把气撒在老乡身上？这有点不讲理，有点黑白不分，这样做太不应该了。不过，二叔最恨的还是狗日的土匪们，要不是他们来抢老日的枪，老日也不会杀死镇上这么多人，都是狗日的裴黑蛋惹的祸。

二叔正在这样想着，老日军官的战刀忽地指着他的鼻子，吼道："你的，良心也大大的坏！"二叔有点摸不着头脑，他第一次听到有人说自己良心大大的坏。二叔觉得非常委屈，急得都快流泪了，他求援地看看人们，人们都静静地站在那里，大气都不敢出，哪里还敢替他说话？他只好带着哭腔为自己洗刷："太君，我的良心大大的好，大大的好，不信你问，我啥坏事都没干过……"老日军官说："你的良心大大的坏，有人向皇军报告，那伙人里面有你的弟弟。"

二叔的脑袋嗡嗡直响，原来是这么回事。他心想："完了完了，他和裴黑蛋都姓裴，镇上人知道他们不是一家的，但老日却不知道，你还真没办法给他们解释。完了，完了，狗日的裴黑蛋要把我害死了。"二叔求援地看看什么什么二郎，什么什么二郎看看他。二叔哭丧着脸，觉得自己受到了侮辱，这侮辱只有什么什么二郎才能为他洗刷，只有他知道自己如何辛辛苦苦、老老实实地为他们干活，天不亮就起来和面做饭、洗锅刷碗，一直忙到天黑。什么什么二郎好像看懂了他的意思，犹犹豫豫地凑到老日军官跟前，哇啦哇啦地说着什么。老日军官看了看二叔，又盯着什么什么二郎看了好大一会儿，什么什么二郎双脚一碰，立正站好，声音很响地说了句什么，好像是向老日军官下了保证。老日军官收回了战刀，对二叔说："你的，要给皇军好好地干活！"二叔忙说："好好干活，我一定好好干活。"二叔抹了一把汗，感激地看了看什么什么二郎。二叔想，一个人到底好不好，大伙心里最清楚，好人一生平安，要是今天换了裴黑蛋，谁会替他说话？老日不一刀把他劈了才怪呢。二叔暗自庆幸，并且下定决心，以后一定要更加勤快地给老日干活，不能让他们抓住半点把柄。

那些天，流村镇一片死气沉沉，人们再见到老日，都有点不自然，不敢再像过去那样去看老日们操练，听他们用一种奇怪的方言说话，私下里窃窃私语，偷偷地议论着老日们太霸道，比保安团还霸道，还不讲理，动不动就杀人，杀人像杀条狗一样，眼睛都不眨一下。虽然是这么说的，但他们最恨的还是裴黑蛋和他带来的土匪们，要不是他们，老日们就不会杀人，他们本来挺和气的，见小孩还给糖吃，见大人还给烟抽。越想越气，窃窃私语变成了高声咒骂，都是这狗日的裴黑蛋，把流村镇的人们害苦了，害惨了，都说让老日抓到狗日的，把狗日的扒了皮才解恨呢。

二叔走在街上灰溜溜的，不敢听他们说话，也不敢看他们，裴家出了个狗日的裴黑蛋，害得镇里死了十来个人，真是造孽啊。他感到脸上火辣辣的，走在大街上，脑袋像灌满了铅，沉重得再也抬不起来……

谁杀死了他？

裴黑蛋还是死了。麦县唯一的一个抗日英雄死在了他哥哥、我二叔的手上。县志对此一笔带过，含含糊糊地说他死于日本鬼子之手。"是我杀了裴黑蛋。"二叔对我毫不隐瞒，他说这话时理直气壮。那是他送我参军的前夕，我正对前途忧心忡忡。自从二叔对我说了我的身世，我一直像个老鼠一样谨小慎微地活着，身上早已没有了土匪父亲的凶悍血液。我听他讲完无动于衷，我关心的只是能不能穿上军装，以后有没有政治生命。几十年后我对自己的冷静感到愤怒，我应该问问二叔，他有没有感到良心不安。我没有问他，其实我也不用问他，他到死的时候，都觉得自己没有做错，他不是为了自己，他是为了整个流村镇的乡亲，为了裴家。

流村镇所有人也都觉得我二叔做得对。

二叔死里逃生，之后还天天出入镇公所给老日们做饭，什么什么二郎见到二叔还很和气。二叔因为裴黑蛋的缘故，觉得有点对不起老日，干活干得格外卖力。有一天晚上，什么什么二郎已经睡了，约莫到了夜里十一点时，二叔还在呼哧呼哧地喘着气和面。他的额头爬满密密麻麻的汗珠，他刚刚擦了一把汗，忽然觉得有东西顶着腰，冰冷冰冷的，他不由得打了一个寒战，接着听见一个狠毒的声音："敢叫我就戳死你。"二叔倒吸一口冷气，知道是遇见坏人了。二叔颤抖着声音问他："你要干什么？"那人"嘘"了一声，收起了顶在二叔腰上的刀子，说："原来是你，我还以为是个老日呢。"二叔回头看看，是裴黑蛋。二叔瞪着他，愤怒地问他："裴黑蛋，你说你说，上次是咋回事？你们惹了老日跑了，可把乡亲们害苦了。你为啥要祸害乡亲们？"裴黑蛋看看门外，门外黑咕隆咚的，啥也看不见，他把门关上，凑到二叔跟前，低低地说："你还说呢，我就是为这事来的，本来想抢他们几支枪，谁知狗日的十几个人还怪厉害的，打死了我们七八个兄弟，这仇我们一定得报。我就不信搞不死这些老日们，我这次来就是准备用毒药把老日们都毒死算了。"二叔吓了一跳，看着他从口袋里掏出一大包什么东西，二叔在心里骂了一声："狗日的裴黑蛋，你这不是害人吗？"裴黑蛋不知道二叔在想啥，他仍旧得意扬扬地对我二叔说："这是我弄的砒霜，把它和在面里，明天做成馒头让他们吃，让他们都活不成，死啦死啦的。"

二叔是说死也不干这事儿的，他抱着头蹲在厨房里，气呼呼地说："我不干，干这事伤天害理。"裴黑蛋愣在那里，他瞪着二叔，说："他们杀死我们七八个弟兄，又害死了十多个乡亲，还不该死？"二叔呼地站起来，说："你还有脸说这事儿？还不是你们这些土匪们惹出来的事儿？你们要是不来抢他们的枪，哪里有这么多事儿？"

裴黑蛋在屋里走了两圈，最后凑到二叔跟前，低低地说："裴有德，这事儿你得听我的，我不骗你，这事儿一点儿都不伤天害理，我听鲁山县那边的土匪说，这些老日根本就不是咱中国人，他们是外国人，他们大部队在鲁山那边杀人放火、奸淫妇女，比我们土匪还坏，你说他们该

136

不该死?"

二叔有点疑惑,老日虽然说话口音有些怪怪的,但他们长得和中国人一样,怎么可能是外国人? 外国人不是有着一身白癜风一样的皮肤和一双绿油油的眼睛吗? 他警惕地看了看裴黑蛋:"会不会是这狗日的在哄我呢?"二叔想了想说:"不管怎么说,我不能昧着良心干这种缺德事,冤有头,债有主,谁打死了你们的弟兄,你就找谁报仇去,咋能不分好坏都把人家毒死呢?"二叔想,狗日的这么一干,那什么什么二郎不也得死了? 别的老日好不好,二叔不敢说,但什么什么二郎,二叔相信他一定是个好人。什么什么二郎曾经还掏出一张照片让他看,照片上是个俊美的姑娘,什么什么二郎比画着告诉他,那是他媳妇。那个俊美的女人在二叔眼前晃动,她的眼神充满哀怨,她还在眼巴巴地盼着自己的丈夫早日归来呢。二叔就更恨狗日的裴黑蛋,觉得这人太丧尽天良了。二叔为裴家出了这么个东西感到耻辱,他很坚定地说:"这件缺德事我说啥也不能干。"

裴黑蛋很烦躁地站起来,满脸杀气地看着二叔,说:"你不想干也得干,你不干老子把你戳了。"二叔听到这话差点晕倒,是他哥呢,他竟敢自称是老子,这不是乱了辈分、乱了纲常吗? 二叔就更不能干这事儿了,如果干了这事儿,自己不也成了和他一样的坏人了吗?

二叔就要断然拒绝,外面突然响起了脚步声。老日的大头靴踩在地上的咚咚声,像踩在二叔的心上,他瞪着眼睛看裴黑蛋,焦急万分,这可怎么办? 裴黑蛋却一点都不慌张,他还有心情把玩那把刀子,他把刀子抛起来又接住,然后拿着刀子在二叔的眼前晃了晃,说:"你要是敢把我卖了,我就宰了你。"说完,他推门进了里屋,里屋是二叔和什么什么二郎的卧室,什么什么二郎就躺在床上,这家伙胆子真大,哧溜一下钻到了二叔的床下面。

进来的是老日的一个哨兵,他拿起水瓢趴在缸沿,舀了一瓢水,仰起脖子咕咚咕咚地喝着。二叔的心随着老日喉结的蠕动有节奏地咚咚直跳：这个老日走了咋办？裴黑蛋还逼着我往馒头里下砒霜咋办？老日背上长枪上的刺刀在煤油灯的照耀下一闪一闪的，它闪一下，二叔的心就跳一下。二叔想了很多，想了很远，他想起童年时裴黑蛋带着他们去偷瓜，害得王老头上吊自杀了；想起少年时他就缠着李小莲，最后杀死了人家的丈夫，把一个好好的姑娘的名声害了；现在他就藏匿在房间里，准备要毒死十几个老日。老日没惹你们，你们来惹老日，自作自受死了人，还要找人家算账，这不是不讲理了吗？这不是伤天害理吗？二叔知道要是自己不按裴黑蛋说的做，狗日的一急，说不定真会捅了他，捅了他是小事，关键是死了十多个老日，人家大部队来了，镇上的乡亲们还不是跟着遭殃？老日的脾气二叔算是看透了，你要不惹他，他就不惹你，你要是惹了他，他报复起来比谁都凶。上次死了一个人，他们就杀了镇里十多个人，这要是十多个人全死了，他们还不把整个镇子都毁了？裴黑蛋下了毒，拍了拍屁股走了，乡亲们还不知道是咋回事就被老日杀了，这不是祸害人吗？二叔闭上眼睛，他仿佛看到镇里的房子在燃烧，人在哭，狗在叫，火光冲天，血流成河。他摇了摇头，说啥也不能让他得逞。二叔咬了咬牙，决心大义灭亲。恶有恶报，善有善报，这都是他裴黑蛋自找的。

二叔给那个老日比画了半天，那个老日好像有点不明白，不耐烦地拨开他的手就要出去了。二叔急了，顾不得那么多，拽着他胳膊拉进卧室，指了指床下。老日打开手电筒，裴黑蛋被手电筒照得眯着眼睛。他小声地嘟囔了一句什么，老日"啊啊"地叫着端起上了刺刀的长枪，朝着裴黑蛋的大腿戳了两刺刀。裴黑蛋抱着腿"哎哟哎哟"地叫起来，叫声惊醒了一大群老日，包括什么什么二郎，甚至老爷吴大丰也来了。他们把裴黑蛋拽出来，裴黑蛋看见二叔就破口大骂："我日你妈裴有德，你胳膊肘往外拐，你这不是把老子害死了？我那两娃子可咋办？我日你妈裴有德，早知道你这么黑心，老子刚来时就该一刀把你戳死……"老日们不知道他喊些什么，老日军官抽他一嘴巴，说："八格，土八路大大的坏！"吴大丰忙一脸媚笑地说："太君，这人不是土八路，流村镇土八路的没有，这人是上次骚扰太君的土匪，大大的坏。"裴黑蛋朝他吐了一口浓痰，大声地骂："我日你妈吴大丰，你要是落到我手里，看我怎么收拾你！"

镇上的人都出来了，他们围在四周，看到老日抓到的是裴黑蛋，都松了口气，这个坏蛋也有今天，真是老天开眼啊。他们说："不亏不亏，杀了他才解恨呢，这狗日的害死咱们镇上那么多人。"特别是那些家里死了人的，都恨不得过来先揍他狗日的一顿。老爷吴大丰忙伸出胳膊拦住大家，说："大伙别急，这人杀了我儿子，霸占了我儿媳，我的仇比你们大吧？我就不急，太君在这里会给咱们主持公道的，大伙放心好了。"二叔看到这些，心里才稍稍有点儿平静，他在心里喃喃地说："爷、奶、爹、妈、裴家的列祖列宗，你们都看到了，我这是为民除害，我要是不这样干，这个害人精不知还要干出多少伤天害理的事。咱们裴家就因为出了个狗日的土匪，让镇上的乡亲们都看不起，我这么干，也是为了咱们裴家的清白啊。"

裴黑蛋就在那天晚上被老日用刺刀挑了，肠子流出来时，他一边慌着往肚子里塞肠子，一边愤怒地咒骂我二叔："我日你妈裴有德，你连我都害！丢下我那俩娃子孤儿寡母的可咋办？我日你妈裴有德，你这个孬种……"有个老日上去又捅了两刀，肠子又流出来了，裴黑蛋顾不得去捂肚子，瞪着眼睛骂他们："我日你妈老日，老子二十年后又是一条好汉，还来杀你们……"老日们听不懂，你看我，我看你，都觉得这不是什么好听的，都一起涌上去把裴黑蛋捅成了破破烂烂的马蜂窝。镇上的人们围了一圈，有两个妇女看着白花花的脑浆和五颜六色的碎肉呕吐不止，但大多数人都没事，他们往裴黑蛋的尸体上吐唾沫，都说真他妈解恨。

中央军与乞丐

二叔记得，一九四五年八月，麦县下了许多雨，大水从县城那边冲过来，有人发现里面有三三两两穿着老日军装的尸体，他们疑惑地看着镇上的老日们，他们也变了，眼神变得浑浊，布满血丝，脾气变得暴躁，动不动就找碴打人。二叔就不明不白地被老日军官踢了两脚，扇了两个耳光。流言随着风悄悄地在流村镇流传，人们低声地议论着，说是中央军要打回来了。

果然有天中午，从南阳方向过来大队人马，他们戴着青天白日钢盔，径直来到了流村镇的寨墙下。二叔后来才知道，那天来的是个营长，带着几百个中央军，骑着一匹灰不溜秋的瘦马在寨墙下喊话："小日本，你们快缴枪吧，你们大部队都投降了，你们再不投降，就连家也回不去了，当了鬼都回不了家！"喊完还扭头朝后面的士兵们笑笑，后面的士兵们都很随意地坐着或者躺着，一点打仗的样子都没有。老日们哇啦哇啦地叫着，那样子好像是不想缴枪。那个老日军官挥舞着战刀，气急败坏地叫着什么。后来双方就交上火了，子弹砰砰地乱飞，往镇里飞来的子弹多，往镇外飞去的子弹少。二叔知道，老日这下算完了。

中央军的兵们仗着人多，他们把寨墙的门炸开，放着枪往镇上跑。二叔记得，老日们没打多长时间就死了两三个，剩下的都顺着大路往县城的方向跑。中央军也没追他们，带队进了镇公所，一个兵爬到旗杆上，把老日的太阳旗拔下来扔了，插上了青天白日旗。中央军占了镇子还不放心，说要抓汉奸。老爷吴大丰眨了眨眼，很坚决地摇了摇头，说："我们这里没汉奸，一个汉奸都没有。"他还怕那个营长不信，回头问我二叔他们："你们家有没有汉奸？汉奸是谁家的亲戚，犯了啥事？有了，就赶紧交给中央军吧。"

二叔他们都很困惑地摇了摇头。

中央军的营长抽了吴大丰一个嘴巴，吴大丰的嘴角立刻淌出了血。我二叔惊慌地看着这个营长，心里有点不高兴：老爷那么大岁数，你有话不会好好说吗？干吗上来就给人家一嘴巴？营长瞪着老爷，恨恨地说："你们别太他妈的给我装糊涂，你们都他妈的是汉奸。我问你，小日本来了以后，谁当的镇长？"

二叔他们这才有点明白，原来给老日做事的都是汉奸。

二叔有些害怕，看看鬼头鬼脑的中央军，身子往人群里挤了挤，好在他们没问谁给老日做饭。二叔想："他们要是追问谁给老日做饭了，我就站出来认了，不能连累了大伙，连刘二贵为了巴结老日送来了两捆柴的事也不说。"老爷也晓得汉奸是怎么回事了，脸上的汗一滴一滴地往下掉，不过老爷毕竟见多识广，擦了嘴角的血，立刻满脸堆笑，拱手朝那个营长打哈哈，让营长到他家寒舍喝杯茶，弟兄们也累了，吃顿饱饭，好好休息一下。

这茶一喝就是一下午，黄昏的时候，中央军才离开了流村镇。走时，营长的勤务兵从吴家背走了鼓鼓囊囊一大包东西，有下人说，那里面有金条，还有一大堆的袁大头。为了招待中央军，老爷杀了一头牛、十头猪、一百多只鸡，开了几十坛上等烧酒。就是这还不够，中央军从流村镇过一趟，还奸淫了三个妇女，抢走了九头大肥猪，打死了两个不想让他们奸淫妇女的"汉奸"。

中央军走了半个月，流村镇原来的镇长走马上任，老爷吴大丰照例又叫上人挑了礼物前去拜访。这次挑了四担，我二叔挑的那一担用红包盖着，不知道里面放的是啥，沉甸甸的，压得二叔的肩膀疼了两三天才好。听我二叔说，两人见了面亲热得不行，一个说"辛苦，辛苦"，另一个说"彼此，彼此"。这事也就了了，各就各位，老爷仍旧当他的老爷，镇长仍旧当他的镇长，二叔仍旧住在他那三间破烂的草屋里。农忙时，二叔给老爷打短工，农闲时去山上砍柴，然后挑到十来里外的曹店镇去卖，卖来的钱买些油盐酱醋，一人吃饱，全家不饿。

镇长一直没过问二叔给老日做饭的事儿，其他的人也没提这事儿，相反，他们一提起二叔，都还说他老实、本分，是个好人。二叔听到这些话很激动，觉得自己没有白活。偶尔想起裝黑蛋，二叔心里一紧，不由感慨万千，做人要对得起良心啊，要是换了他装黑蛋给老日做饭，别说中央军营长和国民党的镇长了，就连镇里的老乡肯定也会揪住他不放，非把他当汉奸打死不可。

二叔那时以正直善良诚实而闻名乡野。几天以后，他又以一桩善事使乡亲们更加心服口服。

那天二叔卖完柴，刚在一个简陋的面馆坐下，一个蓬头垢面、满身尘土的乞丐凑了过来，他背着一个包袱，包袱上是凝成酱紫色的血迹。他直勾勾地看着二叔啃着的红薯面窝窝头，流下了一摊口水。二叔忙把红薯面窝窝头给他分了一半。看着他大口大口地啃着，二叔觉得鼻子酸酸的，从卖柴的钱里拿出十多个铜板给了他。乞丐接过来看了看，又在身上擦了擦，怯怯地递给老板，指了指旁边的一大堆油条。老板给他称了二两油条，递给他时，有一根掉在了地上。他也顾不得脏，捡起就往嘴里塞，噎得脸红脖子粗的，眼珠都快蹦出来了。他两手抓住脖子，嘴里"啊啊"地叫着，面目狰狞，难看得很。人们瞪着他，恨不得一脚把他踹出去。二叔忙上去扶住他，给他喂了一碗白开水，这才好了。

吃完了干粮，二叔就背着扁担回家了，走出曹店镇一里多路，回头看看，那个乞丐还跟在他后面。二叔走，他也走，二叔停下来，他也停下来，瞪着眼睛看着二叔。二叔弯腰捡起一块石头，扬了扬手，想把他吓跑，他往后退了两步，见二叔并没有真砸他的意思，就觍着脸又跟了上来。二叔没办法：跟着就跟着吧，看你能跟到啥时候。

又走了半里路，遇到一个曹店镇的熟人，那人奇怪地问我二叔："你领着个老日干啥？"二叔吓了一跳，回头看了看乞丐：这人会是老日吗？那人说："这个狗日的日本鬼子，被中央军打到脑袋了，他们部队也不管他，把他扔在县城跑了。他是爬到这里来的，头上缠满纱布，爬满苍蝇，一身是血。真他妈的命大，硬是活过来了，还能走路了。"

二叔走过去看看这个老日乞丐，老日乞丐也看了看他，目光木木的，像个呆子一样。二叔直到一九九四年才知道，他是被子弹击中了头部，大脑丧失了记忆和语言功能。这让二叔在垂垂暮年感到不可思议：他要是丧失了记忆，那为啥不跟着别人走，偏偏跟着我走？他为啥不留在县城，偏偏爬也要爬到曹店镇？很明显，他不是要爬到曹店镇的，他这是要到流村镇来找他的。二叔之所以这样想，是因为那个老日就是和二叔在一起做饭的什么什么二郎。二叔是在黄鸭河给他洗净了脸才看出来他是什么什么二郎的，二叔一见是他，就心疼得掉下了眼泪。一下子都明白了，什么什么二郎拖着腿爬到这里来，就是为了找他啊。二叔那时就下定决心要收留这个老日乞丐了。人活着要对得起自己的良心，什么什么二郎救过自己，现在人家落难了，自己要是不管，那只有像裴黑蛋那种禽兽不如的人才干得出来。他很仔细地替什么什么二郎洗去满脸尘土，背着他小心翼翼地趟过了黄鸭河。

二叔收留什么什么二郎没惹什么麻烦，镇上的人们都说老日比起中央军来还不算坏，并且这个什么什么二郎还总是笑眯眯的，对人们还很客气，都说二叔做的是件好事，积了阴德。镇长也来了。镇长来时还有点怕老日，站得远远的，看了一会儿，看见这个老日像个傻子一样一动不动，一声不吭，胆子就大了点，给二叔下了一道指示，让二叔先把他包袱里的日本兵的军装烧了。二叔刚开始还不想烧，说那件衣服补补还能穿，烧了多可惜。镇长用文明杖生气地捣着地面，恨恨地冲着二叔叫道："猪，猪，猪，你们连群猪都不如，老日不是咱中国人，是来灭绝咱

143

中国人的，你们还护着他？要是上头知道咱这里还有个日本兵，看看能不能饶你？烧了，赶紧把他那身狗皮给我烧了！"二叔只得乖乖地把那身军装烧了，火焰腾地起来时，他觉得还怪可惜的，多好的料子啊。他有点担心地看了看什么什么二郎，什么什么二郎看着烧着的军装，坐在地上，依旧呆呆的，一动不动，一声不吭。镇长的胆子更大了点，甚至用手中的文明杖捣着他下巴拨了拨，什么什么二郎慌张地看了看镇长，挪了挪身子，抱着肩膀缩成一团。镇长就放心了，脸色放朗，嗓门很大地对我二叔说："就一个残废的日本兵，你要是不嫌麻烦，你想留着就留着吧。"

二叔于是就把他留下来了。

若干年后，二叔上了报纸，记者说他为中日友好做出了伟大贡献，表现出了一个普通中国人以德报怨的伟大情怀。二叔却一直没有觉得这事儿有什么伟大，他只是想，有自己一口汤喝就也有他喝的，不至于冻死饿死，平安地过一辈子就算了。他那时根本没想到这个成了白痴的什么什么二郎竟然能和中日友好的伟大贡献挂上钩，也没想到他在若干年后竟然能左右裴家的命运。这个不会说话，不会写字，也没有记忆力的老日，竟能主宰裴家后人的命运，这是二叔绝对不愿意看到的。

二叔在垂垂暮年，想起这事儿，就觉得心里拔凉拔凉的。

死亡婚礼

一九四八年夏天，李小莲回来了，她是我母亲。

从这年夏天开始，我跟着母亲李小莲走上了裴家的历史舞台。我是在我父亲裴黑蛋死前一个月出生的，没有受到父亲的影响，所以我一直是个怯懦、胆小、虚弱的人，几十年了，一直是个窝囊角色，这你们都知道。一九四八年夏天我三岁了，那时共产党派来的工作组已经进驻了流村镇，枪毙了作恶多端的镇长，镇压了麦县的悍匪杨八老虎，封了大户人家吴大丰开的烟馆和妓院，没收了他家的财产，他在一个有雨的夜晚上吊自杀了。

二叔记得那年流村镇飘满革命歌曲，李小莲就是在一片革命歌曲声中回到了流村镇。她左手牵着我，右手牵着我哥哥，吧嗒吧嗒地走进了镇里。镇上的人们站在路两边看着，有人朝她吐唾沫，有人朝她指指点点，说她是个不要脸的女人，还有脸回来？陈工作组长说："乡亲们不要这样，李小莲也是旧社会的一名受害者，是谁害了她？是土匪，是地主，是蒋介石，是万恶的旧社会，大家都不要歧视她，要多多帮助她。"既然陈工作组长都这么说了，大家也就不再在她后面吐唾沫了，但在心里还是看不起她，和她擦肩而过时，总是要把头昂得高高的。

二叔被镇上的人们推选出来，经组织考察，被任命为流村镇农会主席，不久还光荣加入了中国共产党。关于我二叔收养日本伤兵的事，陈工作组长说，共产党一向优待俘虏，这个老日又是个白痴，奔着革命人道主义精神，留着就留着吧。二叔因此很受鼓舞，他在流村镇的贫下中农中串联，鼓动大小爷们儿送子参军，动员文盲进识书班，学唱革命歌曲。他为革命工作奔走呼号，整天忙得满头大汗。二叔也不是总是这样，有时他也会长久地坐在南坡的大青石上，忧伤地看着山坡下的李小莲，她背着我，带着我哥哥装小黑在田野里寻找着可以下锅的野菜。工作组给她在镇子西边分了两间茅草屋，她从此像男人一样劈柴、挑水、捡粪。她总穿着一身素白的衣服，行色匆匆地走在流村镇，见了别人，她也把头昂得高高的。镇上的人们很生气，说人们看不起她，情有可原，她有啥资格也昂着头看不起别人？我二叔忧心忡忡，觉得她要是一直这样下去，她的日子会更难过的。

二叔觉得在新的生活中不应该抛弃她，应该扶她一把，使她也充分感受到党的温暖。那时流村镇无数翻身妇女在以二叔为首的农会的领导下，组织识字班，除了学文化、唱革命歌曲，整天还热火朝天地纳着鞋底，准备给亲人解放军做过冬的棉鞋。二叔有事没事，总喜欢往这边转转，有意无意地问从前常和李小莲在一起的路小花："路小花同志，李小莲怎么没来？"路小花听到他叫她同志，有点受宠若惊。那时镇上的人们都把农会主席裴有德当成了首长，路小花下意识地学着解放军同志的样子，立正了才回答，说李小莲不想来。她看看二叔，小心翼翼地体贴地说："八成是裴黑蛋的原因，裴黑蛋还不是因为你才死的嘛，你现在跟了共产党，她不会再给共产党做好人好事的。"

二叔心里很不好受，他抬头看看窗外，窗外的杨树毫无生气地站在那里，风吹过来像唉声叹气。他扭头看看路小花，庄重地说："路小花同志，你有空多去她那里坐坐，多帮助帮助她，让她早日投身革命。"

路小花奇怪地看看二叔，觉得一九四八年夏天的二叔心事重重。

二叔的确有了心事。对于裴黑蛋之死，工作组也曾调查过，镇上的人们异口同声地说，狗日的裴黑蛋是个流氓地痞，从小偷鸡摸狗，长大了成了土匪，罪大恶极，七嘴八舌列举了他一大堆罪行。杨八老虎匪帮在麦县臭名昭著，裴黑蛋投身土匪以后，也杀过人，也放过火。工作组觉得裴黑蛋的确民愤极大，影响恶劣，又考虑到流村镇位于豫西南麦县的深山里，共产党当年在这里也没开展过工作，老日那时正处于苟延残喘之中，没有什么大的暴行，老百姓没有认清日本鬼子的真面目也情有可原，也就没再追查二叔的责任了。二叔虽然觉得裴黑蛋死有余辜，但对于李小莲她们母子仨，他心里觉得多少有点愧疚，不为李小莲做些什么，他觉得良心上过不去。他把这件事当作革命任务，交给了积极分子路小花。

路小花当晚就风风火火地去找了李小莲，那时李小莲还像年轻时一样，胸脯饱满，皮肤白嫩，就连积极分子路小花都忍不住咽了一口唾沫。路小花说："小莲姐，你也加入识字班吧，大伙在一起，可热闹了

146

……"李小莲笑了笑，说："小花妹子啊，你看看我们孤儿寡母的，吃没吃的，穿没穿的，我去识字班学习革命道理，给亲人解放军纳鞋底，谁给我们搞吃的穿的？我一个人不能掰成两半用啊。"路小花看了看空荡荡的屋子，想了想，觉得也是，她也就不好再说什么了。

第二天一大早，路小花就去找了我二叔，说了这事，她一边说着，一边偷看着他，她为没能完成组织交给她的革命任务而十分惭愧。二叔听她说完，想都没想，很爽快地说："我给他们娘仨干去。"

路小花满腔欢喜地再去找李小莲时，李小莲摇了摇头，说："裴有德这人太可怕了。"路小花大大咧咧地说："裴主席最老实最本分，有啥可怕的？"李小莲说："谁知道这条狗操的啥心？"路小花想了想，还是很生气地对她说："小莲，你这就不对了，裴主席好歹也是共产党员，还是你哥，你怎么能说他是狗呢？"李小莲忙揽住路小花，说："我说着玩哩，好妹子，我说着玩哩。"她看着路小花，绽了一脸笑容。路小花还有点生气，气呼呼地往外边走时，心里想，咋能那样说共产党员裴有德呢？土匪婆子就是土匪婆子，像茅坑里的石头，又臭又硬，不可理喻。

路小花没有想到的是，茅坑里的石头也会去掉臭味，也会变软的。李小莲也只是那么给她说说，她第二天就收拾得干干净净地进了识字班，大声地学唱革命歌曲，用力地为亲人解放军纳着鞋底。二叔记得，一九四八年夏天，李小莲进步最快，不但加入了识字班，也对他有了笑脸，还常常讨好地向他问这问那，一副重新做人的模样，再也没见到她搂着儿子裴小黑、裴二黑流泪，她的脸慢慢地红润起来。她在识字班受到陈工作组长的表扬最多。

二叔开始在李小莲的家中进进出出，他总是满头大汗地给李小莲母子仨干这干那。人们看在眼里，记在心上，都说二叔的好话，他不计前嫌，实在厚道，是个好人。在他们看来，李小莲应该对我二叔充满感激。李小莲确实对我二叔也很好，他给她挑水回来，她给他递上毛巾让他擦汗，他给她锄地，她提着一罐凉开水送到田边。如果仅仅是这样，那也是很正常的，她本来就是二叔的弟媳。谁也没想到，李小莲却超出了弟媳所能做的，她向陈工作组长提出来，她要再嫁给他哥裴有德。

陈工作组长吓了一大跳，解放区的妇女也没有这么解放的。陈工作组长也是农民出身，他本能地跳起来，连连说道，这怎么行这怎么行？他都忘了，按照革命的要求，他应该支持寡妇改嫁。李小莲说："咋不行？我们孤儿寡母的，要不再找个男人，我们咋活？再找个外姓男人，谁知道能不能容下小黑和二黑？再说，小黑二黑也是他们裴家的种，他不会嫌弃他俩，我也放心。"陈工作组长听她这么一说，觉得有些道理，再仔细地想一想，甚至觉得非常有道理，破陋俗，树新风，共产党人应该支持。

陈工作组长去找我二叔商量，二叔一听，吓得从椅子上蹦起来，说啥也不答应。他是裴黑蛋的哥，她是自己的弟媳，要是娶了她，别人会怎么说？这乱了纲常的事儿，他裴有德说啥也不干。陈工作组长很生气，板起脸训斥他封建思想特别严重，不像个共产党员。二叔赌气地说："不行我就不当这个共产党员了，也不干这农会主席了，反正我不能娶她。"陈工作组长没想到二叔这么顽固，连党的话都不听了。他想了想，对二叔说："你要是不娶李小莲也可以，那李小莲要改嫁给别人，你也不要管，我们共产党一直支持人民群众破陋俗树新风。你再好好想一想，她嫁给别人，委屈了裴小黑裴二黑兄弟俩不说，还不是照样辱没了裴家？既然都是辱没了裴家，那你娶了她，岂不是比她嫁给别人家更好？"

二叔想了很久很久，最后很无奈很屈辱地点了点头。二叔等陈工作组长走了以后，又悄悄地去了裴家的祖坟，给列祖列宗磕了好多响头，他觉得很对不起裴家的先人。二叔从地上站起来，泪水宛若蚯蚓流个不停，他佝偻着身子，像条抽了筋的狗。

在一九四八年夏天暖洋洋的风中，李小莲风风火火地忙碌着，她和其他翻身做主人的劳苦大众一样喜气洋洋，一副准备做新娘子的样子。她的身影晃得人眼疼，虽说她即将再嫁的是共产党员裴有德，是组织支持的破陋俗树新风的革命婚姻，但私下里都还说她是个不知羞耻的女人，嫁谁不行，为什么偏偏要嫁给自己的叔伯哥呢？

在这件事上，所有的人都同情我二叔，都说二叔人老实，是受了下贱女人李小莲的欺负。二叔听到这些议论，心里才好受些，不过他也想好了，既然要娶李小莲，那以后就要和她踏踏实实地过日子，再大的屈辱二叔也准备承担了。

九月十五日那天晚上，流村镇举行了一场极其温文尔雅的婚礼，因为陈工作组长的到来，使一些本来想在洞房里大展手脚的年轻人收敛了张狂，很文明地站了一会儿，见没啥热闹可凑，就只得三三两两地回去了。陈工作组长握着李小莲和我二叔的手说："毛主席和蒋介石还握过手哩，过去的事就让它过去好了，祝福你俩以崭新的姿态迎接新的生活，愿你们能白头到老，生活幸福美满。"又笑着对李小莲说："我可把裴有德同志交给你了，李小莲同志，你可要照顾好他。"李小莲羞涩地红了红脸，很腼腆地说："首长，你放心好了，我一定会照顾好他的。"事隔多年，二叔仍然忘不了李小莲的羞涩模样，她美丽得像个少女。我二叔一时也有点醉了。

陈工作组长他们刚回去不久，有人就死了。

死的人是我哥裴小黑。最初是路小花听到的，她跟着陈工作组长出来，回到家里，洗完脚，出来上茅坑时，突然听到从李小莲家里传来一声凄惨的叫声。她慌慌地赶过去，看到裴小黑已经躺在地上，没了声息，李小莲也倒在地上不省人事，她手里还拿着一个盛着凉菜的碟子，二叔目瞪口呆地蹲坐在旁边，傻子一样，直勾勾地看着瘫倒在地上脸色乌青的裴小黑，一个劲儿地喃喃自语："怎么会呢？怎么会呢？"她立刻

149

赶去报告了陈工作组长。陈工作组长带人赶了过去，看到现场后，他闪过的第一个念头就是，是不是狗日的裴有德容不下裴小黑？他觉得裴有德啥都好，就是封建思想特别严重，特别令人怀疑的是，他本来就不同意这桩婚事，口口声声地说乱了纲常。

陈工作组长让路小花留下来照看李小莲，他和工作组的几个战士推着被五花大绑的二叔往回走时，很生气地对二叔说："你把共产党的脸丢尽了，共产党还没出过像你这样歹毒的杀人犯，连一个孩子都不放过，太没人性了！"二叔很委屈地哭得鼻涕眼泪乱飞，他可怜巴巴地看着陈工作组长，喃喃地说："不是我干的，不是我干的，首长，我的为人你还不知道吗？我是真心实意对李小莲她们母子好的，他不是我害的，他不是我害的。"陈工作组长瞪了他一眼，说："那是我害的？"二叔立刻垂头丧气了，嘟嘟哝哝地说："我也不知道是咋回事，李小莲给我一碗参汤让我喝，说这东西补身子，然后她就又去端菜，说要和我喝两盅。我就想笼络笼络裴小黑，反正将来要当他爹了，他得认我这个爹才行啊。我就让他喝，谁知他一喝就出事了……呜呜，咋会这样呢？我是真心对他们好的……呜呜……"陈工作组长愣了愣，问他："你说的可是真的？"二叔说："骗你我是龟孙！首长，我真不会做这伤天害理的事儿，我是冤枉的……"

陈工作组长摆了摆手，淡淡地说："等我调查清楚再说吧。"

二叔好像突然想起了什么，哭声戛然而止，直直地看着陈工作组长，露出一脸惊恐的表情："调查清了，也别枪毙李小莲行不行？李小莲怪可怜的……"

陈工作组长当然知道他的意思，他笑了笑没有吭声，他心里想，真是知人知面不知心啊，这个狗日的裴有德装得还怪像那回事哩。

后来二叔才知道，他被工作组关起来的那个晚上，路小花奉命守护李小莲时，坐在他们的新房里，隐隐约约闻到一股老鼠药味。她恍恍惚惚地觉得这和自己家里的老鼠药味一模一样。她爷爷那时以配制老鼠药闻名麦县。路小花突然想起，就在前几天，李小莲找到她，向她要过两包老鼠药。她红着脸，说家里老鼠特别多，把刚刚做好的家具都咬坏了。路小花就拿出两包老鼠药给了她，还特地问了句，够不够啊？李小莲朝她妩媚地笑了笑，说，足够了，足够了。她看着李小莲的笑容竟还有点嫉妒呢，这个生过两个孩子的女人笑起来还是那么好看。

那天晚上，路小花一边给亲人解放军纳着鞋底，一边耐心地等着李小莲醒来。黎明快要到来时，李小莲终于醒了。她立即搬来一张凳子，坐在李小莲跟前，轻声细语地问她："李小莲，我给你的两包老鼠药呢？"李小莲脸色惨白，目光躲躲闪闪，低低地说："我早就用它毒老鼠了。"路小花冷笑一声，愤怒地站起来，吼道："李小莲，你说是不是你下的毒？"李小莲吃惊地缩到墙角，愣愣地看着她说："小花妹子，你说啥？"路小花指着她的鼻子叫道："你说，是不是你下的毒？"李小莲抱着瘦瘦的肩膀，颤抖着身子说："没有，没有，我没有，我没有毒死裴小黑……"路小花更加坚定了自己的想法，她愤怒地说："你再不承认，我去给工作组说，你向我要过两包老鼠药。"她说完就站起来，就真的要向外边走。李小莲叫了一声，扑过来抱住了她，哭哭啼啼、断断续续地说，裴有德不是个东西，是裴黑蛋的哥，却从小就看不起他……他这人太坏了，太坏了，害死了她丈夫裴黑蛋，她李小莲活着也没啥意思了，她回来就是替丈夫报仇的……"小花妹子，我求求你了，你对谁也不要讲，我孩子也死了，呜呜，我对不起裴黑蛋……小花妹子，你等一等，等我杀了裴有德，我一命偿一命，好妹妹，你先不要说……"李小莲抱着路小花放声大哭，泪水浸湿了路小花的衣服。往事扑面而来，路小花作为一个女人，将心比心，也觉得李小莲实在可怜。她鼻子不由一酸，也开始呜呜地小声哭起来，她对这个地主少爷的三姨太、土匪的老婆产生了深深的同情……

二叔记得，第二天天一亮，路小花找到工作组，把这些一五一十地告诉陈工作组长时，大口地喘着气，激动地说："我差点儿上了阶级敌人地主少爷的三姨太、土匪老婆的当，有德哥是个好人，把有德哥放了吧。"

陈工作组长带人拿着枪赶到李小莲家，她看到他，眼睛里闪出了丝丝缕缕若有若无的异彩，有希望，也有绝望，有期待，也有沮丧，很复杂。她喃喃地问他："是不是要枪毙裴有德了？"陈工作组长愤怒地拍了一下桌子，吼道："路小花把什么都对我说了，你还在这里给我装模作样！你就演戏吧，我看你能演到啥时候！"李小莲的身子剧烈地颤抖起来，她猛地坐起来，像头野兽一样冲他叫道："去你妈的吧，你们都是畜生。你快滚走吧，我要多陪陪俺小黑，你他妈的快滚！"陈工作组长有涵养，他冷笑一声，扭头牵着哇哇号哭的裴二黑，也就是我，退出了那间茅草屋。李小莲嘶哑着喉咙叫道："你别抢我儿子，你把他还给我……"她从床上赤脚跳起来，想要扑过来，几个战士死死摁住了她，他们掏出麻绳，准备把她结结实实地捆起来时，陈工作组长制止了他们，淡淡地说："算了吧，她连自己的儿子都毒死了，真是自作自受、自掘坟墓，谅她也跑不到哪里去。"他充满同情又满含鄙夷地看着她，说："葬完你儿子，自觉到工作组来报到吧。"

李小莲没有看他，她叹了口气，喃喃地说："你们滚吧，老娘有些累了。"

陈工作组长回去就放了我二叔，很不好意思地拍了拍他的肩说，真委屈你了。二叔说："陈组长，那你也不要枪毙李小莲了，她主要是恨我，她不了解我，等她了解我了就好了……"陈工作组长闷闷地看了他一会儿，很生气地说："你这个人也真是的，她要害死你，你还要替她说话！"

二叔愣在那里，有那么一会儿，脑袋一片空白。李小莲如此恨他，居然想要了他的命，他的命甚至还不如一个土匪吗？他装黑蛋到底有什么好？哪里值得她这么做？二叔使劲地想，怎么也想不明白。他想得脑袋有点疼了，就抱着脑袋蹲在地上，想哭，却又哭不出。正在这时，路小花慌慌地跑过来，人还没到，声音先到了："不好啦，不好啦，李小莲上吊了，李小莲上吊了！"

二叔脑袋嗡地炸了，他飞快地跑到了李小莲住的茅草屋里，看见她正悬在梁上晃晃悠悠……

二叔眼前金星直冒，一头栽倒在地上。

一九四八年初秋，我躺在二叔的怀中参加了母亲李小莲的葬礼，我大睁着眼睛，看着家乡大大小小的山沟，看着漫天飞舞的纸钱，幼小的心里感到无边无际的恐惧。在漫天漫地的唢呐声中，我开始放声大哭，我感觉到，许多眼泪也掉在了我的脸上，冰凉冰凉的。我睁开眼睛，看见二叔也在大滴大滴地流泪，我听见他在喃喃地说："这怎么会呢，这怎么会呢？"

二叔一下子老了许多，他常常蹲在墙角，长时间地盯着一棵树或者一块石头，眼神直直的，像家里的白痴日本伤兵一样，不停地喃喃自语地问自己，这怎么会呢，这怎么会呢？二叔想不通，李小莲怎么会那样痴迷裴黑蛋：他又不是什么好人，净干伤天害理的事儿，害死镇上那么多人，还杀了你丈夫，把你抢走，你怎么还这么糊涂？居然还要替这种人报仇！二叔认为自己凭着良心做人，他那次要是放了裴黑蛋，他就会害死更多乡亲，他并没有做错。可李小莲怎么连这样简单的事都想不通呢？"就说你爱他，可你也不能昧着良心说他是个好人吧？"二叔不停地摇着头，二叔想不通。

二叔在以后的日子像个呆子一样，皱纹悄悄地爬上了他的眉头，他的反应开始变得迟钝，后来就不适合干农会主席了。年轻的二叔像个小老头一样，常常扛着粪筐在田野里捡粪，有时就站在那里看着爬满了荒草的李小莲、裴黑蛋、裴小黑的坟墓，长久地叹气流泪，二叔觉得自己活得好累，好累。

小日本

一九六二年我十九岁了。我承认我是个胆小、怯懦的人，从小就学会独自一个人蜷在一处，一声不吭。对于自己不光彩的出身，我感到深深的恐惧。虽然我名义上是我二叔裴有德的儿子，但流村镇人人都知道，我是一个土匪崽子，而土匪崽子在新社会是没有前途的，我从二叔那双忧伤的眼睛中看到了自己暗淡的未来。我承认二叔对我的爱远远胜过对他的亲生儿子，他常常抚摸着我的小脑袋，喃喃地说："孩子，我一定要让你有出息。"他也常常嘱咐我要做一个好人，做事要对得起自己的良心，我至今胸无城府，从不钩心斗角，不耍手腕，这都和二叔的教诲有关。

一九六二年征兵的日子到了，那是一个穿上军装就无上光荣的年代，我渴望自己能远远逃离这片土地。我死死地缠着二叔，哭着说，我要当兵。尽管我自己也知道这希望是多么渺茫，但我还是想让他试一试。二叔的皱纹显得更深，他不停地唉声叹气，最后还是三番五次地提着小磨香油，拎着一袋又一袋的烟叶去公社找大老王。大老王是公社书记。二叔当农会主席那阵儿他参的军，参加过抗美援朝。在家乡的传说中，他是个大英雄。二叔进了大老王的办公室，拘束得哆哆嗦嗦。二叔哆哆嗦嗦地说明了来意。大老王很为难地说："这不好办吧，虽说是你养大的，可他总归还是一个土匪的儿子嘛。"二叔的脸灰灰的，他绝望地看着大老王说："没法子啦?"大老王说："没法子了。"二叔忽地"扑通"一下给比自己小了十多岁的大老王跪下了。二叔说："王书记，我给你下跪了，我求求你了，无论如何你也要让娃子去当兵，你是书记，你有法

154

子。我裴有德一辈子光明磊落，我就是对不住娃子他妈，娃子他妈不该死，她受了一辈子罪，没享过一天福，这都怨我，怨我……这事折磨我几十年。我求求你了，书记，看在乡里乡亲的份上，看在我这么大年纪的份上，你想法子把娃子的家庭出身捂住，让娃子当兵吧。"二叔说完，老泪纵横。他辈分比大老王大，大老王回到镇上还得给二叔喊爷。二叔从来没有跪过人，二叔这次给一个晚辈跪下了……

一九六二年冬天我穿上了军装，并且一穿就是几十年，这不能不说是个奇迹，其中的曲折和磨难只有二叔最清楚，但这些二叔从来没对我讲过。我是流村镇裴家唯一有出息的人，二叔的儿子和孙子却一再耽搁，最终也没有跳出黄土地。二叔说，这是他们自己没本事。

二叔和路小花是在一九四九年结婚的。后来二叔有了儿子，他给儿子起的名字叫裴守义。二叔常对裴守义说："咱要堂堂正正、光明正大地做人，要对得起自己的良心，不要被乡亲们看不起。"说句公道话，裴守义这人不坏，除了常常对老日石门二郎吹鼻子瞪眼，其他事也能讲良心。老日石门二郎那时对裴家而言已经成为政治包袱。一九四九年什么什么二郎在流村镇派出所有了户口，登记时，就胡乱给他起个名字叫石门二郎。二叔原本让裴守义向石门二郎喊叔。裴守义小时候也喊，长大了知道他是个老日，上学了还知道了日本鬼子不是好东西，是侵略者，和他一起长大的少年们也知道了，就喊他是汉奸。裴守义就恨上了石门二郎，整天追着这个日本鬼子，往他身上扔泥巴，逗着他学狗叫学猪爬，叫他小日本。开始二叔很生气，揍他一顿，他乖了几天，可过了没多久，他又是老样子，嫌老人是个白痴，放在家里丢人现眼的，有时趁家里没人，指着他鼻子喊着"八格牙鲁死啦死啦的"，上去踢他几脚，扇他几个耳光。石门二郎看到他就怕，本来是坐着的，就忙站起来，是站着的，就忙拎个筐子出门打猪草。

二叔越来越老了，见管不了裴守义，心里很难受，觉得很对不起这个老日，就格外对他好。那时还是三年灾害时期，二叔每顿饭都让他先吃饱。流村镇饿死了不少老人和小孩，石门二郎却一直活得好好的，不但没饿死，还胖了两斤。裴守义吃不饱，他觉得这都是这个日本鬼子害的，他虽然不再打他了，但看他的目光比刀子更伤人。他还暗暗地埋怨二叔，根本就不应该收养他，还有那个土匪崽子裴二黑，长大了却跑出去当了兵，自己吃香喝辣的，把他们丢在家里喝西北风。

我弟裴守义的抱怨不是没有道理，石门二郎确实拖累了裴家，给裴家带来了无穷无尽的麻烦。

二叔记得很清楚，那是一九六七年秋天，裴守义中学毕业考上了大学，他是流村镇第一个考上大学的。二叔心里高兴得不得了，为此特地打了三两白酒和石门二郎喝酒。石门二郎这几十年还一直像个哑巴一样呆呆的，二叔常常想起他刚到流村镇时，穿着马靴，戴着钢盔，威风凛凛的样子。二叔这样一想就觉得他很可怜，对他照顾得很好，夜里常常起来，替他盖好、掖好被子。二叔给他倒了一杯酒，双手捧着递给他，石门二郎双手接过，却不知道喝。二叔先喝了一杯，他学着二叔的样子一饮而尽，立刻脸红脖子粗，一个劲儿地咳。二叔很和气地说："慢慢喝，喝两杯就习惯了。"

二叔又递过去一杯，石门二郎接过去，刚想学着二叔一口喝下去，裴守义回来了，他上去一把夺过石门二郎的酒杯，把酒泼在他脸上，一脚把他踢倒在地，狠狠地骂道："我日你妈小日本，打死你这个狗娘养的小日本，你算是把老子害苦了……"突如其来的变故让二叔目瞪口呆，他很愤怒地一巴掌打在裴守义的脸上，伸手护住石门二郎，冲他叫道："你咋了？二郎咋着你了？"裴守义瞪了一眼二叔，蹲在地上，捂着脸呜呜地哭了："还上啥大学？都怨你，没事找事，养个日本鬼子，招生办政审说咱家有个日本鬼子，咱家里通外国，不但上不了大学，以后也不能参军、入党了，我以后啥都完了……呜呜，我以后啥都完了……"

二叔愣在那里，他没想到，收养个白痴一样的日本伤兵会惹这么多麻烦。二叔很难受地想：这世道咋变得越来越让人摸不着头脑了？那时陈工作组长还说实行啥子革命人道主义呢，现在怎么连个毫无抵抗力的形同废物的日本人还这么害怕呢？

二叔喃喃地说："这怎么会呢，这怎么会呢？"

裴守义抬起头，眼巴巴地看着二叔说："爸，能不能把这个小日本赶走，扫地出门？现在还来得及。"二叔脸腾地红了，他很激动地对裴守义吼道："不能，只要我还活着，你们就休想动他一根毫毛！咱知恩报恩，做人要讲良心，不能把事情做得那么绝！"

我弟裴守义彻底绝望了，只要这个不明不白的小日本在家里待着，他这一生就不会有任何惊奇之处了，只能当一辈子土里刨食的农民，像猪一样活着了。

裴守义像变了一个人，从此沉默不语，再也不敢开口说话，像空气一样在家里和镇里飘来飘去，大家完全可以无视他的存在。没人再看过他读书写字，他常常搬张凳子和石门二郎坐在一起，和他一样看看天，再看看地。从前两人水火不容，现在像水和水一样和谐。二叔有些不安，多次想和他说说话，但他的话轻飘飘的，刚一出口就被风刮跑了，裴守义连一句都没有听到，自然也不会给他任何回应。接着镇里有了造反派，他们把他和二叔、石门二郎捆到台上批斗，他很老老实实地和二叔、石门二郎站在一起，挂着里通外国或者是卖国贼的牌子，低着头不声不响。造反派拳打脚踢，他仍旧没有任何反应，就像一块石头。

他就这样过了几十年。

一直到一九九二年时，裴守义突然开口说话了。在此之前，他已经出现可喜变化，常常拿着报纸看。报纸上不时地发表文章，说哪里哪里又有由中国人民收养的日本伤兵、日本婴儿归国与家人团聚。理所当然，这些人的日本亲人都要远涉重洋来到中国，向收养自己亲人的中国人民表示谢意。他们或者送来贵重的礼物，或者邀请他们出国旅游参观。裴守义看着这些报道，有时眼睛闪闪发光，有时默不作声，谁也不知道他在想什么。后来他就搬张椅子坐在二叔身旁，和二叔亲亲热热地说话。二叔听到儿子的声音，巨大的惊喜像潮水淹没了他，他最初根本就没听清儿子在说什么。

那时我兄弟裴守义的儿子裴高排已经二十来岁了，裴高排这个名字是裴守义起的。二叔本来想给他起个名字叫裴德生，裴守义难得地开口说了一句话，说："算了吧，什么德啊义啊，把裴家害惨了，还有完没完？他叫他裴高排，希望他将来能当个高官。"我那时在部队就是当的排长。这是我弟知道的最高的官了。我弟说过这话后，又重新恢复成了一块沉默的石头。

二叔只好随他叫自己的孙子裴高排了，但我弟仍然再也不说话了。

在一九九二年，我兄弟裴守义和二叔的谈话是围绕着石门二郎展开的。裴守义说："石门二郎离家也有四十多年了，咱能不能帮他回家与亲人团聚？"二叔吓了一跳，这个想法他过去连想都没敢想。遥想一九四五年石门二郎手持那个俊美女子的照片时幸福的笑容，二叔心里一阵难过。他结结巴巴地说："恐怕不行吧？谁知道日本在哪？离咱这儿有多远？他家里还有没有亲人了？"裴守义说："远是远了点，这不是问题，这两年都有许多留在咱中国的日本人陆陆续续地回去和亲人团聚了。"二叔惊奇地问："有这事吗？"裴守义说："报纸上常登这事。"

二叔很激动，真要让石门二郎和亲人团聚了，这岂不是一件功德无量的事？我兄弟裴守义说："我也是这么想的。"

这时蹲在旁边看蚂蚁上树的裴高排扭头看看他爹说："还帮他找啥亲人哩？这个老不死的过不了几年就翘辫子了，咱何必再自讨苦吃给他寻亲？就咱那家底子还不够给我说个媳妇，能再经得起折腾？"二叔不喜欢他说的这话，敲着拐杖厉声斥责："你说这话不怕坏了良心？"我兄弟

158

裴守义也很生气，走过去很不客气地在他屁股上踢了一脚："大人们在说话商量事，用你插嘴？"裴高排觉得挺委屈，冷不防地走过去，很实在地踢了石门二郎一脚，骂他："我日你妈小日本，害得老子跟着你挨顿打，你咋不快点死哩？"二叔气得颤颤巍巍地站起来，举着拐杖要打他，他拍拍屁股就往大街上跑。

一九九二年夏天，我在遥远的江南军营收到了我兄弟裴守义的信，他让我帮着打听石门二郎在日本有什么亲人。我当然没有这个渠道，犹豫了三四天，还是实话实说地回了封信，他的心意虽然好，但难度太大了，还是算了吧，好好尽人道主义，让石门二郎颐养天年就行了。

我没想到，裴守义接到我的信，并没有气馁，他另辟蹊径，整天给什么中日友好协会、日本驻华使馆写信，然后到镇上那个破破烂烂的邮局把它们寄走。这些信大多石沉大海，据说那两年全国出现了许多冒牌的日本伤兵，他们也许以为裴守义寄来的信仍是一桩恶作剧。但我兄弟裴守义继续锲而不舍地伏案疾书，信写得越来越长，寄的地方越来越多，连日本在大陆的合资企业，他也曾试着寄过几次。

那时裴高排初中毕业已经有好几年了，和他一起长大的孩子有的已经结婚了，我兄弟裴守义也曾张罗着为他说过几家媳妇，可惜人家都嫌他们穷，还说裴高排长得又矮又瘦，又黑又难看。那时谁家有海外关系，都吃香，媒婆们能把门槛都踢破。裴高排也曾对一位前来相亲的姑娘说："我家有个日本爷爷。"说得姑娘也动了心，和他交往了一段时间，时间一长，发现这个日本爷爷不像台湾爷爷或者香港爷爷能带来许多实惠，就骂他是骗子，再不理他。裴高排气得又对石门二郎拳打脚踢一番，让他趴在地上，自己跨在他脖子上当马骑了两圈，这才稍微找回一点心理平衡。

裴高排对他爹整天写信开始感到厌烦，他说："爹，你怎么也跟爷一样像个二货？你还是想想咋给我娶个媳妇吧，我都二十多岁了，我要是娶不上媳妇，那才是给咱裴家丢脸了。"他爹瞪他一眼，说："裴高排，不是我看不起你，你像个二百五一样，你也不尿泡尿照照自己的熊样，还想啥媳妇？"裴高排愤怒地对他爹说："你还有脸说我？我长得难看，还不是遗传？看看你那死样子，我能好到哪里？"裴高排从小就呆头呆脑不会说话。他爹想想，这事也不能怪他，只能怪自己，谁让自己从不说话，没有给他做一个好的示范啊。他爹长叹一声，说："我还不是为了你才给石门二郎寻亲吗？他找到亲人了，咱们不就有了正宗的海外关系吗？有了正宗的海外关系，咱们不就啥都有了？咱养了他几十年，他们不会表示一下？他们稍微表示一下，咱不就发家致富了？"裴高排歪着脑袋想了一会儿，恍然大悟，诚恳地说自己才是个二货："我他妈的真是昏头了，怎么连这都没想到呢？这个小日本还真是个宝呢。"这话又让他爹很不高兴，他爹说："你以后说话要注意点，要给石门二郎喊爷爷，不能再叫他'小日本'了，那会影响咱们裴家的形象。"裴高排一个劲儿地说"对对对"，再见石门二郎就口口声声很甜地叫"爷爷"，石门二郎依旧木呆呆的，面无表情地看看他，慢慢地走到墙角下，袖着手，不声不响地晒太阳。这些二叔并不知道，他看见裴高排很亲热地喊石门二郎"爷爷"，感到心里暖洋洋的。二叔心想，我们裴家还是有希望的。

一九九三年的时候，有关石门二郎的消息在日本几家报纸登出来以后，不时有日本人漂洋过海，光临藏在豫西南麦县深山中的流村镇，他们从石门二郎身上取下头发和血液化验，以确定血缘关系。流村镇裴家从此热闹非凡，前来为裴高排说媳妇的人一个接一个，连从前一看见裴高排就厌恶地吐唾沫，自称是镇上一枝花的鲁燕燕，一见裴高排，也笑眯眯地嗲声嗲气地和他说话，一度使他心旌荡漾。他爹及时地训斥了他一顿，说："她鲁燕燕算什么，就是麦县县长的女儿，咱也要考虑考虑了。"裴高排这才如梦方醒，觉得既然快有了海外关系，自己这样做，的确有点鼠目寸光，从此对镇上如云美女不屑一顾。镇上的女子们依旧抱着一丝希望让媒婆们前来提亲，裴家的社会地位开始在流村镇蒸蒸日上，人们一提起裴家，羡慕、嫉妒的目光就交织在一起，织成了一张密不透风的网，让人喘不过来气。这让二叔感到惶恐。他对裴守义说："咱这是凭着良心给石门二郎寻亲的，咱不是图人家报答的，人家要是送东西了，咱们也不能要，不能坏了裴家的名声，被乡亲们看不起。"裴守义笑了笑，说："爹，都啥年头了，你还说这种话？你听听镇上的乡亲们是咋说的，都说你像个神经病一样，动不动就跟人家讲仁义道德，圣人蛋一样。爹，不是我说你，你就是有点像圣人蛋。"

二叔看看儿子裴守义，儿子说的话，他觉得仿佛在哪里听到过。他使劲地想，后来想起来了，是在五十年前，裴黑蛋这样说过他。二叔觉得心口一阵疼痛，他吐出一口带血的浓痰，晕倒在用藤条编的太师椅里。

二叔躺在一九九四年的病床上，回忆起去年秋天家乡一片金黄，整个镇子飘着成熟庄稼的清香。在这醉人的清香中，日本北海道石井一家来到麦县，正式确认石门二郎是石井四郎的哥哥，真名叫石井二郎。他们围在石井二郎身边唱着日本国歌，呼喊着他的日本名字石井二郎。石井二郎怯怯地看着他们，袖着双手呆呆地蹲在地上，对他们的种种努力毫无反应。他们把他带到医院，经过检查才知道有颗子弹损伤了他的大脑，目前医学水平对此无能为力。也就是说，石井二郎的语言和记忆力将永远恢复不了了。

二叔并不知道这些，陪着石井二郎去县城的是裴守义和裴高排。那天睡在宾馆的席梦思上，两人恍若梦境，两人都想，要不是这个石井二郎，这辈子恐怕也没机会住上这么高级的宾馆了。

石井一家在麦县期间，为了表示对收养石井二郎的感激之情，他们给二叔买了彩电、冰箱、洗衣机等许多东西。流村镇在远离县城一百多里的深山之中，街道两边还有用土坯垒成的茅草屋，有许多人家还天天啃着玉米面窝窝头。这些东西，就连镇长家也未必有。我兄弟裴守义红着脸，虚情假意地推辞了两下，后来就不再推辞了。当一辆大卡车拉着满满的家用电器停在裴家门前的时候，惊动了镇上所有的人们。人们议论纷纷，都说这裴家真他妈的有福气。有不少年轻人都埋怨自己的爷爷奶奶，当年为啥不也抢个日本伤兵养养？爷爷奶奶们羞愧万分，摇着头，喃喃地说："看不出来，看不出来，原以为裴有德这人老实本分，谁知道是个肚里爬满蛔虫的家伙，他收养日本伤兵什么什么二郎原来有着不可告人的目的，这狗日的，花花肠子多着呢。"

二叔并没有听到这些议论，他站在院子里看着满头大汗，来来回回地从车上搬东西的儿子裴守义和孙子裴高排，不停地摇头，低声说着什么。有人凑到跟前，听到他在含糊不清地说："不肖子孙，全是不肖子孙……"

石井一家离开麦县时，裴守义带着儿子裴高排去送行。这次裴守义的胃口更大，他的意思是让石井一家把裴高排也带到日本去。翻译把他的话给石井一家讲了，石井四郎想了想，说："这样吧，现在带走也来不及了，还要办护照什么的，等我们回国了，再慢慢想办法让裴高排到日本的农学院学习一两年，回来再开发你们这里的山区资源。"当翻译把这话告诉裴守义和裴高排时，裴高排很不高兴，嘟嘟哝哝地说："小日本真他妈的不够意思，还让老子去学习，我最厌恶上学了。"他爹比他站得高看得远，他爹说："你懂啥？让你去日本就是为了和石井一家保持着联系，不然，这条线一断，咱除了那些家电不啥也没了？等你到了日本，再好好巴结巴结石井一家，混得好了，说不定还能娶个日本媳妇，那海外关系就能世世代代延续下去，那多荣耀！"裴高排听他爹这么一说，也立刻想通了，也不再厌恶上学了。

裴高排在一九九四年春天，乘飞机去了日本。

你翻翻一九九四年春天的报纸，会发现有许多报纸用整版整版的篇幅，热情似火地报道了麦县流村镇裴家祖孙三代收养日本伤兵的故事，千篇一律，都说是谱写了一篇动人的中日人民友好的佳话，其中有不少报刊刊登了我兄弟裴守义和裴高排与日本伤兵石井二郎的合影。这些照片二叔也看到了，他看到儿子和孙子站在表情漠然的石井二郎身后笑着，他们踌躇满志、意气飞扬的样子让他感到难受。记者拍照时，二叔拒绝和他们站在一起，是什么原因，二叔没说。

二叔在最后的回忆中还记得，那时裴家在麦县已家喻户晓，到处流传，都说他们发了大财，有不少麦县女子翘首东南，向流村镇的方向瞭望，对英俊潇洒的裴高排心仪已久。每天都有三三两两的媒婆来到裴家提亲。

二叔对这些一点都不关心，他老得已经让人视而不见了。他长年累月地袖着双手蹲在墙角，在似睡非睡中，回忆起裴家的先人们，他们和爷爷裴大脚一起向他走来，站在他面前循循善诱，要他好好做人，不要给裴家丢脸。他还看到裴小歪、裴黑蛋、李小莲并排走在几十年前流村镇的大街上，他们看着他，泪如雨下，满目哀怨。他们悲凉的眸子让二叔感到疼痛，胃部一阵抽搐。二叔在他们静若秋水般的目光的注视下，仓皇退入裴家大院，隔着门缝，他怯怯地看着他们，喃喃地说："这不怨我，我没有错，我没有错……"

二叔醒来时是在一个阳光灿烂的午后，睁开眼来，发现自己出了一身冷汗。他看见他的儿子、我的堂兄弟裴守义正站在阳光下，面对一群前来提亲的媒婆们，嘎嘎地笑着，他的笑声在故乡流村镇的上空飞扬，经久不散。那个时候，我爹裴黑蛋和我母亲李小莲的坟墓上的野花正在默默无声地盛开，弥漫着浓烈的花香，你们都不知道。

后记

第一章

一九四八年的红旗插在庙岭最高的坡头上，迎风猎猎地响着。在风中，以共产党员皮长顺为首的解放军工作队驻在庙岭。一九四八年的庙岭有了翻天覆地的变化。要讲清一九四八年庙岭的故事，得先从以前说起。

以前的事我并没有经历过。我生于一九七四年七月的庙岭，是在新中国的红旗下很幸福地长大的一代。我很年轻，脸上还没有胡须，一九四八年的那些往事我显然没法亲眼看到，但我是守着一对絮絮叨叨的爹和妈长大的。我上边有五个姐姐，我爹和我妈晚年得子，他们的最后岁月是在我身边度过的。我受到的宠爱让许多孩子眼红。在我温室一般的童年岁月里，我爹和我妈经常向我絮叨一九四八年庙岭的故事。我从小对民间故事充满好奇和喜爱。小时候我常常一个人踩着沙滩顺着麦河走。那是因为我听了我爹说的《田螺姑娘》，我天天在村子西边的麦河边转悠，幼小的心里，渴望有一天能见到田螺姑娘从水中扶摇而出，妖娆迷人。

我是被家乡的红薯面馍和我爹我妈的口头故事喂养大的。一九四八年庙岭的故事对他们来说恍若昨日。他们看出了我对故事的痴迷，这个发现让他们欣喜异常，在他们的晚年，不但得到了一个宝贝儿子，还得到了一个倾听他们诉说的伙伴。要知道，老人们都是多么喜欢倾诉啊，他们缺少的是倾听的耳朵。我在小时候能长久地待在他们身边，置身于一九四八年庙岭的故事中，激动、迷茫，还有许多好奇，常常使我如置身一场大梦中一般。

要说清一九四八年庙岭的故事，得先从以前说起。准确地说是一九三六年，那时我爹刚刚过完他十五岁的生日，吃了我奶奶给他烤的一块红薯，这块红薯在一九三六年的庙岭异常珍贵。

一九三六年庙岭过了蝗虫，遮住了明晃晃的日头。蝗虫过后，绿油油的庄稼消失在无边无际的田野中，剩下一片狼藉，大地如狗啃过了一般，方圆百十里男女老少的哀号震撼天地。饥饿笼罩了一九三六年。有惊心动魄的事儿接二连三地发生，先是郭西元他爹饿死在杜家大院里，接着回龙沟的地主王保敏的家丁开枪打死了几个深夜闯入王宅的饥民，他们死后一律被扣上了"共产党"的帽子，而我爹他们那时根本就不知道共产党是什么，县保安团贴出布告，说他们死有余辜。庙岭杜家大院的墙上也贴了一张，被风一吹，哗哗地响，像唱着一支葬礼上的丧曲。后来响水河窟窿山上聚了一二百号饥民，占山为王，带头的人叫胡子云，他们一夜之间抢了李青店、刘村镇、回龙沟的几家大户，被人联名告了，要求青天大老爷正法。县保安团进山剿匪，三天三夜不见土匪的影子，第四天夜里被人家摸了哨兵，缴了枪，保安团的百十号人马撤回到县城的只有二三十人。那年庙岭饿死十几个老人和小孩，里面有我的爷爷。那时名叫庙岭的这个村庄已经很大了，但是再大村民也都是杜家的佃户，方圆十多里的土地都是地主杜庆德家的。那时不叫杜庆德地主，地主是一九四八年以后的叫法，那时全村人都很恭敬地叫他"老爷"。

我七十多岁的老爹躺在藤椅中，手指着门外的红砖绿瓦，喃喃地对我说，那时庙岭只有一片破败的茅草屋子，没有现在这么多的瓦房，瓦房只有杜家宅院里有，杜家还有一座富丽堂皇的小洋楼。那座小洋楼鹤立鸡群地挺立在庙岭，让人看一眼就有说不出的压抑。我爹说："狗日的杜庆德狠着呢，都是父老乡亲、左邻右舍的，在一九三六年他没拿出一颗粮食救济灾民，连饿死他家院中的佃户郭西元他爹，他都连张草席也没给。""我真想把一口唾沫吐在他家的大门上。"我爹说。但他不敢。那时他只是杜家一个小小的长工，他不敢。"我怕杜家的那只狼狗。"我爹说完这句话，脸上的肌肉抽搐了几下，偷偷地深深吸了口气。从他的表情上我可以想象出那只狼狗昔日威风凛凛的丰采。后来我从庙岭出发来到江南当了兵，见了不少军犬，我曾把一张军犬的照片放在老爹的眼前，他戴着老花镜端详了一下，仅仅是一下，就肯定地摇了摇头，说："它不行，它只配当杜家那只狼狗的崽。杜家的狼狗壮得像头小牛，饥荒岁月里它和杜家的大人们一样，吃细米白面，它比人有福气。它咬死郭西元的弟弟时只咬了一口，只咬了一口就咬死了。那是个长得很俊的小孩，那年他只有五岁，他五岁就赶上了天灾人祸。"

郭西元是看着他弟弟死的。郭西元那天饿得实在不行，走路摇摇晃晃，他带着弟弟来到鸭河边，脱下破烂的草鞋，跳进河中，忍着刺骨寒冷，在石缝中摸鱼摸虾吃。他冻得脸色乌青，仍然一无所获。他又带着弟弟跑到地里捡萝卜叶子吃，在田野中游荡了一个上午，只捡到了两片巴掌大的黄叶子。他和弟弟一人一片。他狼吞虎咽地吃了那片黄黄的萝卜叶子后，饥饿依旧附在他的身上，吸食着他的精力和想象力。郭西元那天的想象力异常枯竭，一个上午都只想着一块白面馍，如果有一块馍多好。他竭力地不去想它，但最终还是拼命地想着那块子虚乌有的白面馍，到他在杜家的门外看见了那只狼狗在吞食着杜家吃剩的白面馍和玉米粥时这念头就更强烈了。弟弟在后面扯了扯他破烂的衣服，说："哥，我饿了。"他摇了摇头，说："等那只狗吃完了再说。"弟弟说："它吃完了我们吃啥？"他说："它吃完了我们就啥也不吃。"弟弟抬起头，把吮在口中的指头拿出来，说："哥，我去拿块馍，我只拿一小块。"郭西元恍恍惚惚地点了点头，弟弟不去他也会去的，他一开始就有这个念头，只是正在犹豫不决。弟弟见哥点了头，就趴在地上，像条虫子一样蠕动着接近那条壮得像牛犊似的狼狗，狼狗看了看他，面无表情地低下头大口大口地享受。弟弟飞快地伸出手，抓住了一块馍。郭西元的惊喜只是一瞬间，这一瞬间发生的变化实在太大，太大的变化郭西元没能记住，长大以后的郭西元只记得弟弟的那一声惨叫响在一九三六年的庙岭的上空，让全村人都起了一身鸡皮疙瘩，包括我爹。我爹他们赶到时，看到的只是目光呆滞的郭西元，郭西元的弟弟已成了一具无声无息的死尸，他的脖子汩汩地向外涌着血，旁边那只狼狗依旧在漫不经心地嚼着馍，舔着玉米粥，就像没它事儿一样。"那是一个多么俊的娃啊。"我爹咂咂嘴，摇了摇头，几十年后，他还是感到无比痛惜。

饥饿很快让人们忘了这事儿，只有郭西元还记着，他总是恍恍惚惚，常常一个人跑到远远的刘村镇去，跟在镇里一个疯子的后面，流着口水，拖着鼻涕，疯子笑，他也笑，疯子生气，他也生气。人们都觉得他也疯了。他妈有好几次把他从刘村镇拉回来，他就又好几次独自一人走了二三十里路赶到刘村镇，那个疯子却像水一样消失在了水里。人们告诉他，疯子掉进护城河淹死了，他这才停止了寻找，怯怯地坐在古寨墙下，让寨墙的阴影遮了自己，袖着双手像个垂垂老者，默默地看着那条肮脏的护城河流泪。人们怕他想不开也像那个疯子一样跳了河，忙托人告诉他妈，他妈只得再次颠着小脚赶到镇里把他拉了回来。

从刘村镇回来，痴呆了的郭西元像游魂一样出没于庙岭，他常常一个人挎了一只粪筐，跟在村中的游狗后面捡狗粪。村里只有狗。狗这东西厕一泡屎都能养活，猪牛只有杜家才有。过年时改善生活家家都杀狗，那几天庙岭都溢满了狗肉的香味。一九五〇年以前的豫西南农村里每年春天都飘着这种香味，踏进每一个村庄都能看到一群恶狗追逐被人啃得干干净净的狗骨头的情景。在我小时候，改革开放了，庙岭成了一个专业养狗基地，甚至还有一个韩国人不远千里来到这里，投资建起了一个最大的养狗场，同时还在旁边建起了一个教堂。

狗在庙岭到处游逛，幽灵一样的郭西元缩着肩膀跟在一群狗的后面，每当看见哪只狗厕下了屎，就飞快地跑过去，把露了趾头的草鞋蹭掉，把双脚踏进冒着热气的狗粪中取暖。更多的时候，郭西元是坐在庙岭最高的坡头上，愣愣地喃喃自语："我弟弟呢，我弟弟呢？"他坐的是块向阳的地方，一九四八年就在他坐着的这堆石头上插上了庙岭开天辟地以来的第一面红旗，这面红旗曾经照耀了他的身心，温暖了他那四季冰凉的日子。

他用狗粪温暖了双脚以后，就弯腰把它们用粪叉捡起。他把捡来的满满一筐狗粪倒在了地主杜庆德的地里，然后就回家了。他的怪僻举动使村里每个人都感到茫然。杜家的狼狗咬死了他弟弟，葬他弟弟时只给了一片裹尸的草席。他爹求爷爷告奶奶地请人写了状子，告到刘村镇镇长那里，镇长在状子上批了一句："与狗争食，斯文扫地。"掷在他脸上扬长而去，他爹求人念了，气血翻涌，大叫一声吐血而死。按照一般规律，郭西元应该用一种狠毒的目光盯着杜家的每个人每条狗，可他没有，他总是一副懒散的模样，瞪着茫然无神的眼睛。杜庆德的老婆说："郭西元想巴结咱家的，是想让咱赏他一口饭吃。"杜庆德瞪着老婆，小眼睛里闪动着令人不可捉摸的光芒，低低地说："这小子太有心眼，要当心。"他扭头看了看身后穿着绸子衣服的儿子杜小勇和女儿杜九月说："你们要当心郭西元。"老婆就笑了，笑他长着一颗妇人之心。"都说你狠毒哩，你以小人之心度君子之腹了。"老婆出身于书香门第，是我们庙岭唯一能说出文雅书面语言的人。杜庆德对读书人一向很敬慕，包括自己的老婆，老婆的话他没反驳。他静下心想了想，觉得可能是自己把一件极简单的事情想得复杂了。老婆说："郭西元神志不清了，说起来这也有点怪我们。他人品不坏，疯了却没干出坏事，比那些奸诈狡猾的长工更让人放心。我想赏他一口饭吃。"她的这些话说得干净利索，一点也不拖泥带水。那时杜庆德和她正站在二楼之上，把目光投向无边无际的田野，看见常追着游狗的郭西元正坐在坡头上发呆，样子像一条老得走不动的病狗。杜庆德没有说话，极轻微地叹了口气，他不想和老婆吵架。老婆是刘村镇镇长的大女儿，镇长帮过他很多忙。

杜家灰色大院里从此就多了个郭西元。地主老婆特地让佣人王秋桃把杜庆德年轻时的一套衣服缝缝补补送给了他。佣人王秋桃后来做了我的母亲，有关杜家和一九四八年庙岭发生的故事我因此就知道得更多，可以毫不费力地平铺直叙出来，完全不用去想象。郭西元穿戴一新地在杜家大院里出入，包揽了杜家的各种杂活。每天早上他五点半准时起床把厨房里的缸挑满了水，然后收集了下人们端来的杜家老少的夜壶，一一到鸭河刷洗了，然后就送回来。只是见了杜家老少依旧是一副迷迷糊糊的样子，不知道回避，也不知道应该肃立一旁，恭恭敬敬地喊一声"老爷"。佣人王秋桃曾私下里教过他几遍，他却没有记住一次。有次杜庆德在茅房里解手，郭西元也捂着肚子闯了进来，见杜庆德占了茅坑，就在里面来回走动，不断地用狼一样凶的目光打量他，样子就像要把他从茅坑上拉起来或者推进茅坑里。这让杜庆德感到无比恼火，回去就对老婆说："郭西元是个畜生，我看是感化不了他了，他想把我推进茅坑里淹死我，我要撵他走！"老婆说："谁让你占着茅坑不拉屎呢？郭西元这样子挺好的啊，那些貌似忠厚的长工，哪一个不是暗地里把你恨得咬牙切齿，见了面却恭顺地叫你老爷呢？哪一个在杜家大院手脚是干净的？这些饿死鬼们哪一个不是小偷？我那双碧玉镯子是怎样丢的呢？"提起这事，杜庆德就英雄气短地垂头丧气了，为那双碧玉镯子他明察暗访了许多日子也没有一点头绪，连点星星之火都没有。我长大以后看着我母亲王秋桃把一副精美绝妙的碧玉镯子给我的未婚妻香妮戴上时，我在潜意识里看见了杜家丢失的那副碧玉镯子正从遥远的一九三六年漂来。我问母亲："你拿走了杜家的碧玉镯子？"我母亲说："我没有拿走杜家的任何东西，我只是拿走了属于我们王家的东西。这是王家的传家宝，是我爹我娘给我准备的嫁妆，我是和你爹私订终身时偷偷地给他的……是一九三六年你们裴家交不出租子才拿它来抵押的，是你们裴家丢了它。我只是拿回了属于我自己的东西……一九四八年庙岭有许多人都从杜庆德那里拿走了属于自己的东西，比如郭西元。"

郭西元在一九四八年春天一个有月亮的晚上牵着杜家的三头黄牛走了。我抬起头，透过历史的烟障，看到了一九四八年春天的郭西元正走在一条洒满月光的大路，这条大路使他一步一步地远离了庙岭。那夜的月亮很好，郭西元牵着地主杜庆德的三头黄牛走得从容不迫，一步一个脚印，踏踏实实……

杜庆德发现丢失了牛倌和三头黄牛是在第二天早饭后。他照例早饭后在自己的粮仓和庄园的周围游逛，细细地查看每一处，每看一处他都很满意，用温暖的目光一一抚摸它们。最后他到了那两间喂牛的草屋前，这两间草屋按照十几年来的惯例应该住着痴呆了的郭西元和三头脑满肠肥的黄牛。他只看了一眼就知道事情不好了，里面空荡荡的，门口躺着两摊饱满多汁的牛粪，牛粪散发着一种腐臭的气味。我知道，一九四八年的每个地主的庄园里都有这种味道。杜庆德摇了摇头，慢条斯理地踱回卧室，对正在往皱巴巴的脸上涂脂抹粉的老婆说："郭西元走了，带走了我的三头黄牛。"老婆惊异地看着他，他那稳如泰山的模样使她把握不定自己是否应该相信，于是她说："不会吧？"杜庆德把目光投向窗外，院里只有儿子杜小勇在暖暖的春天的阳光下翻看着一本书，没有女儿的影子。那时杜九月正在响水河窟窿山上唱着一支香艳的民歌，歌声漂在响水河上顺流而下，许多人都听见了，她的像流水一样的歌声让他们入迷。杜庆德说："这也好，他走了也好，好在只是三头黄牛……"老婆听不懂，疑惑地看着自己的男人，想他会不会是因为生气而伤了脑子。她小心翼翼地问他："是不是让人去找找？"杜庆德依旧一副懒散的模样，说："找找也好。"老婆立刻如释重负地长出了一口气，用丝绸手绢擦有了皱纹的额头上点点滴滴的汗水，这句话说明丈夫思维正常，她立刻唤了下人沿着乡间大路追赶。

　　一群杜家的下人循着路上的牛蹄印追赶着虚无缥缈的郭西元。开始他们还很兴奋，黄牛在一九四八年的豫西南南召作为一种稀有动物而使郭西元逃跑的痕迹越来越清晰了，隐隐约约的牛蹄印和三三两两的牛粪使他们不知疲倦地追赶着不知天高地厚的郭西元，想着他将被老爷捆在树上抽打，血迹斑斑，然后再押送到镇上甚至县里坐牢，他们兴奋得浑身发抖。那时他们一点也没有想起其他，就凭他对老爷的这个越轨举动就能说明他是个痴呆的人了，没人敢明目张胆地说一句关于老爷的坏话，动一根老爷的毫毛。直到一九四八年的秋天，他们才恍然大悟了，郭西元牵走的不仅是老爷杜庆德家的三头黄牛，也把他们当蠢驴一样牵着走了。那些牛蹄印和稀稀拉拉的牛粪最终在刘村镇消失了。他们沿着三个方向追出刘村镇五六里，最后空手而返。一切痕迹的消失让他们坚信这三头黄牛和痴呆了的郭西元还在刘村镇，他们很有耐心地寻遍了刘村镇大小人家的牛栏，最后惊喜地看到了那三头黄牛正在春天的阳光中嚼着干草，它们只看他们一眼就不再理他们了，它们已不认识他们了。杜家的下人并不莽撞，一面飞快地派人去向老爷报信，一面在周围打听这是谁家的院子。人们奇怪地看了看他们，说出一个名字，这个名字他们都觉得耳熟，后来想起这是老爷杜庆德的岳父的。他们忐忑不安地等着老爷的到来，不知道狗日的郭西元到底玩的是啥花招。杜庆德风尘仆仆地赶到岳父家，能在刘村镇一手遮天的镇长岳父热情款待了他。杜庆德说："爹，听说您买了三头黄牛……"岳父惊奇地看着他说："狗日的杜大娃，你精着呢，我早上刚买的你可就知道了！"杜庆德说："那卖牛的可是一个黑瘦的汉子，眼睛大大的，眼神直直的，一句话也不说，脖子下面有块儿暗红色的胎记？"岳父说："是一个黑瘦的汉子，眼睛是很大，但眼神不是直直的，活得不得了；脖子下面是有条暗红色的胎记，但他声音很大，干净利索，精明得很。这三头黄牛他卖了三十块大洋，我也没占多大的便宜。他说过他叫郭西元。"杜庆德似有所悟地"咦"了一声，便一言不发了。岳父问他："咋了，你咋了？"杜庆德扶住桌子，用另一只手抚摸着自己的太阳穴，说："我有点头疼。"

几十年后，我在县志上看到了这段史实，并在后来的《南召县民间故事集成》中读到了这个故事，这个故事经过作者加工，变成了贫下中农智斗地主恶霸的故事，故事的叙述者正是在一九四八年的春天里追赶郭西元的杜家的几个下人中的一个，这个人后来做了我的父亲。

第二章

在鸭河边，宋老末背起了少爷杜小勇。

杜小勇说："你把我背到河对岸，我给你块白面馍。"这使许多孩子眼红，都争着要背杜小勇，他们急急忙忙地在杜小勇的面前脱掉破烂的衣衫，炫耀着自己身上的瘦瘦的肌肉，叫嚷着自己有劲儿。

"少爷，过来咱俩玩一会儿吧。"

到鸭河边挑水的郭西元突然吞吞吐吐地说，并且还冲着他摇了摇手，示意他过来。杜小勇急急地伏在了宋老末的背上，说了一连串不，催了胯下的宋老末赶快走，他怕郭西元。这使少年时的宋老末万般惊奇。杜小勇伏在宋老末的背上悄声地对他说："郭西元太瘆人了。我爹说过要我们当心。他不是想跟我玩，他是想把我溺死哩。"宋老末没想那么多，他满脑子想的都是那块白面馍，走到河中间时，他停了下来，说："我饿了，我浑身没有力气了。"杜小勇忙从屁股后的书包里拿出一块馍，先把半块塞进他嘴里，看他狼吞虎咽的样子，杜小勇很得意。杜小勇说："宋老末你是我喂熟的狗。你不会坑我的，只有你才让我最放心，你是我在庙岭最好的伙伴。"说完就很慷慨地把剩下的半块馍也塞给了他。过了河，宋老末把他放下来，杜小勇拍打着衣服说："我们上学去吧。"他回头看看，看不到他爹，就拉了宋老末的手走路。宋老末感觉到，少年杜小勇的手像女孩的手一样柔若无骨。我爹说，小时候杜小勇除了宋老末没有什么伙伴，有许多穷苦人家的儿子都想讨好他，但小小的杜小勇常常远离喧哗的人群，像一个老头独自咬着指头、皱着眉头待在一边，一声不吭，不像回龙沟大户人家王保敏的儿子，小小年纪便无恶不作，七八岁便学会欺负女孩，常常把毛毛虫往她们脖子里放，然后看着她们"哇哇"惊叫的样子，得意扬扬。这一切少年杜小勇都没干过，他从小就知道害羞，看见生人还常常脸红。他只跟英俊的少年宋老末玩。在他和宋老末手拉手地走过村子时，若被杜庆德看见了，就总是皱着眉头，瞪着穿着一身丝绸衣服的杜小勇，说："小勇，你放开手！"杜小勇看看他爹，又看看宋老末。宋老末很自惭形秽地松了手，垂头丧气地站在一旁。他看着杜庆德拉着杜小勇回去，一边走一边数落儿子："你是有身份人家的少爷，怎么能和他混在一起？他算什么东西？"小小年纪的宋老末沉浸在屈辱之中，泪水慢慢地流了出来。他在心里一个劲儿地说："狗日的杜庆德，我将来一定要出人头地，狗日的杜庆德！"宋老末就是这样想着而慢慢长大的。

庙岭的人说，宋老末如果出生在一个有钱的人家，一定能成为一个了不起的大人物。第二年，红军从南召路过前去陕北，政府宣传说他们是一群杀人不眨眼、共产共妻的土匪，村里人吓得全跑进山里藏起来了，只有他敢给红军带路。这需要多么大的胆子啊，而他那时只有八九岁。

那时，宋老末天天都要死死地缠着在杜家当长工的爹，吵着要去上学。他曾为此挨过他爹无数拳打脚踢，却依旧苦苦地说："我要读书，爹，给我钱，我要读书。"他一度哭哑了嗓子，再跪在他爹的面前哀求时，发出的声音就像狼嚎一样瘆人了。宋老末说："爹，你给我钱，我要读书，将来我做官了，一定十倍地还你的钱。爹，我是你最小的一个孩子，你不让我读书，我就会像我哥一样被人砍了。"宋老末是有个哥的，他哥在几年前只是给前来剿匪的县保安团带了一次路就被土匪们像狗一样砍成八大块扔在了刘村镇。宋老末的爹看着自己的小儿子，一脸菜色的儿子眼睛却亮得骇人。他爹说："宋老末，我供你上学，你说过的话，你自己要记住，你说过当官了还我十倍的钱。你今夜就给我发誓，说当了官十倍还我钱，给爹娘养老送终。宋老末你发誓！"宋老末毫不犹豫地在他爹面前咚咚咚地磕了三个响头，然后一个字一个字地照着他爹说的发了重誓，他复述着他爹说的话，一字不差，宋老末有着惊人的记忆力。七八年后长大成人的宋老末骑着高头大马，带了二十多名随从，佩了两把盒子枪沿着响水河回到庙岭时，果然没有扔掉自己的誓言，雇了华贵的轿子把父母双双很光彩地从庙岭接走了，尽管他的爹娘都因坐不惯轿子而情愿步行，但那两顶空荡荡的轿子作为一个象征，使鸭河两岸的人眼红、难受了很多日子。

宋老末是在回龙沟上的学。回龙沟后面是鸭河很重要的一条支流响水河。响水河的水清得让人不敢跳进去洗澡，赤身露体地钻进响水河里跟站在太阳下一样，让人一览无余。响水河是从八百里伏牛山中流出来的，它的河床上铺满无数光滑的鹅卵石，被河水冲击着的鹅卵石常发出一种淙淙的声响，这响声时时迷醉着少年时的宋老末，他经常长久地呆立在河边，出神地凝望响水河上边缥缈的伏牛山，谁也不知道他在想什么。"我想去山上，我想一个人到山上去。"宋老末常一个劲儿地对身边的少爷杜小勇说。杜小勇对着他撇了撇嘴，说："你真没志气，你就是奴才的命。我爹说，奴才每天都有逃走的想法。我想上县立中学，然后去开封上大学，我舅舅在开封当官。开封，你知道吗？开封是个很远很大的地方。"宋老末说："少爷，我喜欢响水河。"杜小勇想了想，说："我不喜欢，这鬼地方我一点也不喜欢，啥都没意思，我就想去开封。"宋老末沉默了一会儿，突然抬起头，对杜小勇说："你还欠我一块白面馍，我刚才给你做了作业，你说过给我一块白面馍，我现在饿了，我肚子饿得难受。"杜小勇先朝他撇了撇嘴才说："狗，狗，你真是一条饿狗。"宋老末说："我总是饿。"杜小勇说："你再听我说一会儿话，我就给你白面馍。你不听我说话，我就不给你，饿死你也不给你。"宋老末暗淡了目光，把手伸到腰里，用力地紧了紧用布条做的腰带，无可奈何地看着少爷杜小勇，问他想说啥。杜小勇学着他爹的模样，把手背到后面，慢条斯理地咳了咳，满意地点了点头："嗯，这才像我喂熟的狗。我要给你说什么来着？噢，对对对，是说说杜九月，杜九月是我姐姐。"

在杜家灰色的庄园里，杜九月是轮散发着凄美光辉的月亮。下人们常常看到女孩杜九月倚着栏杆，远眺村外无边无际的田野的情景。她留了一头乌黑的长发，长着一张圆圆的脸，她有时也着一层淡淡的脂粉，脸便有了一丝红润，不过这样的机会并不多，更多的时候她亭亭如荷地长时间地站在那里，脸色略有苍白，显得有些稚气。站得时间长久了，就见老爷杜庆德缓缓地走到楼下，仰头看着女儿，用一种斥责下人的口气恶狠狠地说："九月，你站在这里干什么？"杜九月就垂了眼睑，低了眉头，用手指捏捏衣角，急急地走进了阁楼。许多年轻的长工们便暗地里蠕动喉结，恋恋不舍地咽了许多唾沫。地主老爷的耳朵灵敏无比，他捕捉到了下人们的每一个声响，他扭过头，用恶狠狠的目光掠过院里的每个人，低低地说了声："一群狗奴才！"

"我喜欢我姐。"少年杜小勇说完这句话，就很灿烂很自豪地笑了："我姐姐长得漂亮。"宋老末趁他歇口气时急急地说："我饿了。"少爷杜小勇瞪了他一眼，说："我说我姐姐，不许打搅，你再打搅我不给你馍吃……"宋老末说："你说你说，那你说。"杜小勇说："我们全家我谁都不喜欢，包括我爹，我爹是个老古董，又酸又臭，他不让我跟你们玩，还不让我姐走下楼梯一步。我喜欢我姐姐，我不喜欢我们家，我只喜欢我姐姐。没有我姐姐了，我就会死了或者从我们家逃走，再也不回来，我们家让我讨厌。"杜小勇说这话时，眼里闪着泪花，他已经把他自己感动了。他的样子让宋老末感到可笑，他扭头看看身后庙岭杜九月的阁楼和杜家繁华的庄园，少爷杜小勇的多愁善感显得矫揉造作。宋老末很熟练地长叹一声没有说话。我爹他们说，宋老末很小就极聪明，人也长得很好看。我问："杜小勇呢？"我爹说："杜小勇从小就不行，那时我们就看出来了，杜家迟早要败在他手中。杜小勇只是迷恋他姐姐，杜小勇小时候说得最多的话就是我姐姐长我姐姐短的。"

少年杜小勇对姐姐的迷恋是我爹在叙述庙岭往事时曾多次提到过的，作为杜家的下人，那时他经常看到杜小勇一放学就扔了书包，爬到楼上找姐姐，倚在姐姐的身边絮絮叨叨地说着一些平平常常的话，比如和伙伴一起"过家家"。他杜小勇就是当新郎的，新娘是回龙沟贫苦人家的女儿毛妮，一拜天地，二拜高堂，夫妻对拜，然后就进洞房，把书包搭在毛妮的头上当头巾，"我揭开头巾时，毛妮还害羞地瞪我一眼呢。"杜九月听后咯咯地笑起来，笑声使杜家大院稍稍有些生机，有许多下人的心情也为之一爽，不由向那阁楼多看了两眼，包括我爹。有时姐弟俩就在楼上捉迷藏，用布蒙了姐姐或者弟弟的眼睛。少女杜九月对这些孩子们玩的游戏乐此不疲，清脆的笑声洒满杜家的庄园，她的样子有点儿疯疯癫癫。一个傍晚，在暮色中，老爷杜庆德阴沉着脸，一步一

178

步走上阁楼。少女杜九月听见脚步声，跌跌撞撞地跑过去，带倒了两把椅子，抱住了地主老爹的腿，兴高采烈地叫喊起来："我抓住你了，小勇，我抓住你了！"杜庆德沉下脸，腿抬起来，一脚把杜九月踢倒在地，额头撞在椅子上。在杜九月凄厉的惨叫声中，杜庆德重重地吐了口痰："贱货！"甩了甩袖子恨恨地下了楼。少女杜九月用手捂住额头，鲜血立刻染红了她的手。地主老婆慌慌地跑上来，顾不得往日的文雅，像泼妇一样骂杜庆德是狗娘养的。杜庆德站在屋檐下，用威严的目光看着她，说："你敢再骂一句，我连你也打。"地主老婆立刻哑口无言，慌慌地俯身扶着自己的女儿，泪水滴在杜九月清秀的脸上，和鲜血混在一起，杜九月的脸上便十分难看地色彩斑斓了。杜小勇一直躲在门后，等爹下了楼，这才爬到姐姐跟前，放声大哭，哭声把院里栖着的一地麻雀都惊飞了。我妈说，那天杜小勇把嗓子都哭哑了。

杜小勇说："我喜欢我姐，我姐会背诵许多唐诗宋词。"宋老末惊奇地问他："你姐识字？"杜小勇立刻绽开一脸光彩，说："我妈教的，我爹让我妈教她读《女儿经》、《烈女传》，可我姐一点儿都不喜欢，我姐喜欢读诗词，她常偷偷地读给我听。"我妈对我说，小姐杜九月自从被父亲踢了一脚后就不再和弟弟玩耍了，她额头上从此留下了一道月牙般美丽的伤痕。她常常在楼上抚琴，读一种下人们听不懂的诗词。少年杜小勇每逢这时就搬了一张小凳，用手托着腮坐在旁边，这个小人儿听得如痴如醉。我曾在一九九四年的春天，搬着凳子坐在母亲的旁边，她那掉了牙的嘴巴轻轻蠕动，含糊不清地向我叙说着小姐杜九月读着唐诗宋词的情景。在她记忆里，小姐杜九月是像林黛玉一样的人物，整日皱着眉，闷闷不乐的样子，读着一些极凄美的诗词时，眼中总要隐隐约约地闪动着泪花，坐在旁边的杜小勇就也露出一副难受兮兮的样子。我妈王秋桃的少女时光是在杜家大院里消耗殆尽的，她作为一名丫头，把小姐杜九月服侍成了一个如花似玉的姑娘。长大成人的杜九月，我妈说她敢打包票，是那时方圆十多里最美的一个女子。不过她长得虽然清秀和水灵，却从小就学会了像老人一样经常望着窗外皱眉。由于耳濡目染、潜移默化，一个字都不认识的我母亲至今还依稀记得小姐杜九月读的诗词："……和羞走，倚门回首，却把青梅嗅。""南浦！南浦！翠鬟离人何处？当时携手高楼，依旧楼前水流。流水！流水！中有伤心双泪。""恼烟撩露，留我须臾住。携手藕花湖上路，一霎黄梅细雨"……我细细地咀嚼着这些诗词，温柔又凄凉的句子被一个少女浅斟低唱了，这里面一定会有许多凄美的故事。我小心翼翼地抚摸着母亲像树枝一样的枯手，问她，少女杜九月是不是有个心上人？

我年老多病的母亲在一九九四年春天的黄昏里很确定地摇了摇头，说没有。足不出户的杜九月，像一朵莲花一样盛开在杜家阁楼上，散发着超凡脱俗的清香。庙岭的男人至多是偷偷地打量她，是没人敢迎着她那茫然的目光去看她的。我爹在杜家待了二十多年，始终描述不出小姐杜九月真切的音容笑貌，他翻来覆去只说那一句："她很美她真的很美。"

少年宋老末狼吞虎咽地啃完杜小勇给的半块白面馍，跪在响水河边咕咚咕咚地喝了半天水，然后跳起来，亮了一脸的笑容说："我不饿了，我真的不饿了。"少爷杜小勇顾不得絮絮叨叨地述说自己的姐姐了，很惊奇地指着宋老末说："你喝凉水？你不怕拉肚子？"宋老末用舌头舔了舔嘴角边残留的一点白面馍，用袖子擦了擦嘴说："不怕，我喝惯了。每天吃完饭，我都要再喝一瓢水，不然老吃不饱饭。"杜小勇咂了咂嘴，无限羡慕地看着他，说："我就不行，我喝一口就拉肚子。宋老末，你真有能耐。"他过去拉着宋老末的手说："宋老末，咱俩结拜兄弟吧。"宋老末说："你再给我一块白面馍，我就跟你结拜。"杜小勇像他老爹一样眨巴着小眼睛说："那你得喊我哥。"宋老末说："中。"两个小人儿便跪下，喃喃有词地说了许多，说要请这响水河作证，两人要做兄弟了，不求同年同月同日生，但求同年同月同日死。怀揣了无限惊喜的杜小勇在那天的黄昏，坐在姐姐的旁边，像一个老太婆一样唠叨着把这件事说完，很得意地笑了。杜九月也浅浅地笑了，疼爱地抚摸着弟弟一头的黑发，轻轻地说:"我想去看看响水河。"

第三章

一九四〇年庙岭发生了许多不同凡响的事情。先是郭西元住的牛屋突然失火，火光是杜九月先看到的。杜九月那天晚上正呆立在阁楼上看月亮，杜九月对清冷的月亮百看不厌，每个有月的夜晚她至少要在月光下痴痴地站上一个时辰，我妈至今说起来她对月亮的痴迷，还是觉得不可思议。"月亮有什么好看的?"我妈对我说。杜九月看到郭西元的牛屋上飘起淡蓝色的火苗时，失声惊叫起来，她的尖厉的叫声惊醒了睡得像死猪一样的下人，下人们拎着水桶和盆子赶到时，郭西元还在屋里迷迷糊糊地睡着。我爹第一个冲进去背出了郭西元。"那时候他睡得真死啊。"我爹说。杜家的三头黄牛也安然无恙地被人牵出来了，只是那间用石头垒的茅草屋子却灰飞烟灭了。老爷杜庆德曾严厉地在下人中一一盘查了，结果却一无所获。几天后他盘问痴呆了的下人郭西元时却听他咕哝了一句:"那天下午宋老末来过。"人们立刻恍然大悟，宋老末自从杜家牛屋失火后就再也没在庙岭出现了，人们纷纷传说十八岁的宋老末在那天晚上踏着清冷的月光沿着响水河逃走了。联系了宋老末以往的种种劣迹，人们就在老爷杜庆德的面前高声地咒骂了狗日的宋老末，口口声声地让老爷把他缉拿归案千刀万剐了。老爷杜庆德却出奇地冷静，他说:"算了算了，这事我不追究了，是谁烧的我自己心里有数，我杜庆德先放他一马，他要是再不知好歹，就不要怪我老杜手段毒辣了，胡子云是我的拜把子兄弟。"胡子云是响水河窟窿山中的土匪。胡子云杀人不用刀枪，他让小匪们把两棵相邻的树强拉在一起，分绑上活人的两脚，随着两树的崩开，这个人便被撕成两瓣，血水抛洒在空中，像漫天落下点点梅花。杜庆德说完这话，用狠毒的目光一一地扫视了周围，我爹说那时他吓得腿都软了，连痴呆了的郭西元也听出来了，吓得尿了一裤裆。我爹那时就站在他身后，我爹说他看得清清楚楚，郭西元是个孬种。

　　后来他们才知道那时的英俊少年宋老末已投身胡子云，做了一名小小的土匪。宋老末本来是想读书当官的，但他只读了三年的书，他爹已欠下老爷杜庆德无数的"驴打滚"，他爹后悔了，就说啥也不让他上了。宋老末说："人家杜小勇去南召上了县立中学，我成绩比他还好，我会比他有出息的。"他爹说："你当你爹是杜庆德老爷吗？你爹是宋二毛，一文不值的宋二毛！这债全靠你来还了，我借债写的都是你的名字。"宋老末梗了梗脖子说："那你还用我的名字去借，我还，我将来一定还！"他爹说杀了他他也不去借了，人穷志不短，他宋二毛丢不起这脸。宋老末就笑了，说出了一句粗话："球，人都快饿死了，还说啥球脸面哩？"他爹扬起手来打他，宋老末不笑了，宋老末说："我长大成人了，你再打我就是羞辱我。你敢打我一下，我就不给你养老送终。"他爹听了这话竟有点气短地垂下了手，抱了脑袋日爹日娘地骂起来，不知是骂谁。

　　谁也没有想到狗日的宋老末会去偷。他偷到了回龙沟保长王保敏家。宋老末穿着一身黑衣黑裤，脸是俊白的，他就把脸用锅底的黑灰抹了，眼睛在夜晚中黑得发亮。他拿走了无数的丝绸和银圆，还偷了两本线装的古书，当他像猫一样溜到墙角下时，几杆长枪顶住了他的腰。整个回龙沟的人都出来了，都出来看热闹了，都说："不亏不亏，往枪口上撞哩，敢偷保长，也真是活得不耐烦了。""我不杀他，"长了一脸横肉的保长王保敏说，"我不杀他，我大小也是百姓的父母官，我的百姓我要爱护。"宋老末顺势跪下磕头，他像狗一样伏在地上说："保长，我错了，我不该偷，我再也不敢了，你给你喊爷行不行？"说完磕头如捣蒜，

182

咚咚的响声敲在回龙沟大人小孩的心上，看见他的额头上开始一滴一滴地流血了，就都不忍心再说"不亏不亏"了，人群一时静下来，只有这沉重的磕头声在空荡的夜色中清脆地响着。保长王保敏过了好大一会儿才好像忽然惊醒了一样，上前用双手慈爱地扶起他，慢声细语地说："哎哟哟，你这又是何必呢？我看你这人还比较老实，是真心真意要给我认个错了。我也有心网开一面，就不再为难你了，可话又说回来了，朗朗乾坤，法规也是有的，我作为父母官，替天行道，小小地给你一个教训，也算有个说法。"说完这话，就笑眯眯地招呼了带着盒子枪的随从，吩咐先打五十皮鞭，然后用盐水浇了，吊在回龙沟最高的大杨树上吊他一天算了。

　　我爹说那天他也去看了，老爷杜庆德特地让大家都去看的。杜庆德很聪明。他的这种小聪明让他在一九四八年秋天得到了巨大的好处。我爹说那天的情景让他终生难忘，后来在无数次的忆苦思甜的大会上，我爹向沐浴着新中国的阳光长大的学生们不止一次地提到这一天的所见所闻。他们赶到回龙沟时，宋老末已经被皮鞭打得皮开肉绽、血肉模糊了，宋老末像一只虾一样弯腰躬背，用双手死死地护着脑袋，发出了含糊不清的呻吟。我爹他们赶到时，保长的随从们正在往他身上浇盐水。盐水浇在身上，宋老末大叫一声，昏了过去。我爹说他这一声要有多瘆人就有多瘆人，庙岭所有人身上都起了一层鸡皮疙瘩。王保敏始终面带笑容站在旁边，被恐惧震撼的人们不发一声，整个回龙沟笼罩着一片死亡的气息。王保敏说把他吊上去要吊一天，死了是他的福分，不死算他命苦。这话说得玄妙，我爹后来才知道它的深刻内涵，人生真谛啊。我爹感慨地说，这是那时的人生真谛，那时人活着真不如死了。可惜知道这道理的人们并不多。宋老末是在早饭后醒过来的，醒来时他看见自己的母亲在人群中披头散发地呼喊着他的名字，叫着："娃啊，娃啊，我的娃啊！"宋老末的衣服丝丝缕缕贴在他血肉模糊的身上，被一九四〇年

183

秋天清冷的北风吹着，发出唰唰的声响。宋老末吊在回龙沟那棵最高的杨树上，开始呜呜地哭了，他的哭声凄惨得让人断肠，让人觉得这日子真是没过头了。在哭声中宋老末咿咿呜呜地说着什么，有人听清了，说他在说："我不想死，妈，我不想死，我只是想拿些钱去县城里上学，我还想去开封上大学。妈，我不想死，我不想死呀……"

我爹说宋老末没有死，就在杜庆德他们家的牛屋失火的那天晚上很神秘地消失了。庙岭的人们都不知道他去了哪里，他爹娘也不知道，只记得那天晚上他吃过一块玉米面窝窝头，喝了一碗稀稀的野菜汤，对爹娘说："我想去响水河边转转。"爹娘都没理他，都觉得他不争气，就懒得理他。他就这样头也没回一下地走了，他什么也没带走，也没什么可带的。宋老末的出走就像颗石子落进了偌大的池塘里，并没在庙岭激起多大的浪花，他是个很不起眼的小人物。庙岭的人们很快又被另外一件大事所震撼。宋老末离开庙岭的几个月后，在一个风高月黑的夜晚，有几十个土匪摸下了山，用沾了毒药的馒头毒死了回龙沟大大小小的恶狗，无声无息地缴了王保敏家保丁的长枪，砍下了王保敏的人头吊在了回龙沟最高的杨树上，劫走了他家无数的钱财，绑走了他的儿子和女儿。而这一切没有惊动回龙沟一个人。人们只是早上起来推开门，先是看见了倒在地上七窍流血而死的看家狗，接着又闻见一股新鲜的血腥味，这股血腥味来自保长家的深宅大院，又看见了保长家的红漆大门下凝结了鲜艳的血水。有人壮胆推开大门，便"呀"地大叫一声，骇得昏死过去。人们这才看到满院都是家丁的尸首，穿着绸子衣服的王保敏被人砍成一块一块的，扔在院子当中，只是少了脑袋。脑袋是在村中那颗最高的杨树上被人发现的，解下来，却见脑子已被人挖空了，盛满了黄黄的液体，散发着一股难闻的尿臊味……

县保安团很快就开过来了，翻来覆去地查看了，象征性地沿着响水河向西北追了几里。最后断言是胡子云下的手。敢杀王保敏的土匪，在南召县也只有胡子云了。那时谁也没想到宋老末。宋老末在庙岭人的心目中已是一片凄凉的树叶，飘落在了庙岭的污水塘中，无声无息。但这种情形只是持续了一年多，一九四三年春天，英气逼人的少年宋老末又重新走进了人们的心中。一九四三年春天响水河两岸的人们都在传说着，在响水河的源头窟窿山上又出了一个新的土匪头头，这个土匪头头原本是胡子云的手下，几个月前他带领小匪们反了胡子云，设下圈套让县里的保安团捉了他，砍了人头，悬挂在县城南召的城头上风吹日晒。这个有心计的土匪头头又兼并了附近大小的土匪，成了霸主。传说中这个土匪的手下都是穿清一色的黑衣黑裤，唯有他穿一身的纯白，他自己又长得面白无须，人是很俊的，面孔是很冷的。这个土匪也照样奴役了一大批被劫到山上的人，做他的丫头和下人，端夜壶铺床叠被，洗脚穿衣，无所不干，和胡子云不一样的是，他奴役的都是富家子弟。传说中这批丫头和下人中有着王保敏的女儿和儿子，他的女儿已被土匪们玩弄得面目皆非，白衣的土匪头头扔给她一条绳子说："你死吧，你死吧。"但她却抱着他的腿跪在地上磕头求饶，额头上都磕出了血，坏了一个贞节女人的名声。王保敏的儿子被土匪们挑断脚筋，每天趴在地上要把土匪们住的房子全都打扫一遍，和猪狗一起吃他们吃剩下的东西。庙岭的人们恍然大悟，知道这年轻的土匪头头是自己村里的宋老末，这日子就过得更加不安，细细地回想了这一二十年里可曾对他做出过不敬的举动。一九四三年春天，一种恐慌的情绪渗透在了庙岭每个人的心中，人们忐忑不安地等着土匪宋老末的到来。

宋老末一点也没辜负村里人的等待，在一个风和日丽的上午，宋老末骑着一匹高头白马优哉游哉地到了庙岭，他身后跟了一群黑马，黑马上骑了二十多个穿着黑衣黑裤，背着长枪的土匪。宋老末在村口停了一下，用手遮了遮刺眼的阳光，看了看挺立在村中很显眼的地主杜庆德家中的那座精致的楼房，很稚气地笑笑，然后放开缰绳，让马儿在村中缓缓地走着。村里人惊恐地关了窗户，透过窗缝看到他，比起昔日，脸更白了，眼睛更亮了，只是人有点瘦了。他坐在马上，左顾右盼，一一打量着家家户户的茅屋，脸上并没流露出土匪应该有的冷酷之气，他甚至还向正坐在杜家的大门前在棉袄里捉跳蚤的郭西元打了个招呼，问他："吃饭了吗？"打完招呼还无声地朝他笑了一下，他的这个笑容让许多人心里莫名其妙地疼了一下。痴呆了的郭西元也冲他笑了一下，他笑的样子竟和土匪头头是一模一样了。

土匪宋老末在自家的门前停下来，马队的后面还跟着两顶轿子，他说："爹，妈，我们走吧。"他爹和他妈茫然地看了看他，他爹嘴唇动了动，好半天才喃喃地小心翼翼地问他："老末，你是不是给人分过尸，挑了人家的脚筋？"宋老末咧开嘴，很孩子气地笑了笑说："爹，瞎吹哩，都是他们瞎吹。我只杀过富人，不杀老百姓，我爹妈都是老百姓，老百姓也没油水。我只劫杀有钱人。爹、妈，你们跟我走吧，你们去了也会有人伺候你们，使唤他们像使唤狗一样，他们从前如何对待你们，你们也就如何对待他们。"他爹不好意思地搓了搓手，讨好地冲着他傻笑了两下，扭扭捏捏地说："那，那我跟孩子他妈就去了。"钻进轿子，还没走出庙岭，他爹就很怯地叫住老末，说他坐不惯轿子，坐在轿子里心慌得不得了，想跟在后面走。宋老末想了想，笑了笑说："也好，只要你自己觉得好，这样也好。"他妈也从轿子里钻出来，钻出来时一不小心头碰在轿顶上，破布鞋掉在了轿上。老妇人红了脸捡了布鞋，不敢扬眉看儿子一眼，低声说："我也坐不惯，我想跟你爹一起走。"

宋老末极轻微地叹口气，催了胯下的白马，马队又缓缓地沿着响水河走动了，荡起了一溜灰尘，淹没了他们的影子。庙岭的人们就很怅然地走出茅屋张望着，宋老末的马队嘚嘚的马蹄声响在他们的心头，就像踏在他们身上一样，一九四三年春天让他们觉得疼痛。"不就是个土匪吗？"老爷杜庆德拿着一杆雕花烟袋站在大门口的台阶上说。村人这才注意到他家的大门已经洞开，他舒展了一脸的春风，样子出奇的平静。坐在他脚下的郭西元流着口水，一个劲儿地冲他点头，学他说话："不就是个土匪吗？"声音竟和主子的一模一样。

第四章

一九四三年的庙岭让人难忘。秋天的时候少爷杜小勇从县立现代中学回来了。那时土匪宋老末的气息已经远离了庙岭，时常听说他带土匪又抢了哪家哪家富豪，又如何如何带领人马打败了剿匪的兵马。少爷杜小勇回到庙岭又带回一个惊人的消息，狗日的宋老末竟带领人马骚扰了县城，这在南召县的历史上是绝无仅有的壮举，人们都说这狗日的想反天，都有点害怕。

几天以后这个消息就得到了证实，县保安团决定扩充人马，逐村逐户地让人们捐献钱粮，资助剿匪。那时的苛捐杂税多如牛毛。杜庆德捐的最多，据说在刘村镇也是数一数二的。杜庆德因此被请到县城出席了大小无数个宴席，和保安团司令王麻子握手，和县长碰杯，很是风光。那时杜小勇刚刚回到家中，他常常缩着脑袋，袖着双手，一副怕冷的模样，其实那些日子庙岭是很温暖的，庙岭的空气中还飘着刚刚收获的庄稼的清香。庙岭的老人们忆起那段日子，都记得少爷杜小勇总是忐忑不安地对他爹说："少给点儿吧，爹，少给点儿吧，宋老末要是知道了咱捐这么多钱粮，宋老末会来咱家的。"他说这话时眼神是茫然和无奈的，没有他爹那种摄人魂魄的阴冷的光焰。他爹说："小勇你别怕，不就是一个土匪吗？县保安团有钱有粮有枪，还打不败宋老末？咱又不是不知道宋老末，宋老末算什么东西？小勇你别怕。"杜小勇愁眉苦脸地托着腮坐在门边，声音低低地说："爹，我怕。"像个怯怯的文弱书生。有人便在心底里嘲笑了这个戴着杜家大少爷的帽子的年轻人是个屌头了，这人是我爹。

大家都知道那年县保安团搞得红红火火，七八百名壮壮实实的小伙子，拿着清一色锃亮的"汉阳造"，天天在县城东边的沙滩上操练，一齐吆喝，震天动地，常常吸引了一大群赶集的人们挤在旁边看，都说宋老末快完蛋了。谁也没想到，土匪宋老末敢那么快地就出现在庙岭。宋老末的马队出现在庙岭是在一个夜晚，在杜家大院里的大红灯笼的照耀下，人们看到每匹马的马蹄上都缠着布和稻草，几十匹马踏着路面无声无息。当杜小勇起来时，看见爹正在向土匪头子宋老末抱拳客套，爹的脸上已出现了密密麻麻的汗珠，身子有些微微发抖。宋老末扭头看了看他，朝他暧昧地笑了笑，他也想朝他笑笑，但嘴角咧了咧，没有笑出来。

宋老末转过头来对他爹杜庆德说："上了几年学，他还是老样子。"

杜庆德慌慌地擦了一把汗，哭丧着脸说："宋老末，咱们可是一个村子里的。"

土匪宋老末打了个哈哈，庙岭的人们都没想到他到这个时候还能笑容满面。他朝杜家父子俩撇了撇嘴说："噢，现在你想起都是一个村子里的了，那时你看着村里老少爷们儿都饿死了你还一毛不拔，现在你却把那么多钱粮送给保安团了。保安团算什么东西？你们这种人我看透了，像狗一样势利。"我爹说，听到这些话，村里大小爷们儿都一愣一愣的，都觉得土匪宋老末并不那么可怕了，甚至还觉得有点亲切，我爹还看见蹲在墙角边傻呵呵地看热闹的呆子郭西元这时眼睛也一眨一眨的，亮晶晶的好像要流泪了。我爹那时就觉得有点好笑，郭西元他知道啥？

宋老末叹口气，悠悠地说："杜庆德，你看这事咋办？"宋老末把这话说得轻描淡写，但每个人都感到一股扑面而来的杀气，都屏住呼吸静静地看着老爷杜庆德，看他咋办。

杜庆德脸色苍白，声音更颤抖了："他们要让我出钱，我能有什么办法？我也给你钱，我也给你粮，我给你超过他们两倍的钱粮，老末，咱又是一个村子里的，这还不行吗？"

很俊秀的土匪头子宋老末依旧心平气和地对杜庆德说："你再想想，除了这些，是不是还应该有些其他表示？我们山上的规矩，杜庆德你不会不知道吧？"

一九四三年在南召县流传着一种说法，说宋老末到山下打劫，除了和其他土匪一样劫持钱财，还总要把一些头面人物的儿女劫到山上，官兵攻打时便把他们捆着扔在最前面当人墙。这些人和县里的高层人物有着千丝万缕的联系，剿匪的官兵因此常常施展不开手脚，有时还得白白挨打。这些人平时在响水河窟窿山上就备受屈辱和折磨，和王保敏的儿女一样人不人鬼不鬼的。这件事在我们南召县的县志上均有记述。

宋老末猛地拍着马向前走了两步，弯腰从地上拎起抖成一团的杜小勇，扔给身后的一个长满大胡子的土匪，那个土匪很麻利地把杜小勇捆得结结实实地横放在马上。在人们的惊呆中，宋老末得意地仰天大笑了，忽地催动了胯下的白马，人在半空中，那笑声依旧不断。那马奔跑起来，竟腾空而起把前蹄搭在了杜家的两层小楼上，身着白衣的宋老末像一只鸟飘落在了少女杜九月的阁楼上。那时杜九月已经被院中的嘈杂声惊醒，正懒懒地倚在床上，犹豫不决是不是该起来去看看。对于外面的事故她是知道的，知道是些饿极的土匪在吵闹，不就是为两袋大米和爹讨价还价吗？这时却听见了一声马嘶，这声马嘶和昔日的不大一样，这叫声给人一种壮怀激烈、热血沸腾的感觉。杜九月终于按捺不住自己的好奇披衣下床了，她推开窗户，只觉眼前一花，一只巨大的白色大鸟从窗外飘落下来，重重地撞着了她又抱住了她，重重地摔在地上，却是伏在了那人的胸上，只是被对方裹得紧紧的，感觉中是没有被摔着的。那人说："我是宋老末。"杜九月闻到一股浓浓的男人的气息，这种气息使她窒息。那人裹着她，依旧从窗户中飘下，无声无息地落在昂首嘶叫的马上。这是土匪头子宋老末吗？女佣王秋桃述说过有关他的无数个传说，说他如何如何生吃活人、喝人血，是极其残忍的土匪头子。杜九月惨白着脸叫了一声，晕了过去。

宋老末坐在马上，调转马头，这时杜庆德扑了过来，死死地搂住宋老末手中的缰绳，嘶哑着喉咙说："老末兄弟老末兄弟，求求你，我的好兄弟，看在都是一个村子乡亲的份上，你把杜九月带走，把杜小勇给我留下吧，他还小。我再送给你们大洋，你说你要多少，你说你要多少？"

宋老末一脸惊奇地看着他说："杜九月不是你女儿？"

杜庆德说："老末兄弟，求求你了，杜家只有这一个儿子，杜家就靠他传香火了，老末兄弟，你就开开恩放了他吧，我要是再捐保安团我不是人！"

这时我爹他们都看见旁边有个脸上有道刀痕、很丑的土匪跨上一步，一脸媚笑地对着宋老末挤眉弄眼地说："大哥大哥，这个狗杂种儿子一点儿力气都没有，干活儿也不行，还要管他吃喝，敲狗日的一笔大洋，扔给他们算了。要他女儿，让弟兄们玩儿玩儿。"

宋老末低头看了他怀中晕过去的杜九月，那时杜九月长发披肩，月亮照着她长长的睫毛，她的样子像睡着了一样恬静。抱着这个身上尚存温热的软绵绵的少女，宋老末的心莫名其妙地跳动了两下，他咕哝了一句："狗日的杜庆德真不是人，自己的女儿要被糟蹋了也不顾！"管家拿来了大洋，宋老末努了努嘴，土匪把杜小勇扔在地上，接过管家递过来的大洋。杜小勇在尘埃中扭动着，吃力地抬起头对他爹说："爹，我去吧，我去吧，不要让我姐去，不要让我姐去。"杜庆德解开他身上的绳子，抓住他的手，他感到爹的手也是汗津津的，爹的身子也在摇晃，爹说："爹咋也不会委屈你，爹咋也不会委屈你！"

杜庆德恨恨地看着宋老末说："给杜九月，我给你们杜九月！"

宋老末指了一下杜小勇对杜庆德说："杜庆德，你这个狗日的真不是

190

东西，我是可怜他，别以为我这是对你的宽恕。狗日的再干傻事，照样搞你!"土匪宋老末抖了抖缰绳，那匹白马如箭般窜出杜家大院。杜小勇挣扎了两下，便栽倒地上，喃喃地说:"我姐……"

回忆起一九四三年的秋天，我爹喃喃地说，庙岭那年有许多年轻人扔下了锄头和镰刀，沿着响水河向西北方向追随宋老末去了。

第五章

在以后的两天里，老爷杜庆德像只关在笼子里的狼一样在院子里窜来窜去，他形迹诡秘，目光狠毒，许多人看到他都避着他走。我爹说他那一天看见杜庆德在一间空旷的茅屋里坐了一整天，那间草屋里散发着一种发霉的气味，这种气味让许多人倒胃。许多人都知道那里面堆满从南方运来的大理石和上等的棺材，但都不知道老爷蹲在里面干什么。黄昏时杜庆德出来了，他的眼睛里布满血丝，看着瘆人。杜庆德对我爹说:"你去回龙沟找个石匠，让他过来给我刻碑。"我爹疑惑地看了看他，但我爹没敢多问。石匠第二天赶到了杜家宅院，开始叮叮当当地制作一种很奇怪的牌坊，这种牌坊和我爹见过的贞节牌坊一模一样。下午又来了一个长着山羊胡的风水先生，在庙岭的四周转悠，杜庆德阴郁地挂着拐杖跟在他后面。杜庆德说:"别把坟地勘在我们杜氏家族的墓地，她没资格埋在那里，应该远离我们先人的墓地，越远越好。"

后来他们在村口看见了少爷杜小勇，杜小勇正踮着脚跟顺着响水河向西北方瞭望，他身后跟着两个挎枪的家丁。杜庆德在遭劫以后买了十多杆长枪。这两个家丁是我的两个远房表叔，他们至今健在庙岭。他们对我说，那天老爷见了杜小勇就阴沉了脸说:"你回去!"杜小勇说:"我等我姐。"杜庆德说:"她不是你姐。杜家没有这个人了。她不是你姐。"杜小勇说:"她是我姐。"他爹就不再看他，指了指南坡说:"那里有一片

191

阴凉的地方，正好可以盖座贞节牌坊，她的名字我已经给她刻上了。你听话，回家吧，外面风大，当心着凉了。"老爷杜庆德把手放在儿子的头上，慈爱地抚摸着。杜小勇在他的抚摸下感到阵阵寒冷，他清晰地闻到一股来自父亲身上的阴冷气息，缩了缩脖子，对他爹说："我冷。"他爹说："那你为啥还不回家，家里有炭火。"杜小勇说："我等我姐。"

　　第三天黄昏，西边的太阳轰然坠山时，响水河哗哗的流水声听着让人烦闷，少爷杜小勇揉了揉酸疼的眼睛，顺着响水河西北方向延伸的大路上看不见他姐的影子。年纪稍大的我的远房表叔家丁说："少爷，咱回家吧。"杜小勇说："不，我再等等。"再等等还是望不见他姐杜九月的影子。慢慢地天上出现了星星，有风吹来，年纪尚小的我的另一个远房表叔打了个冷噤，缩了缩脑袋，也对杜小勇说："少爷，咱们回去吧。"杜小勇看他一眼，有点歉疚的样子，这样子很让我的远房表叔们感动，我的两个远房表叔就缩着肩膀抱着枪不再吭声。后来就听见了狗叫声，听见了有人往这边跑的脚步声，我的两个远房表叔端起长枪，声音抖抖地问："谁?"却听到一个嫩嫩的声音在叫："是我是我，少爷，是我，是老爷让我叫你们回家的。"跑过来的是杜家的一个少年下人。杜小勇极不情愿地转过身往村子里走，走一步回一下头，夜色却已笼罩身后的大路，听见了响水河流水的声音，却看不见水面上漂着的极香艳的花儿了。

　　我的那两个远房表叔说，小姐杜九月后来就再也没有在庙岭出现，直到一九四八年秋天。一九四三年以后，荒草萋萋的南坡孤零零地竖起一座刻有杜九月名字的贞节牌坊。我爹说，这是他那时看到的一座最漂亮的贞节牌坊。这座漂亮的贞节牌坊现在已经残败不堪，被人削去半截，依稀能看到"杜九月"这个名字，这个名字很美。我妈说，杜九月这个名字是她那读过书的母亲起的，她生于九月，一个弥漫着庄稼香味的季节。通往贞节牌坊的是一段难走的羊肠小道，我爹在我童年时就指着那条小路告诉我，这是少爷杜小勇踩出来的。那时这里长满了荒草和酸枣树，有野兔和毒蛇出没，夜晚常有乌鸦的叫声，无比荒凉。少爷杜小勇日日要在周围徘徊，要长时间地坐在这座只埋着姐姐衣物的贞节牌坊前发呆。人家的贞节牌坊都立在村口，这座立在荒野，很显然，老爷觉得丢人。

少爷杜小勇从此变得心事重重，他常常低头走路，不发一语，下人们遇见他，和他打个招呼，他就慌里慌张地"噢噢"地应着，怯怯地看看下人，像是被惊吓了的样子。有很多时候，我爹他们都以为他也像郭西元那样痴呆了。

杜小勇在姐姐的贞节牌坊前坐了很长一段时间后，就沿着响水河往回走了，有许多人听见了他在喃喃自语："是我害了我姐，是我害了我姐。"那时响水河边常有一个洗衣的少女，她一年四季总是不停地洗着衣服，和我母亲一样，她是回龙沟吴姓大户人家的女佣，她对少爷杜小勇的怪诞举动感到好笑。杜小勇听见笑声就脸红了，看了看这个穿着破烂的少女，记得她叫毛妮。于是他说："毛妮，你洗衣服？"毛妮惊奇地张大嘴巴，问他："你叫我名字？你还记得我？"杜小勇奇怪地问她："我怎么不记得你？"以前的日子从响水河的水中浮出来，杜小勇还记得她在小时候做过他的新娘。杜小勇说："我们玩过'过家家'。"毛妮目不转睛地看着他，竟突然"哇"地哭了，毛妮在哭声中断断续续地告诉他，她原以为少爷把她忘掉。杜小勇说："我怎么会忘，我怎么会忘掉你呢？"毛妮的哭声更大了，哭得双肩抽搐着，哭得好像很委屈，又好像很幸福。这让杜小勇感到十分为难，坐卧不安，不知道该怎样劝她，只好把口袋里的一条手帕远远地丢过去，让她抹泪。毛妮捡起手帕，擦了一脸的泪花，却好像是忘记了这手帕是杜小勇的，直接装进自己的口袋，然后绽开一脸幸福的笑容，说："你没变，你一点儿也没变，你还是从前的样子。"杜小勇灰着脸说："我知道我没用，我还是从前的样子，啥也干不了。宋老末也说我还是老样子。"他顿了顿，偷偷地看了看她，又说："我迟早要杀了宋老末！"毛妮大惊小怪地叫起来："你杀宋老末？你说你要杀你姐夫？"杜小勇狠狠地瞪她一眼说："他不是我姐夫，他杀了我姐。"毛妮说："你就为这掉了魂？"杜小勇依旧垂头丧气，嚼着一根干草，再也不说话了。

毛妮说："你们一家真是呆子，你们杜家男女老少都是呆子。谁都知道宋老末在响水河窟窿山摆了七七四十九桌宴席，喝倒了一百零七条好汉，风风光光地娶了你姐，只有你们杜家不知道。"杜小勇跳起来，一把抓住她的胳膊，急急地问："你说我姐没死，你说我姐没死？"毛妮"哎哟哟"地叫起来，她的胳膊被他抓得火辣辣的痛。少爷杜小勇醒悟了，自己下手太重了，松了手就红了脸，却依旧急急地问："你说我姐没死，你说我姐没死？"毛妮娇嗔地瞪他一眼，说："我诬你干吗？响水河两岸的人们都这么传说了。"

杜小勇愣了愣，继而发疯般地沿着响水河往家里跑，他伸出双手像一只鸟一样挥舞着，大声叫喊着："我姐没有死，爹，我姐没有死！"他像风一样钻进庙岭，高声喊着冲进家里，他的声音豁亮得不得了，那天庙岭的人们都听到了。他爹那时正微闭着双眼，坐在院子里的太师椅里晒太阳，他跑过去摇着他爹的胳膊喊："爹，爹，爹，我对你说，我姐没有，我姐没有死啊！"他爹缓缓地睁开眼睛，用一种奇怪的表情看了看他，突然伸出一只手在他脸上掴了很响的一巴掌。杜小勇吃惊地捂住脸。他爹很平静地对他说："你姐死了，你姐埋在南坡。"说完这话，院子里的下人们都看到老爷杜庆德突然站起来，"哇"地吐出一口鲜血喷在地上，随即又重重地跌坐在太师椅里，像一只虾米，喘作一团。

我爹在一九九四年春天喃喃地对我说，一九四三年是杜家多灾多难的一年。

我觉得我爹在垂垂暮年中忘记了杜九月。一九四三年秋天那个夜晚杜九月被挟持着往响水河窟窿山的匪巢逼近的过程，也正是她一步一步进入新的一页的过程。在封建地主庄园里长大的少女杜九月的爱情故事耐人寻味，她的故事在若干年后的豫西南山区广为流传，有许多细节活灵活现。我因此知道了不少关于她沦落在响水河窟窿山上的许多故事。有许多土匪经过改造便重新做人，有一小部分至今仍健在庙岭，生活幸福。我因此在很小的时候就知道了杜九月，知道她被劫到山上后直到第二天中午才醒来。她醒来时发现自己正躺在一张素白的床上，旁边坐着一个年轻的汉子，他穿着一身纯白的衣服，脸色也是苍白的，只有那双眼睛黑得发亮。她把目光转向一边，惊奇地发现四周的墙壁也是白色的，椅子上也涂着白漆，盛着茶水的杯子也是白瓷的。那人看着她，柔声地说："你醒了？"杜九月问："你是谁？"问完了才想起是劫走自己的那个人，那个人说他是宋老末。杜九月的头就嗡嗡地响了，传说中的宋老末是青面獠牙且杀人喝血的，他却是个英气逼人，且是十分年轻的汉子。她大声地喊叫："我不信我不信，你不是宋老末你不是宋老末。"那人笑了，笑得像一个孩子。"我就是宋老末。"他眼睛盯着她，声音很柔地说，"我原本打算只看你一眼，九月，我没想到你竟长得这么美，咱庙岭竟然有一个咱南召最美的女子……"杜九月的心扑通扑通地跳，不知道他要干什么，不敢看他的脸，她把脸扭向一边，看见墙角靠了一排书柜，书柜里塞满了书，这排书柜出现在荒山就显得不伦不类，何况又是出现在匪巢。

　　杜九月看看他，鼓足勇气说道："你不是土匪宋老末，土匪还看书吗？"宋老末又笑了，这次笑得像个大哥。他说："你肯定也像别人一样把我想得太坏了，我其实更想当个读书人。"杜九月挣扎着想起来，想看看那是些什么样的书。一个有书的房间，一个阳光灿烂的日子，暖香的气氛使杜九月放松了警戒，忘记了恐惧。宋老末却按住她的肩，说："别动，你别动，你身子虚弱，我给你拿。"宋老末转身从书柜里抽出了几本，有《李易安词选》《花间集》《唐宋名家词选》，说："我记得你弟弟说过你喜欢词。那是好几年前的事了。"杜九月惊奇地说："是吗?"宋老末点了点头，说这里书很多，他只看了一小半，他这一辈子恐怕是看不完这么多书了，只好请她来帮着看了。少女杜九月被他的幽默所感染，于是就抿嘴笑笑，见那汉子痴看着自己，脸上便生出红晕，这些红晕使她更加美丽。

在以后的几个月里，杜九月像只出笼的小鸟一样流连忘返于响水河窟窿山的山山水水。宋老末领着她走遍了窟窿山的每一处风光，给她唱了无数支流传在豫西南山村的香艳的民歌。这些美丽的民歌迷醉了从小在阁楼中长大的小姐杜九月，她跟在土匪头子宋老末的后面，不知道从什么时候起，她开始口口声声地喊他大哥。她不但在极短的时间里学会绣一种山水虫鱼的手帕，还能唱出许多歌唱爱情的民歌。我的家乡至今还流传着许多这样的民歌。在这不长的时间里，她已经离不开宋老末了。宋老末为她的生活掀开了阁楼外的新的一面，这新的一面极大地震撼了她，使她迷醉和不能自已。庙岭之于她，已经像明日黄花一样遥远，那里的一切的一切都成了记忆中的东西，而眼前英俊潇洒的汉子宋老末是个活生生的人。他带她到山上玩，攀登到悬崖峭壁上给她采摘开得极艳的山花。开始时是他递给她，让她映着亮亮的泉水往头上插，而她插得极不规则，常常弄乱了一头的秀发却没插上一枝。后来她扯着胳膊吵着让他给她插，宋老末忙了半天，笨拙地给她插了一头喷香的山花。她摇头晃脑地下山了，碰上挎着枪的弟兄，他们就笑着问她，是让谁插的，这么好看。杜九月回头喜滋滋地指着宋老末说："他!"一点儿都不害羞。就有土匪起哄，喊她"嫂子"，问啥时能喝上他们的喜酒。杜九月不但不生气，反而笑了，用手中的山花去打他们，说他们真不正经，用刚学会的粗话骂他们，说他们狗嘴里吐不出象牙。

在庙岭老人们的叙述中，是应该有一个黄昏的。在这个黄昏里，杜九月蹦蹦跳跳地进了自己的屋子时，宋老末跟了进来，他掩上门，在她床边坐下，问她想家不想。她预感到要发生什么，虽然慌张，却并不害怕。她愣了愣，不知他问这话是什么意思，低低地说她想家。宋老末眉头皱在一起，脸色难看地垂下头。她心中不忍，却咬着嘴唇看着他，一声不吭。宋老末抬起头，说："九月，我知道在山上委屈了你，说起来是和土匪们混在一起，名声不好听，过的日子也是人不人鬼不鬼的，官兵还时常来剿匪，真苦了你。"他见杜九月仍然没有接腔，就扭头望着窗外说："你要是想家，我就送你回家，你回去了给你爹说一下，我不会再去庙岭了。"他看了看她，她仍然没有说话，静静地看着他。他犹豫一下，还是站起来，垂了头要走。杜九月咬着嘴唇，泪流了出来，他的脚就要跨出门去了，她忽地扑过来，双手环抱着他的腰，脸贴在他背上，抽泣着低低地说："老末哥，你真是呆子，你真是呆子……"

庙岭美丽女子杜九月那时已长得亭亭玉立，臂膀开始滚圆，胸部发育得丰满突起，肌肤鲜明洁净，活脱脱的一个美人胚子。她正处于人生中易于产生爱情的季节，宋老末是她十几年来足不出户的淑女生涯中遇到的第一个男人，她扑向宋老末时，我想她肯定已把自己的一生托付给这个土匪了。她伏在她背上呜呜地哭泣了，土匪头子就真的呆了，泥塑一样一动不动。杜九月用小手捶打着他，打疼了他，这才醒过来，便抱起她，吻她。两人都是生手，一切都不得要领，吻得笨拙而又吃力。杜九月解开他的衣扣，喃喃地说："九月啥都给你，九月就是你的人了……"宋老末却抓住她的手，摇了摇头，说："九月，我是土匪，但我要让所有人都知道，我要的不是你的身子，是你的心，我要先把你娶过来，我决不让任何人说你闲话……"

杜九月抬起泪眼看他，他的眼睛清澈如水，像响水河在歌唱。更多的泪水涌了出来，不知道为什么，她就是想哭，她张开双臂，紧紧地抱住他……

杜九月的婚礼简朴而又隆重。那一天，宋老末集合了所有的土匪，一齐举着长枪对着天空鸣放，枪声震落了大厅里无数的灰尘，大梁上的一只耗子失足掉进酒坛，被活活淹死。宋老末把所有的土匪集合到大厅豪饮，大嗓门地划拳，喝空了几十坛陈年老窖酒，倒下了一百零七条好汉。毛妮说得一点儿不错。庙岭最美丽的女子杜九月就在那一夜做了土匪头子宋老末的新娘，新婚之夜给她带来了从未有过的疼痛和幸福。那夜的月光洒在庙岭南坡那块写有她名字的贞节牌坊上，泛着清冷的光。后来响水河两岸的人们都知道了土匪头子宋老末娶了地主女儿杜九月，后来老爷杜庆德也知道了，他把那口鲜血喷在地上的那个很美的黄昏里，杜九月正在响水河边唱着一支很美很艳的民歌，旁边坐着穿了一身白衣的土匪宋老末，他正在倾听。

第六章

郭西元大步走在一九四八年春天的乡间大路上。他怀揣着三十块大洋走得从容不迫，但对于未来他又感到茫然无措。他下意识地朝着响水河窟窿山的方向行走着。他一个劲儿地在心里念叨：他会收留我的，他会收留我的。他记得那次他回到庙岭接走他的父母时还冲他笑了笑，他自始至终觉得那朵笑容是种暗示。但他那时还不能走，他还有一个瞎了眼的母亲，母亲是因为弟弟哭瞎了眼。

一九四八年春天的豫西南山村一直弥漫着浓浓的火药味。我知道那年风云世事正在一股脑地发生着。但贫农郭西元不知道。他离宋老末的匪巢越来越近时，他看到了越来越多的反常迹象，村庄里的人越来越少，每个人的脸上都呈现出一种不可捉摸的惶恐表情，看见生人就一惊一乍的。他闻到了湿润的空气中飘浮着的火药味，他的大脑皮层因此越来越感到兴奋，他清楚地感觉到自己正在接近庙岭的神秘人物宋老末，在宋老末的手下他肯定能干出一番轰轰烈烈的事情来。这些事情他等了很久，在他给瞎了眼的老母亲草草埋葬以后，他觉得自己再也等不下去了。他应该也像当年的宋老末一样，把狗日的杜庆德的脑袋割下当夜壶，然后高高地挂在树上，把他的儿子挑筋当奴才，把他女儿奸了。这机会不是没有，宋老末能把胡子云取而代之，自己怎么就不可能呢。装了十几年疯子，还有什么事他做不出来的？

郭西元把手搭在额前朝西北的群山瞭望，咧开嘴笑了笑。他在中午时抵达一个叫草庙店的村庄，走进路边一家破败的茅草屋里向一个怀抱婴儿的妇女讨要一碗水喝。喝水的时候他问："响水河窟窿山离这儿还有多远？"妇女用一种奇怪的眼神看了看他，迟迟疑疑地告诉他说不远了。

郭西元看了看那个妇女，又扭头看看眼前的村庄，看见散坐在村中的都是妇女、老人和小孩，他们懒洋洋地晒着日头。这是一九四八年春天在豫西南南召最常见的景致，男人们不是出去打仗就是躲避战争。郭西元问："村里的年轻人呢？他们都去响水河窟窿山了？"土匪宋老末在那时已经成为一面旗帜，吸引着四面八方生活无依无靠的穷苦人家。可那个妇女看了看他，问他："你是哪里人？"郭西元笑哈哈地说："庙岭的，和宋老末是邻居。"他这样说时洋溢着一脸的自豪。那个妇女很奇怪地看了看他，又看了看门外。她的神情让郭西元有点儿摸不着头脑，他也看了看门外，这才注意到外面的墙壁上涂满了红色的标语，一座高高的屋顶上插着一面红色的旗帜，迎风猎猎地响着。这种旗帜和刘村镇政府门前挂的青天白日旗并不一样。

郭西元眨了眨眼，迟迟疑疑地指着这面高高飘扬的红旗问："这是什么东西？"那个妇女说："这是解放军的。"郭西元愣了愣，这个名字他从来都没听说过，他急急地问："他们是帮助保安团剿匪的？"那个妇女撇了撇嘴说："保安团算什么东西？大兄弟，这些解放军，比那些保安团强十倍！他们前天才到咱们县，把保安团消灭了，县长也逃跑了。他们说

199

这是穷人的队伍，要把地主的田地分给大家，让大家以后都有自己的地种，再也不用给地主卖命了。村里的年轻人都争着参加解放军了，他们还要剿匪，让大家过上好日子。"郭西元吓了一跳，他结结巴巴地问："保安团真被他们消灭了？"那个妇女说："你自己看看去，他们正在村子东头操练呢！"

郭西元慌慌地走过去，果然看见了一大片的士兵，他们穿着黄颜色的军装，打着绑腿，军帽上鲜艳的红五角星闪闪发光。郭西元悄悄地站在围观的群众后面，看着这群穿着奇怪军装的人马操练，巨大的忐忑不安紧紧地抓着了他。土匪宋老末虽然屡次打败县保安团，但他们骚扰县城的也只是小股人马，放几枪就跑，而这些队伍却消灭了保安团，占领了县城。郭西元隐隐约约地觉得一九四八年春天南召有许多意想不到的事情正在发生。他睁大眼睛看着这些站得整整齐齐的队伍，他们肩上扛的长枪上的刺刀被太阳照得一闪一闪的，他们个个生气勃勃，高声唱着洪亮的歌曲，这些歌曲郭西元从来没有听过。郭西元默默地退到一边，那时红旗正在他头顶上高高飘扬，他向西北方向的响水河窟窿山望了望。一九四八年春天的这一天，对郭西元来说至关重要，是他一生中最大的转折。他在这个阳光灿烂的中午停下了自己前进的脚步。投奔宋老末的梦已经像肥皂泡一样被击得粉碎，他在心里一个劲儿地对自己说："我要参加解放军，解放军比宋老末他们厉害，我要参加解放军！"

郭西元抬起脚要走过去，忽然后面有人用枪顶着了他，两个穿着那身奇怪军装的士兵瞪着他，后面还跟着刚才那个妇女，她指着他说："就是他，就是他，土匪的探子，土匪的探子！"郭西元刹那间明白了是怎么回事，郭西元明白了就不再感到害怕。连老百姓都站在了这支队伍的一边，郭西元知道，宋老末要完了。

他们把他带到一个好像是当官的军人面前，郭西元那时还不知道他叫皮长顺。郭西元说："我不是土匪探子，我是一个长工，我要参军。"

那人笑了笑，一点儿架子也不摆，问他是哪里人。郭西元老老实实地说，是庙岭的。那人"噢"了一声，说和宋老末是一个村子里的嘛。郭西元想了想，老老实实地说："我本来是要投奔宋老末的，我从前没见过你们的队伍。"皮长顺后来说："这狗日的说得多实在，实际上这种情况那时很常见。我问他，那你怎么又不投奔宋老末了？他想都没想就说：'宋老末都奈何不了的保安团，你们一下子就把它消灭了，你们也一定能打败宋老末的土匪，我要是跟了他们过不了几天我也得死。'"皮长顺沉思了一会儿，问他家里还有什么人，他有什么打算？郭西元那时想了很多，想了很远，郭西元想说："我要回庙岭，我想和你们一起带着枪去庙岭，杀了狗日的杜庆德，挑了他儿子的脚筋。"但他没说，他说："我家没一个人了，我家全被杜庆德害死了，我要参加解放军。"皮长顺说："那时我真有点儿喜欢上他了，他说得很实在。那时我就对他说，你知道不知道我们解放军是干什么的？"他有点儿难为情地摇了摇头。我对他说：'我们的队伍，是专门解放像你这样受压迫的劳苦大众的。'郭西元怯怯地问："那你们打不打杜庆德？"皮长顺想了想，说："在一定意义上说，杜庆德是地主，地主是剥削阶级，是我们的阶级敌人，我们是一定要镇压他们的，使每个劳动者都有饭吃，都有田种。"皮长顺说："那时我们就是这样做农民的思想工作的，这样说很灵。我看到郭西元脸激动得红彤彤的，每个农民听到这样的话都会激动，那时我不知道他心里还有个小算盘，那时我真不知道。"

皮长顺说："那时我们已经和宋老末的土匪打过几次，土匪真能打啊，他们用的全是毛主席他老人家打游击战争的那一套，刚一交火就往山里跑，找都找不到。我们留下少数同志留守县城，部队开进了响水河流域，做好了和土匪们打一场持久战的准备。我们最后带着队伍到了刘村镇，刘村镇位于你们南召县的中心。我们要发动像郭西元一样的劳苦大众，把土匪们孤立起来。打土匪和打国民党军队不一样，土匪们聚起来是土匪，一散就是老百姓了，不发动老百姓，土匪是根本剿灭不了的。你们南召土匪多，我真怕郭西元也是土匪，后来看着不像，那天中午我们就给他发了军装。你别笑，那时候当兵就是这么简单，有许多英雄我们至今还不知道他们的名字。"

郭西元那天中午抓住那身皱巴巴的军装就咧开嘴笑了。

夏天到来的时候，解放军开始向刘村镇移动。郭西元对刘村镇周围地形很熟悉，在解放刘村镇的战斗中，由于他的指点，部队没费什么事就攻进了镇政府，活捉了作恶多端的镇长。皮长顺说："那时我就真的有点喜欢他了，第二天我就把他派到了庙岭去发动群众，发动群众并不是一件容易的事情。"

第七章

一九四八年夏天，郭西元穿着那身奇怪的军装回到庙岭时，庙岭便笼罩上了一种不祥的气息，这种气息让村里人忐忑不安。他们从流窜到乡下的说书艺人那里听说过孙膑装疯的故事，孙膑装疯是为了有朝一日找死对头庞涓拼命，不知道这郭西元又要找谁了。苦苦的回想中，郭西元的弟弟活蹦乱跳地沿着记忆的小路远远地跑来。这狗日的郭西元是冲着杜家的狼狗来的。但那条狼狗已经在郭西元的弟弟死后的第七天夜里神秘地消失了，后来听说是被人毒死的。那么，春天时偷走了东家三条黄牛的郭西元又为什么要回来呢？想不出来便又宽慰自己，反正我与郭西元无冤无仇。从进入村庄的那刻起，郭西元的目光就像两把杀人的刀子。他们偷偷地打量着他，在心里暗暗地祈祷着：郭西元你别看我，反正我与你无冤无仇，郭西元你别看我。

郭西元穿行在一九四八年庙岭的茅草屋中，背挎着长枪，挥舞着黄军帽吆喝："快出来，快出来，我们解放了，解放军要打倒地主了，镇长被共产党用枪崩了！"他很激动地围着庙岭的每一处茅草屋吆喝，但他没能吆喝开一户人家的门。有一支竹刺扎进了他的脚后跟，流着血，他居然也没有感觉到，继续在庙岭的风中挥舞着他那顶奇怪的黄色军帽，大声吆喝着。这声音飘荡在庙岭的上空，人们都听见了，但却是听不懂的。人们透过门缝偷偷看他，看见他又蹦又跳，宽大的军装在夏季的风中飞扬，像一只硕大的黄色蝙蝠。没有人理他。郭西元后来在风中咒骂了，骂得很不好听，说："庙岭的人是啥鸡巴人，共产党来解放你们哩，你们也不知道好歹，真他妈的没觉悟，真他妈的像狗。"骂得有好几次好几个男人想破门而出，好好地教训他一顿，让他记住自己也是庙岭所有不争气的人们中的一个。但到了门口，又想想狗日的郭西元是带着一支长枪回来的，就都停住了愤怒的脚步，在心里咒了狗日的为啥没被杜家的狼狗也咬死呢。那条狼狗真是瞎了狗眼。

郭西元后来就取下枪，咚咚地砸杜家的红漆大门。我爹他们正在杜家干活，看着郭西元戴着缀着红红的五角星的帽子，拎着长枪很有气势地进来，都呆呆地站在院子里看他，不敢和他说话。同样拿着枪的家丁围着他，却犹豫不决，他身上的军装吓住了他们。

杜庆德带着老婆出来了，他老婆看看他，他站着不动，脸色平静，谁也不知道他在想什么。他老婆等不及了，愤怒地冲过来，抓住郭西元的衣领叫道："郭西元，你偷了我家三头牛，你说你说，我家那三头牛呢？咦，你在哪儿捡了这身破烂衣服？你还背着枪！你当了谁家的狗腿子？"郭西元厌烦地把她推到一边，拽了拽衣服，正了正军帽，说："你说话注意点，我现在是解放军了，是共产党的狗腿子。解放军是穷人的队伍，是专门解放贫苦大众的，他们已经消灭了保安团，昨晚就占领了刘村镇，他们用枪崩了你父亲，他是恶霸，他的田地被老百姓分了。你们的好日子不长了，共产党让我先来发动群众，提高群众觉悟，打倒你们这些地主恶霸！"

郭西元斜了杜庆德一眼，扭过头对杜家的下人——我爹他们说："你们别给恶霸杜庆德卖命了，他榨干了我们的血汗，剥夺了我们的劳动果实。共产党就是带领大家翻身做主人的救命恩人，解放劳苦大众，斗地主恶霸，把他们的田地分到大家的手中。共产党有部队，有枪，宋老末也快垮了，天下就是共产党的天下了。"下人们交替着茫然、困惑的眼神，他们看看老爷，又看看那些拿枪的家丁，他们手里的枪像烧火棍一样有气无力，连他们都有点怕郭西元，那么，郭西元说的也有可能是真的了。下人们的眼睛里有了火花，样子有点跃跃欲试。我爹说："那时我的心跳得那个快呀，特别是他说的要把地主杜庆德的田地都分了最让我动心，那时我真想立马跟着他走。后来我瞄一眼周围，没有人动，老爷杜庆德静静地听着，不动声色。"这多少让我爹有点垂头丧气。我爹想，狗日的郭西元的疯病可能还没有好吧。我爹就站着没动，大家都没动。

杜庆德突然开口了，他对郭西元说："郭西元，我知道你回来想干什么。可我没让我家的狼狗咬死你弟弟，你却毒死了我家的狼狗，还放火烧过我的牛屋，偷了我家三头牛，卖给了我的岳父，我都没找你的事儿。还有，宋老末到我家抢劫，也是你报的信。我说的对不对？"

郭西元愣了愣，脸红了红，着急地说："我没有，我没有，我没有。"他明显为自己的表现感到羞耻，猛地摇了摇头，瞪着眼睛对杜庆德说："狼狗是你养的，粮食都堆在你家的谷仓里，我弟饿了才去惹了那狼狗，我弟是你们杜家害死的，我妈也是，我爹是累死在你们院里的，你们连张草席都没给。那年我还小，但我那时已经有记性了。我叔也是死在你们这种人手里的！"

杜庆德说："你说的这些，都不关杜家的事。你自己做过啥事你自己清楚，我也清楚，但我不会再追究了。"

郭西元嘴角撇了撇，说："你可以追究啊。我告诉你，南召县长被赶跑了，你岳父也被枪崩了，将来我也一定要用枪崩了你。现在我不打你，我一打就犯共产党的法了。我现在是共产党派来发动群众的，发动群众来斗争你!"

杜庆德有点不耐烦了，扭头对身边的两个长工说:"你们把他轰走。"

其中有个长工是我爹。如果放在从前，郭西元敢这样，老爷说不定早就把他乱棍打倒了，甚至让家丁开枪也有可能，但他却没有，只是让人把他赶出去。我爹惊疑地扭头看了一眼站在杜庆德老婆旁边的王秋桃，那时他们在杜家大院里已产生了朴素的爱情且已私订终身，王秋桃悄悄地摆了摆手。一九四八年夏天各种小道消息涌进庙岭，有许多消息使我爹他们不敢对这个"解放军"贸然下手。我爹看见王秋桃摆手了，就无比坚定地停下了犹豫不决的脚步，我爹对我妈的爱情忠贞不渝，这是我们兄弟姐妹有目共睹的事实。

郭西元很得意地走上前来，拉着我爹他们的手，说:"走吧，走吧，别再给恶霸地主杜庆德卖命了，大家都跟我走吧。"我爹他们看看杜庆德，杜庆德瞪着眼睛也看着他们，都忙挣脱掉郭西元的手，继续为老爷杜庆德埋头干活。郭西元气得在杜家大院里像没头苍蝇一样乱转，拉了这个再拉那个，就是没人跟他走，他们害怕郭西元，可他们也不敢得罪老爷杜庆德，都怕砸了饭碗。郭西元指着杜庆德:"好啊，狗日的恶霸，贫苦大众都怕你，我非要解放军把你一枪崩了!"

郭西元那天又马不停蹄地赶回刘村镇，他一回去就找到皮长顺说:"首长，你去杀了恶霸地主杜庆德，群众都被他欺压怕了，都不敢起来革命，劳苦大众和他有深仇大恨。"皮长顺说:"我们共产党人看问题要一分为二，区别对待，对作恶多端的恶霸地主要镇压，对那些比较开明的地主我们一定要把他们团结起来，进行劳动改造，把他们改造成自食其力的劳动者。"皮长顺一有机会就给他讲革命道理，做思想工作。皮长顺说:"这个狗日的是我在那时遇到的第一个觉悟较高的农民，我说过的东西他一般都懂，并且还会活学活用，后来也就是他使庙岭的土改迅速打开了局面，我很信任他，我让他当了农会主席。那时你们庙岭有许多人并不仇恨地主。"这一点我信，我爹在给我叙说一九四八年庙岭的风风雨雨时，我爹还说，地主杜庆德除了有点小气，他并不坏，比起王保敏来他还不坏。

皮长顺说："所以我们不能枪毙他，他是那种没干过什么好事但也没干过什么大的坏事的地主，我们只能批斗他剥削贫下中农，就是不能枪毙他。这是土改工作很重要的一条原则。郭西元说他想不通，我说你想不通也不行。那时候我已经反复地给他做思想工作了，我没想到狗日的怎么连这么简单的道理都想不通。他始终喃喃地说'我弟弟死了，我弟弟是被他家的狼狗咬死的，我妈也是因为这才哭瞎了眼，我爹是累死在杜家的，我叔也是间接被他害死的，杜家只给了他一张草席。杜庆德才是狗！'我当时只觉得好笑，我没把这件事放在心上，我只是一笑了之。一九四八年需要我干的事情太多了，除了土改任务外，我们主要还是剿匪，宋老末的土匪真难打啊。我把郭西元的请求当作耳旁风，现在才知道我那时太大意了，我要是好好地防范他一下，他也不会犯错误了。他犯了错误挺可惜的，是他帮助我们消灭了宋老末的土匪们，这你知道，你们县志上有记载。他要是活着，现在至少也是一个县团级干部了。"

一九四八年的宋老末一直在困扰着皮长顺带领的解放军。一批批兄弟部队都南下了，准备解放全中国，他们唱着嘹亮的革命歌曲迈着整齐的步伐奔赴前线的情景让皮长顺他们看得垂头丧气。他们曾多次尾随宋老末的土匪进入伏牛山，宋老末的土匪若即若离地和他们捉迷藏。他们也曾根据以往剿匪的经验，集中了土匪的家人，携妻拖女地喊话，瓦解他们的斗志，但效果并不好，宋老末的威信在土匪中实在太过于高大了。有一次有个土匪在他老婆满含深情地喊过话后竟从一个山坡上探出脑袋喊："娥她妈你别怕，共产党不杀老百姓，娥她妈你别怕！"气得皮长顺当即掏出枪要朝那个明晃晃的脑袋开枪，那个土匪老婆扑通地跪下来抓住他的胳膊哭着喊："长官行行好，别打死他，他没作过恶啊，他也是为了我们娘俩有口饭吃才去当土匪的呀。长官，求求你了，你们先杀了宋老末，杀了宋老末，孩子她爹就回来了，孩子她爹可是个老实巴交的庄稼人啊！"

皮长顺气得甩了她的胳膊，甩了胳膊却又没了英雄的举动，只得心灰意冷地挥了挥手，让喊话的老百姓回去，并按照规定一人奖了一袋小麦，不给小麦他们不来。

第二天皮长顺派出一名侦察排长跟着当地一名老人出去寻找宋老末谈判。那个老人已经是满头白发，他的儿子是宋老末的一个得力手下，宋老末对所有土匪的亲人都很友好，宋老末会笼络人。有这个老人跟着，皮长顺对这个侦察排长的安全很放心。皮长顺之所以派出一名侦察排长出去谈判，是因为他有两手准备。在侦察排长出发前夕，他再三叮嘱他要好好查看地形，牢记土匪巢穴的方位和路线。"那时我们和土匪谈判派去的都是侦察员，至少是让侦察员跟着，只要我们去谈判，土匪就死定了。"皮长顺对我说，"这是那时候的军事秘密，那时候的土匪大部分就是这样被剿灭的。"

"但我那一次失手了。"皮长顺说，"第二天侦察排长很悲惨地回来了，只有他一个人回来了。"皮长顺说他是听到一片哭声才跑出来的，他下意识地抓起手枪跑出来时，看到的一幅血淋淋的场面使他一辈子都忘不了。"那个侦察排长被战士们用担架抬着，浑身是血，头上缠着白布，白布也被血染红了。侦察排长在担架上艰难地蠕动着凝满鲜血的双手，好像想要抓住什么。我跪在担架旁，握住了他的手，他的手冰冷。他是一个很优秀的侦察排长，在跟随刘邓大军千里跃进大别山时立过二等功，你们南召县那时的另一个恶贯满盈的悍匪杨八老虎就是被他活捉的。他家在四川达县，他常对我说，仗打完了就要回家看看娘，娘还给他说了一个媳妇呢。他已经有十多年没回过家了，他娘想他啊。"皮长

207

顺坐在一九九四年的干休所的一座朴素的客厅里，沉浸在对往事的回忆之中，他对一九四八年的那个侦察排长的怀念令我感动。他把双手交叉在一起，用略带呜咽的声音对我说："土匪们把他的耳朵、舌头割了，把他的眼睛挖了，把他丢在响水河边，他是被两个老百姓发现的……他在第二天中午就离开了人世。"老人述说到这里，胸口剧烈地起伏，痛苦地咳起来。

那天皮长顺他们从侦察排长的口袋里掏出了土匪头子宋老末写的一封短信，宋老末说他不投降，他一投降就等于寄人篱下，是别人的一条狗了："我不想当狗，有本事你们来打我好了。"宋老末的文笔很美，字迹娟秀，我从里面看出了一个女孩子的气息。皮长顺说："一九四八年秋天我在庙岭又看过同一种笔迹，那是杜九月写的。"

皮长顺说，他们因侦察排长的惨死而愤怒了，许多战士咬破手指，写下了请战书。他们的部队分成几支小分队，带了向导和十几天的干粮，进入了莽莽伏牛山，土匪宋老末从此却像一滴水掉进了大海，不见踪影。部队进入伏牛山的第七天早上，他们接到了刘村镇被土匪袭击的消息，土匪杀害了留守的十几个干部和战士，有一具尸体被他们砍成八大块扔在了刘村镇街当中，他们认出他是刚刚被任命的镇长，一位太行山来的南下干部。

穿行在冒着硝烟、散发着血腥味的刘村镇，提着手枪的皮长顺真想大哭一场。打了十几年仗，再也没有比这更窝囊的了，这是军人的耻辱。皮长顺说完了看了看我，我沉重地点了点头，我是军人，我懂。皮长顺说："这时我就看到了郭西元，他正在为那个被砍成碎片的镇长捡着尸骨，他看见我时，眼睛诡诡地眨了眨。"郭西元走过来，低低地说："首长，你们只要答应我一件事，我就保证能把宋老末杀了。"那时皮长顺正被宋老末折磨得头昏脑涨，脑子里一个劲儿地想：我不行了，我斗不过他，我要请上级来支援，我不剿匪了，我要跟着大部队打过长江去。他看了看郭西元，郭西元一脸严肃认真让他感到好笑，于是他就笑了一下。那时能笑一下是件多么不容易的事啊。皮长顺说："你要是能杀了宋老末，你有一百个条件我也答应你！"郭西元说："我只要你答应我一件。"

第二天早上起来时，皮长顺他们看到郭西元的床铺空荡荡的，上面扔着他的军装、长枪和皮带，他啥也没带。皮长顺说："那时我并没把这件事放在心上，只是想，又有一个人要死在宋老末的手上。那时死的人太多了，战场上每天都有成千上万的人死去，我们常把战友的尸体堆在战壕上当掩体，人都变得麻木了。我和战士们一样用麻木的眼神看了看远处苍茫的伏牛山，都没说话。"

一九四八年秋天郭西元加入了宋老末的土匪。

土匪的日子一天比一天难过，能吸收一名新的成员是件极其艰难的事。事实上他们也不敢接受一名新的土匪，那时候到处都是共产党的探子。但对郭西元他们破了例。谁也不知道郭西元是如何给宋老末说的，宋老末又是为何那么信任他，不但收留了他，还让他跟在自己的身边。

也有人说，宋老末其实是不相信郭西元的，偷偷地派心腹到山下打探郭西元。当这个探子打听到郭西元是个解放军时，急急忙忙地往山上赶，但没等他回到山上，宋老末就死了。也有人说，宋老末的那个心腹是打扮成了一个收购山货的商人，在回窟窿山的途中遇到几个谋财害命的，把他杀了，以至于他没能把这个情报送到宋老末那里。还有一种说法，这个土匪是在离窟窿山最近的一个村庄的饭铺里吃饭时，露出了破绽，被老板认破身份，而这个老板早就成了共产党的人，他把他杀死了。总而言之，宋老末到死都不知道郭西元其实早已是解放军了。

宋老末死于一九四八年秋天。皮长顺把一本厚厚的书递给我，说："你看看吧，这上面写着，没有提郭西元，郭西元后来犯了错误，算是失节，一生的荣誉便都不值钱了。我倒觉得应该提提郭西元，郭西元在你们南召县的剿匪斗争中立下了汗马功劳。"我接过那本书，是我们南召县的革命斗争史，它的名字叫《风雨兼程》。我曾无数次地翻过这本书，它和我爹、我妈、共产党员皮长顺一起，为我的这部小说写作，提供了无比珍贵的史料。它上面记载的关于匪首宋老末的下场的文字，我几乎能逐字逐句地背下来。

宋老末是带领土匪到九里山韩信寨抢粮食时被我英勇的人民解放军包围的，消息是由一名乔装打扮打入土匪内部的我军的侦察员提供的。关于这场战斗，这部书在最后是这样记叙的：等土匪们叫嚷着全部进入寨墙时，营长一声令下，雄壮嘹亮的冲锋号响彻山谷。土匪抵挡不住我军猛烈的攻击，一窝蜂地涌向西南的山峰，又遇到我抢先占领山峰的六连密集火力的阻击，不得不龟缩回寨内。只见战士们趁着枪炮的浓烈的硝烟，从寨墙的缺口处猛虎般地冲上前去，扑向哭爹喊娘的土匪。一些土匪妄图从南崖的陡壁上溜下去逃命，被我早已埋伏下的战士截击，死伤大半，余下的只恨爹娘给的腿太短。匪首宋老末最后在逃跑时被我打入敌人内部的侦察员击毙，结束了自己可悲而又可怜的一生。当战斗结束后，群众纷纷涌上去握住了战士们的手说："你们真是好样的，不愧是群众的子弟兵！"这次战斗，毙敌三百零七人，其余全部被俘。至此，南召县境内最后也是最大的一股土匪被干净地消灭了。一九四八年，我剿匪部队和地方群众一起，经过大小九十多次战斗，彻底肃清了县内土匪，成为我县历史上绝无仅有的壮举！

皮长顺说："那天战斗刚结束，我远远地看见一身血污的郭西元拖着宋老末的死尸向我走来，我当时真是太兴奋了，张开双臂要和他拥抱，许多战士涌过来，要把他抛起来。但郭西元把宋老末的尸体扔在我脚下，定定地看着我，只说了一句话：'我要你杀了杜庆德全家！'"

杜庆德杀不得了。杜庆德在一九四八年秋天非常进步，他把他所有的粮食全部捐出来，还亲手烧了自家的地契，带着皮长顺他们挖出了自

210

己埋在床下的五坛银圆。杜庆德说:"共产党的政府和国民党的政府不一样,我坚决拥护人民政府,我要脱胎换骨,把自己改造成自食其力的劳动者,按政策办事,你们该拿走的拿走,该没收的没收吧。"庙岭的土改工作进行得出奇顺利,杜庆德一时作为开明地主的典型被广泛宣传了,他没杀过人,也没私设公堂毒打过人,皮长顺说:"这个人我真的不敢杀,共产党那时要树立自己的威信,要说话算话。何况是杀他全家,共产党从来不搞株连九族那一套,我们从来没搞过。我没答应郭西元,还劝他不要胡来。郭西元提出这样的要求显然是他对党不了解,我只是想,时间一长他的觉悟就提高了。有许多农民的觉悟那时就都慢慢地提高了。"

那天,皮长顺走过去很亲切地拍了拍郭西元的肩说:"我们把你剿匪的事迹报上去请功!"郭西元说:"请功有啥了不起,我不稀罕。"郭西元那几天脾气坏得很,他常常坐在响水河边发愣,一言不发。

第八章

一九四八年秋天杜九月回来了。

那天艳阳高照,很暖和,庙岭插了一地的红旗,杜庆德正坐在一把太师椅上晒太阳。杜小勇慌慌地跑回来,用兴奋的声音趴在杜庆德的耳旁低低地说:"爹,我姐回来了,我姐回来了!"杜庆德从太师椅中霍地站起来,眼睛死死地盯着站在门口的女儿杜九月。杜九月穿了一身素白,使她的脸庞更显俏丽。杜九月朝他笑了笑,笑得和从前一模一样地好看。杜九月从身后牵出一个小小的男孩,男孩穿着一身西装,长得眉清目秀。我妈对我说,那个小孩长得真像宋老末,长得真像。

杜九月用手摸着孩子的头,对他说:"喊姥爷,乖乖娃,快喊你姥爷。"男孩看了看她,又怯怯地看了看杜庆德,很乖地喊了一声"姥爷"，声音很嫩，很好听。杜庆德却突然"哇"的一声喷出一口鲜血，身子软软地滑在了太师椅下。瘫倒在地上的杜庆德眼睛里闪出了幽幽的绿光，他抬了抬手却没能抬起，他软软地说："你，你，你怎么没死呢……你把杜家的脸丢，丢尽了！"杜九月的脸煞白得像一张纸。我妈说，杜九月那时就缓缓地牵着儿子走了，走向她少女时代的阁楼，她没过去看昏死过去的爹，杜家男女老少的忙乱好像与她无关，她重现了她少女时代的忧郁神情。

　　一九四八年秋天是个充满了阳光、诗歌和爱情的季节，革命歌曲飘荡在庙岭的上空，皮长顺说那是一个令人怀念的年代，人们对即将开始的翻身做主人的新生活充满信心。只有杜家是反常的。杜家的大院里依旧笼罩着一片死气沉沉的气息，这也难怪，适应新的生活对他们这种剥削阶级来说，原本就是件痛苦的事情。皮长顺记得，杜小勇那时已经像个老人一样，总是低头走路，脊背像弓一样驼着，样子和农民一样黑瘦。他总是和他的女人吵架。他的女人原本是县城一个大户人家的淑女，嫁给他以后脾气却变得出奇的坏。杜小勇在和她大声吵架时，总是反反复复地说那一句话："我本来就没喜欢过你，我本来就没喜欢过你！"

　　杜小勇爱的是毛妮。毛妮对他也并不是没有那个意思。杜小勇奉父母之命娶了门当户对的大户人家的女儿，没敢对自己的婚姻反抗一下。我在四十多年后的庙岭，看着已做了小学校的杜家宅院，想着它昔日年少的主人在无数个有秋风秋雨的夜晚枯坐窗前，憧憬着自己爱情的模样，不禁为他慨叹。毛妮在新中国成立后当上了妇联主任，威风得不得了。若干年后，我在省妇联主办的一期刊物上见到了有关她的传记作品，那篇传记追述了毛妮的革命历程，一生无数的光辉业绩，声称她为党的妇女工作鞠躬尽瘁，"春蚕到死丝方尽"，做出了自己卓越的贡献。旁边刊有她的照片，从照片上能依稀看出她年轻时的丰采。

　　一九四八年秋天，杜九月整天整天坐在阁楼上对着镜子往头上插着一朵朵叫不上名字的鲜艳的山花，这种花儿在庙岭的村前村后到处盛开。她常常对杜小勇说："响水河窟窿山上有许多花儿。"那时庙岭的大人和小孩都叫宋老末的小孩叫"土匪"，都不把小"土匪"当成一回事。庙岭唯一亲近小"土匪"的是杜小勇，她没事就去陪着姐姐。

杜九月不慌不忙地把最后一朵山花插在头上，看着杜小勇，伸个懒腰笑了笑，说："在山上时我就常常插一头香喷喷的山花。"杜小勇愣了愣，看了看楼下，那时他的女人正坐在外面很仔细地抠着脚趾头，杜小勇没头没脑地说了句："真没意思，啥都没意思。"杜九月好像没听见他的话一样，喃喃地说："响水河窟窿山上的花儿比这里的要香要艳得多，这个时候漫山遍野，正在到处盛开。"

那年秋天，杜家宅院里暮气沉沉，连小"土匪"也像个老人一样整天皱着眉头，长久地蹲在墙角边发呆。那时革命深入人心，宋老末作为一名被镇压的土匪头子，在庙岭早已失去昔日的光环，作为罪恶和反动的象征常常被人们提起，小"土匪"因此在庙岭备受冷落和嘲弄，没有一个小孩愿意和他在一起玩，就连他姥爷杜庆德也不喜欢他。有一天，小"土匪"磨磨蹭蹭地碰了碰正在眯着眼睛晒太阳的杜庆德，说："姥爷，我饿。"杜庆德睁开眼睛，眼里闪着绿光，狼一样盯着小"土匪"，毫不掩饰自己的厌恶之情，恶狠狠地说："别叫我姥爷，我不认识你这个杂种，你和杜家没一点儿关系。"小"土匪"吃惊地看着他，吓得小声地哭起来。杜九月慌慌忙忙从楼上跑下来，还插着一头香喷喷的山花，山花的花香让杜庆德很想呕吐。他鄙夷地瞪了瞪她。杜九月蹲下来，掏出一个绣着鸳鸯的手帕给儿子擦着泪水，温柔地哄着儿子："乖乖别哭，乖乖别哭。"

杜庆德皱了皱眉头，恨恨地说："你不嫌丢人？带回来一个野孩子，你不嫌丢人？"杜九月很吃惊地站起来，愣愣地看着她爹，问他："爹，你说啥？"杜庆德哆嗦着手指捣着她说："我，我要是你，宋老末来的那个晚上，我就一头撞死了！"杜九月站在那里摇摇欲坠，她扶住儿子便像靠住了一棵树，她稳了稳神，朝父亲笑了笑，说："爹，我是落到土匪手里了，是丢了杜家的脸，但那天晚上是不是你让我替小勇去的？爹，你如果不记得这个也没啥，但你应该记得，我还是你的女儿吧……"杜庆德身子剧烈抖动着，猛地咳出一口鲜血，他仰起脸，吐在了杜九月的一身素白的衣服上，像一朵凄凉的桃花。杜庆德说："你不是我女儿，你不知廉耻，败坏了杜家的名声，我为杜家有你这样的女儿感到丢人，你在山上咋就不撞死呢？你为什么要回来？"

杜九月惨白了脸，她看了看儿子，又看了看父亲，父亲的眼里全是憎恨，他喘了口气，抖着手指着小"土匪"，说："宋老末这条狗死了，你咋不跟着他死了？你，你还带回来一个野种，你这是要把我活活气死……"

杜九月低下头，默默地牵着儿子走了。杜小勇一直站在院里，他呆呆地看看父亲，又看看姐姐，嘴巴蠕动着，最后却什么也没能说出来，低下头，用脚蹭着地上的土疙瘩。杜九月经过他身边时，朝他笑了笑，他忙也咧开嘴笑笑，看着杜九月慢慢地走回自己的阁楼，头上插着的黄灿灿的花儿随风飘了一地，在阳光下闪烁着耀眼的光芒，这些光芒刺疼了他的眼睛，他听见小"土匪"喃喃地说："妈妈，你的手怎么这么凉？"

一九四八年的整个秋天，极其衰老的地主杜庆德总是坐在懒洋洋的阳光下含糊不清地诅咒着女儿杜九月，他恶毒的语言使我妈我爹他们在几十年后依旧忘记不了。记得他那时的眼睛已浑浊暗淡，常常在黄昏里搔下无数的落发，咳出夹杂了许多血丝的浓痰。杜庆德对女儿的怨恨让我爹我妈他们不寒而栗。我妈他们经常看到挂着泪痕，吮着指头怯怯地瞪着眼睛的小"土匪"，心里隐隐地觉得不安，他时时充满忧伤的目光使我妈他们感到心酸。小"土匪"常常偷偷地溜出杜家宅院，一个人在庙岭的田野中游荡，更多的时候是托着腮看风从西北方向的响水河窟窿

214

山那边吹过来，喃喃地说："我要爸爸。"

第九章

快到冬天的时候，庙岭成立了农会和识字班，男人整天开会，学习革命道理，女人热火朝天地纳着鞋底，给亲人解放军准备过冬的棉鞋。那时大部队已经南下，皮长顺和十几名战士留在了豫西南解放区，称呼变成了土改工作组长。郭西元当了农会主席，他找了无数借口，要镇压恶霸地主杜庆德，但都被工作组长皮长顺及时地制止了。

郭西元的脾气一天比一天暴躁，常常背着长枪在田野一晃一晃的，样子一点儿也不像革命军人。他的表现使皮长顺极度恼火，一度考虑要撤掉他的农会主席职务，但因为到区里参加了半个月的学习班，这事就耽搁下来了。这半个月里，庙岭发生了几件让人意想不到的大事，有的还能在县志里找到它们的影子。在这些震撼庙岭人心的事件里，郭西元一直扮演着举足轻重的角色。

皮长顺说："狗日的把解放军的脸丢尽了。"

那年秋天，小"土匪"在庙岭失踪几天后，人们在响水河上游的沙滩上找到了他，他早已被河水淹死。这本来也不是一件出奇的事儿，有河的地方，都会发生这样的事儿。但后来发生的一系列事情耐人寻味。小"土匪"死在离庙岭很远的响水河让许多人感到不解，他孤单一人跑那么远干什么呢？小"土匪"的尸体是被杜九月抱回去的，她披头散发，跌跌撞撞地走在回家的路上，像傻子一样不停地喃喃地说："他怎么会死呢，他怎么会死呢……"

在我妈的叙述中，我想象着杜九月的模样，她的样子让人心疼。我妈也开始大滴大滴地流泪，她对这个地主女儿有着深厚的感情。我妈和许多软心肠的女人挤在阁楼里，反反复复地劝她不要哭了，要保重身子，死去的人不能活了，活着的人还是要继续过日子的。杜九月看看门外，门外大人和小孩们忙着张贴标语和唱革命歌曲，一九四八年庙岭的红旗被风吹着哗哗地响，人人喜气洋洋。杜九月还看见挎着长枪的郭西元正坐在红旗下面抽着旱烟，他的神情悠然自得。杜九月喃喃地说："真没意思。"又看看拄着拐杖站在门边的杜庆德，说："爹，我不会为难您了，爹。"我妈她们面面相觑，不知道杜九月这话是什么意思。

杜九月抱着儿子的尸体不放，她低着头，慈爱地看着死去的儿子，像看着熟睡的婴儿，对周围的人们熟视无睹。我妈她们坐在那里劝了半天，得不到她一点点回应，她们觉得怪没意思的，便纷纷地回家了。

第二天早上，我妈刚起来就听说杜九月上吊自杀了。我妈大吃一惊，忙飞快地跑到杜家宅院。看见杜庆德时，都有点惊讶，他的神情看上去像什么都没有发生一样。他穿着一身华贵的丝绸衣服，这身衣服在新中国成立后他一直没穿过。这还不是最奇怪的，最奇怪的是他的面部表情平静得像一潭秋水，他不停地对杜小勇说："小勇，快，把你姐埋到南坡去，那里有她的坟。快，小勇，快点。"杜小勇正双手抱头蹲在墙角边号哭，悲痛欲绝，眼睛空洞无物，他的样子骇人。我妈她们跨进杜九月的阁楼里，看见杜九月悬在梁上，像只白色的蝴蝶。她的鞋掉在地上，露出一双小巧玲珑的脚。我妈捡了那双精致的绣花鞋，看见鞋面上正绣着一双戏水的鸳鸯，她的眼泪不由自主地涌了出来……

我妈说："本来可以平安无事地度过一九四八年秋天。那时我们都蠢啊，我们都觉得小'土匪'是想偷偷地跑回响水河窟窿山才失足掉到河里，该想到的我们都没想到，好在郭西元想到了，郭西元精着呢。"在皮长顺离开庙岭的日子里，郭西元作为农会主席负责庙岭的日常事务，他召集了农会所有的大小成员和贫下中农，在工作组临时住的茅草屋里召开了一个大会，反复提醒大家提高警惕，防止阶级敌人的破坏，小"土匪"之死绝非偶然，这里面一定有个隐藏很深的杀人凶手。他说得大家一惊一乍的，都忙问是谁。郭西元很生气地瞪着他们吼道："你们就知道问我，就不会想一想？在咱庙岭谁最看不惯小'土匪'，巴不得他死？"庙岭有很多人愣了愣，想起了杜庆德，但很快就摇头，不管怎么说，小"土匪"毕竟是他的外孙。那么，还有什么人呢？他们使劲地想，还是想不出来。就又声音很响地问："是谁，是谁？"郭西元有点气急败坏地敲着桌子叫："你们再用心想一想，往阶级斗争上想一想！"庙岭只有杜家不是贫下中农，这么一想，那就肯定是杜庆德了。终于有人说出了这个名字，说完了便又想摇头，郭西元不让他摇，把手往桌子上一拍，说他警惕性高，是个积极分子，当即奖他两斤黄豆。

郭西元皱着眉，严肃地对大家说，这里面有文章。庙岭许多人一经提醒便都觉得这里面确实有文章。小"土匪"的死留下了许多可疑的地方，他没有像其他在河中溺死的人那样胀着肚子，而是肚子瘪瘪的。郭西元当即领着人们再次赶到发现小"土匪"尸体的地方，他让人们仔细寻找线索，最后还是我爹在一块石头后面发现了一杆雕花烟斗。郭西元接过去看了看，高高扬起来，大声叫道："这一定是凶手丢下的，这一定是凶手丢下的！"我爹觉得眼熟，正在想着在哪里见过，就有人立刻认出这是杜庆德的。更多的人证实，确实见过杜庆德有过这样一杆烟斗。许多往事涌上心头，大家都说这狗日的最可疑，常见他在没人的地方骂小"土匪"，恶毒地拧他，说他是"野种"，咒他不得好死。这样的情景我爹我妈也见过。虎毒不食子，狗日的杜庆德这么狠！人们看着郭西元说，抓住狗日的用枪崩了算了。郭西元背上的长枪被太阳照着，一闪一闪地发亮，郭西元很兴奋地说："是狗日的杜庆德干的，咱们去搞他狗日的！"

郭西元领着大家浩浩荡荡涌进杜家宅院时，杜庆德正坐在太师椅里晃悠着，他脸色红润，样子轻松。郭西元皱了皱眉。杜庆德表现出来的不痛不痒，甚至是幸灾乐祸，让庙岭所有人都皱了皱眉，可以百分之百

217

地肯定了，确实是他杀了小"土匪"，伪造了溺死的现场。

皮长顺说："我刚开始还不知道这件事，我那时正在区里参加学习班，留下郭西元一个人我本来就有点不放心。"那年秋天郭西元像个幽灵一样在庙岭的田野游荡，阴郁的表情和那个时代一点儿也不合拍。他穿的一身军装使他在乡亲的心目中异常高大，他应该为此感到自豪，但他没有。皮长顺常常看见他坐在弟弟的坟前，阴沉着脸抽着旱烟，烟雾缭绕着他饱经风霜的脸，让人感到害怕。皮长顺过去挨着他坐下，严肃地对他说："郭西元同志，我知道你心里有疙瘩，但作为一名革命战士，你必须以大局为重……"郭西元抬起头，撇了撇嘴说："球，你不就是个球大的工作组长嘛，你总喜欢熊我！"皮长顺气得哆嗦着嘴唇，用手指捣着他的鼻子想说出粗话骂他，却说不出口。皮长顺说："那天我气得一扭头就走了，那时我太年轻，没有耐心，我应该再做做他的思想工作呀。我没想到那天晚上会出事。"

那天晚上的月亮明晃晃的。杀人凶手杜庆德被五花大绑地扔在工作组的茅草屋里，由庙岭的农会主席郭西元亲自主持审问。郭西元先让杜庆德跪下，杜庆德开始不想跪，郭西元怒气冲冲地踹他一脚，杜庆德扑通一声跪在地上。旁边有个战士小声地提醒郭西元，共产党人不搞这一套。郭西元撇撇嘴说："去去去，你站一边去，恶霸地主对待贫下中农像对待狗一样，让他跪跪有啥大不了？"

郭西元瞪着眼睛问杜庆德，为啥不喜欢他的外孙，为啥要向他外孙下毒手？杜庆德淡淡地说："我没有外孙，他不是我外孙，我也没害那个小杂种。"郭西元说："你不承认也不行，不光是我一个人，庙岭的大小爷们儿都说是你害了你外孙，我们开过会了，大家都说凶手是你！"郭西元从怀里掏出一张皱巴巴的纸，这张纸显而易见是早就准备好了的。郭西元看看那两个小战士，大大咧咧地把那张纸拿到杜庆德的眼前说："你就是杀他了。你得在这上面按个手印。"杜庆德摇了摇头，很倔强地

218

把脑袋扭向一边说:"我不按,这口供不是我的。郭西元,你这是在陷害我,我要向皮工作组长告你!"

郭西元回头看看那两名战士,郭西元说:"狗日的嘴硬咋办,是不是给他点颜色看看?"那两个战士有点迟疑,他们吞吞吐吐地说:"恐怕不行吧,我们共产党从不搞这一套。"郭西元大大咧咧地说:"球,你俩球事不懂,口供都是打出来的,我看这老家伙就是欠揍。我让你们打的,打出来事我负责,不就是个恶霸地主吗?"我妈说,那两个战士都刚参军不久,他们家就在回龙沟,那时郭西元是我们家乡第一个穿上军装的,在刘村镇周边十多里享有很高声誉,那两个战士不能不听他的,于是他们俩就噼噼啪啪地动手了。郭西元亲自给杜庆德上了老虎凳,灌了辣椒水。杜庆德浑身是血,细若游丝,他喘着气,艰难地说:"郭西元,我知道你操的啥心,你才是条狗,你这是要咬死我啊……"

郭西元把袖子捋了捋,把军帽扔在桌子上,抽了狗日的老地主一个巴掌,说:"让你嘴硬!"老地主的嘴里出了血却还说郭西元是条狗。郭西元对两个战士说:"这家伙不老实,把他嘴堵住,打他狗日的!"说完就找来一片沾满灰尘的破布塞进杜庆德的嘴里。杜庆德嗷嗷地叫,叫得含糊不清,双眼闪着绿光使劲地瞪着郭西元。郭西元把头扭过去,看着那两个战士说,狗日的真狂,敢骂咱解放军是狗。一九四八年贫下中农都很痛恨地主,那两个战士也都火了,都说狗日的太狂了,打他狗日的。那天晚上一直折腾到半夜,郭西元最后一脚踹在了杜庆德的太阳穴上,他头一歪,再也无声无息了。一个年纪较小的战士吓了一跳,弯下腰探了探杜庆德的鼻孔,结结巴巴地告诉郭西元,杜庆德快没气了。郭西元说:"把他的指头印按下,不然咱仨就瞎忙乎一晚了。"郭西元把杜庆德肥胖的手拿过来,在那张皱巴巴的纸上按了一下,看看不清楚,又很认真地重新按了一下,然后长长地出了一口气,擦了擦额头上的汗,踢了杜庆德一脚,说:"死了活该,谁让他害死了小'土匪'!"郭西元大大咧咧的样子让另外两个战士大受鼓舞，他们挺了挺腰杆，也说："死了活该。"

那天晚上，看着杜小勇把老地主背走，郭西元美美地用那杆雕花烟斗吸了一锅旱烟，这一杆雕花烟斗曾作为一个物证证明了杜庆德是个杀人凶手。郭西元乐哈哈地说："这个老东西看来背不到家就要死了。"那两个战士还有点害怕，他们忐忑不安地问郭西元，皮工作组长回来了怎么办？郭西元瞪了瞪他们说："这有啥？庙岭的乡亲们都说凶手是杜庆德，咱们这是审问杀人凶手，这有啥？等皮长顺回来了，咱们都要说老地主也承认自己是杀人凶手，咱仨一生气打了他两下，谁知这王八蛋这么不经打。咱就这样说，大不了关咱两天，我就不信皮长顺就能把我用枪崩了。"停了一会儿，他又说："反正你们也打了，谁不这样说谁就是王八蛋。"那两个战士忙一个劲儿地点头："对对对，谁不这样说，谁是王八蛋。"

杜小勇把杜庆德背回家时，他的女人看了一眼就又开始蒙头大睡，并且很快就发出了呼呼的鼾声。在一九四八年的一系列事变中，杜家唯有她一个人镇定自如，超然物外，这很难得。杜庆德这时已经奄奄一息，杜小勇六神无主地守在他身旁，只会一个劲儿地恸哭。杜庆德临死前十分清醒，他艰难地蠕动着嘴唇，说："小勇，你只知道哭。"杜小勇慌慌地抬起头，茫然地问爹："爹，你说啥？"杜庆德低低地说："你去杀了郭西元，是他害死了宋老末的小杂种……"杜小勇惴惴不安地跑到门边看看外面，外面没人，他忙关了门，低低地说："爹，你可不要乱说，人家可是解放军了。"杜庆德说："我不是乱说，宋老末的小杂种是他害的，那个烟斗是他从咱家逃跑后就不见了，是他把宋老末的小杂种害死，然后再陷害我的。"杜小勇的脸色蜡白，出了一身冷汗，杜小勇说："爹，那我姐不也是死在他手上了？爹，那你为啥不给他们说说？"杜庆德说："我说了也没用，没人信的，他就是趁皮长顺不在家，想整死我。

220

小勇，你要给爹报仇。"杜庆德从枕头下极艰难地抽出两把手枪塞到杜小勇的手中，第一次摸到枪的杜小勇觉得沉甸甸的，他感到自己拿着这枪有点力不从心。他像孩子一样看着他爹说："爹，我怕。"杜庆德哭丧着脸，撇了撇嘴，痛苦地甩了甩脑袋："小勇，你还是老样子。"

杜小勇恍惚着把枪掖到了腰里。

地主杜庆德在第二天早上死掉了。

皮长顺说："我从区里回来以后，才知道郭西元这狗日的把杜庆德暴打致死。我知道后怒不可遏，这是军阀作风，造成的影响极其恶劣。他是解放军，是人民子弟兵，他穿的军装和我的一模一样，我为此感到异常愤怒。我不能原谅自己的失职。我怒气冲冲地找到他时，他正坐在门口抽烟，用的还是杜庆德的那杆雕花烟斗。他看见我时，笑嘻嘻地站起来，讨好地让了我一支纸烟，我没接。我问他是不是对杜庆德刑讯逼供了？他愣了愣，显然是没有领会'刑讯逼供'的意思。我大吼一声说：'你是不是把杜庆德打死了？'他笑着蹲下来，抽了一口烟，眯着眼睛看着我说：'球，我还以为是啥大不了的事，不就是打死一个恶霸地主杀人凶手吗？球，咱们部队不就是镇压地主，消灭剥削阶级吗？你问问庙岭的大小爷们儿，谁不说杜庆德是杀人凶手？他自己也承认了。打死一个杀人犯有啥大不了的？'他那漫不经心的样子更加刺激了我，我一脚把他踢倒在地，让几个战士扒掉他的军装，下了他的枪，把他关押起来，等候上级的处置，他还很不当一回事地问我关他几天。我没好气地说：'要枪崩你！'他经不住吓唬，狗日的竟跪下来，哭得一把鼻涕一把泪的，嘶哑着喉咙叫：'首长，你放了我吧，只要不杀我，以后我就好好干革命，你们把我当狗使唤都行。'"

皮长顺说，埋葬了地主杜庆德后的日子里，杜小勇常常暴躁地在院中走来走去，嗓门很大地和自己的女人吵架。杜小勇的两只手保养得细皮嫩肉，和戏里的书生一样斯文，他根本就干不了农活。女人又开始和他吵架了，他翻来覆去地还是那一句话："我本来就不喜欢你，我本来就没喜欢过你！"女人很夸张地把手指捣在他鼻子上说："嫁进你们杜家我算是瞎了眼，出了个土匪太太，又带回来一个小杂种，丢人死了。老不死的连自己的外孙都下毒手，你们家没一个好人。你这个人还没有用，连个男人都不算，你活着还不如死了！"杜小勇煞白了脸，颤抖着身子却又无话可说，他在院里团团乱转，女人的声音追着他，他开始拿自己的脑袋往墙上撞。他的女人在旁边冷冷地看着他，冷冷地对他说："你还真不如死了呢。"杜小勇瞪着血红的眼睛，烦躁地把手插进头发中抓着，过了一会儿，他抬起头，看着自己的女人，喃喃地说："我爹没杀我外甥，是郭西元杀的……我要杀了郭西元，我要杀了郭西元！"女人听清了，咯咯地笑起来，冷冷地看着他，很不把他当成一回事地说："你去杀郭西元？嘻，你敢吗？你像不像个男人？"

杜小勇咚咚地跑进屋里，又咚咚地跑了出来，女人白了他一眼，觉得他的样子像条找不到食儿的狗一样。杜小勇恍恍惚惚地走在庙岭，他逢人就说："是郭西元杀了我外甥，是郭西元害了我姐。"人们看他一脸呆呆的样子，都觉得他说的话很可笑，都没理他。在人们的印象中，他一直是神经兮兮的。

杜小勇来到关押着郭西元的茅草屋前，对两个看守的解放军战士说："让我看看郭西元。"两个战士正蹲在秋天的太阳下抽着旱烟，津津有味地用石子玩着在我们家乡很流行的游戏"狼背猪"，他们头也不抬地说："不行！"他们接着听到一阵衣角摆动发出的哗哗声，但是他们都没在意。杜小勇说："你们俩也不是好人，解放军没有一个好人！"

庙岭所有人都听到了几声清脆的枪响，循着枪声有几个站得近的庙岭人看到那两个解放军战士头上流着鲜血软软地倒在了地上，昔日的地主少爷杜小勇正拿着两支手枪，枪口上冒着一缕青烟。杜小勇把两支手枪举起来，对准蜷缩在墙角边抱着脑袋的郭西元很认真地打完了里面的七颗子弹，然后他把两支手枪扔下，抱着肩膀在一九四八年的秋风中颤抖着。

我爹说，他们把血肉模糊的郭西元拖出来时，发现他屙了一裤裆。他临死前不争气的表现让我爹他们多少有点伤心，他是我们庙岭第一个穿上军装的人，那时他曾是我们村里多少年轻人心中的偶像啊。那是个穿上军装就无上光荣的年代。郭西元临死前的表现使我们庙岭很丢面子。皮长顺说："他也把我们解放军的脸面丢在了庙岭，他犯的错误是人民军队的耻辱，有损我军的光辉形象，尽管他在剿匪中立了大功，但我至今不能原谅他。"

皮长顺说，杜庆德的老婆在几年后抑郁而死，杜小勇的女人则在第二年远嫁他乡。杜家是真的完了。

一九四八年冬天，共产党派来的工作组长皮长顺奉命枪毙了杀人犯、反革命分子杜小勇。庙岭的男女老少聚在一起围观了这一壮观场面。那天正飘着一九四八年冬天的第一场雪，雪花很快掩埋了地主儿子杜小勇的死尸。皮长顺把目光投向莽莽的八百里伏牛山，仿佛听到了从南方传来的千军万马冲杀的声音，这声音使他的血液开始在凛冽的寒风中燃烧，他知道史诗般的一九四九年就要来了。这种想法让他快慰。他伸出手，接住了一把一九四八年冬天的雪花。

中国轻工业出版社出版发行

（总书目）

每当有人说，这个时代文学不吃香了，不好写了，我就会像一个坏孩子在一旁捂着嘴嘿嘿地笑。

　　在我看来，这分明是作家的黄金时代。我们每天都经历着神奇，见证着历史。每天都会发生数不清的匪夷所思的故事。现实像小说一样疯狂，不但情节超出想象，连细节也很神奇。马尔克斯的《百年孤独》算什么，卡夫卡的《城堡》算什么，在我们这个黄金时代，只有你想象不到的，没有不可能发生的。文学要求我们要写现实生活，现实远远超出了我们的想象，你让我们写什么现实？

　　现实无论如何神奇，仍然是我们要呼吸、要生活的世界，真实而又直接。作家如果无视现实，总是生活在幻想世界预先制作的现实中，那么难免会被读者抛弃。所有的文学都是在试图重新建构一个真实的世界，把作家对外部世界的真实感受告诉相信他的读者。即使神奇的魔幻现实主义文学，它所建构的仍是一个真实的世界。

　　文学如果要重新取得读者信任，作家必须面对现实写作。

　　我不知道这两年为什么有那么多的作家，特别是青年作家，总是声称他们的写作回到了内心。好像现实在场的写作是件很丢人的事情，忠实于"内心"才是艺术的。"内心"并不是无中生有，它必须经过眼睛接受外界的信息而形成，"内心"仍然需要从"现实"出发。艺术并不意味着无菌、真空，更不是安全、无毒、幸福的特供食品。作家既然选择性地盲视，内心又如何洞见？没有内心的真诚，又何来诚实的写作？

从"真实"出发，可以魔幻，可以超现实，可以荒诞派，可以黑色幽默。

我在这里所说的"现实"是文学意义上的"现实"，并不仅仅只是当下，它的内涵和外延还包括过去和未来，比如《1984》，因为它所反映的噩梦如此真实，我们因此认为它是反映现实的文学。

我愿意做一个这样的作家，把那些被埋葬在历史与现实深处而不见天日的小人物打捞出来，让浩浩荡荡的文字大军整齐列队，向他们致敬并且为他们唱一支崭新的歌，世界光明，万物欢欣。

我写下的所有小说都在为此努力着、准备着。

感谢朱向前老师。二十多年前，当我还是一个新兵时，就已经接触了他的诸多著作，受益匪浅。他对军事文学的建设性推动作用，几乎无人能出其右。当年我在解放军艺术学院读书时，文学系一位师兄写了一部中篇小说，干脆直接命名为《在朱向前麾下》。我能感觉到他的自豪和骄傲。多年以后，集结在朱向前老师的麾下出版这部小说集，我有了和这位师兄同样的感觉。感谢师妹徐艺嘉，她本身就是一位既写小说又写评论的优秀"两栖作家"，作为主编助理，她为这套丛书的出版默默地做了大量工作，值得我向她表达必要的敬意！

感谢所有读者，你们的阅读，使我的写作得以有意义。

裴指海

河南南召县人。1998 年毕业于解放军艺术学院。
中国作协会员。原南京军区政治部文艺创作室创作员。
曾获全军优秀文艺作品奖、全军中短篇小说奖、紫金
山文学奖、《小说选刊》《解放军文艺》《作品》等刊物年度
优秀作品奖。

代表作品

长篇小说
《往生》
《吹个泡泡糖逗你玩》
纪实文学
《冷的冬,热的雪——刘邓大军在 1947 年那个寒冬》

Bo ks

北岳好书风

向前——新锐军旅小说家丛书·**白月梅与白毛女**

丛书主编｜朱向前

主编助理｜徐艺嘉

出 品 人｜续小强

策划统筹｜刘文飞

责任编辑｜王朝军

书籍设计｜张永文

责任印制｜巩 璠

投稿邮箱｜liuwenfei0223@163.com

微博｜http://weibo.com/beiyuewenyichubanshe

微信公共账号｜bywycbs1984